KB267179

NEW SENSE STORY & FANTASY

마도의사

마도의사 7
최용섭 판타지 장편 소설

초판 1쇄 찍은 날 § 2002년 10월 22일
초판 1쇄 펴낸 날 § 2002년 10월 31일

지은이 § 최용섭
펴낸이 § 서경석

편집장 § 문혜영
편집책임 § 권민정
편집 § 장상수 · 박영주 · 이종민
마케팅 § 정필 · 강양원 · 김규진

펴낸곳 § 도서출판 청어람
등록번호 § 제1081-1-89호
등록일자 § 1999. 5. 31
어람번호 § 제1-0305호

주소 § 경기도 부천시 원미구 심곡1동 350-1 남성B/D 3F (우) 420-011
전화 § 032-656-4452 팩스 § 032-656-4453
http://www.chungeoram.com
E-mail § eoram99@chol.net

ⓒ 최용섭, 2002

값 7,500원

ISBN 89-5505-365-7 (SET)
ISBN 89-5505-511-0 04810

※ 파본은 본사나 구입하신 서점에서 교환하여 드립니다.
※ 저자와 협의하여 인지를 붙이지 않습니다.

● 완결 ● 여행의 끝

7

최용섭 판타지 장편 소설

NEW SENSE STORY & FANTASY

마도의사

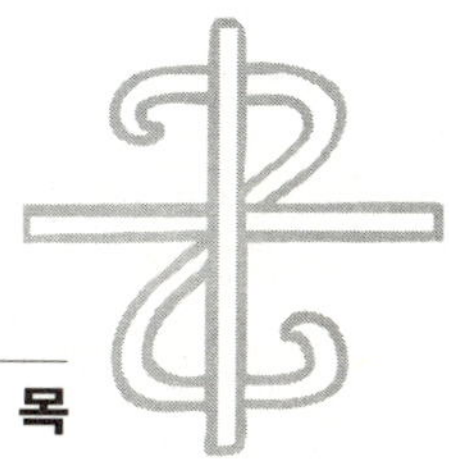

목

차

연기벌레 샤츄틴

다리온, 아니, 에레시스와 아르티닌, 이브린과 헤어진 우린 계속 길을 걸어 제옴이란 도시에 도착했다. 제옴은 카샤니안과 타우트란 나라 사이에 있는 국경 도시였다. 비록 타우트에 속한 도시였지만 국경 도시라는 특수성으로 어느 정도 자치적인 면이 있는 도시였다. 우린 비록 점심나절에 제옴에 도착했지만 여기서 하루를 묵은 후 카샤니안으로 들어갈 계획이었다. 그래서 여관을 잡고 늦은 점심을 먹기 위해 식당에 모였다.

"그런데 이 도시는 참 이상하네요?"

죠세프가 주위를 돌아보며 말했다.

"타우트 국의 기사와 병사가 있는 것은 당연한데 어째서 우리나라 기사와 병사도 간간이 보이는 걸까요?"

나도 그것이 이상하던 참이었다. 암만 자치적인 성격이 강한 도시라지만 그래도 타우트 국의 도시였다. 그것도 국경 도시. 따라서 기사와 병사가 있는 것은 지극히 당연했다. 그런데 왜 카샤니안의 기사와 병사가 보이는 걸까? 이건 언제든지 국가 간의 분쟁으로 이어질 수 있는 일이었다. 물론 타우트가 카샤니안을 상대로 전쟁을 벌일 수는 없었지만 자국의 힘이 강하다고 남의 나라에 함부로 군대를 보낸다면 결국 그 나라에도 좋은 일은 아니었다.

"까짓 거 물어보면 되죠."

에나가 가볍게 말을 했지만 그게 쉽진 않았다. 다른 나라의 군대가 자신의 나라에 있다는 것은 여기 제옴 사람들에게도 좋을 리 없을 것이고, 그래서 나도 물어보는 것이 조심스러웠다. 그때 식당 종업원이 우리에게 다가왔다. 난 기회라 생각하고 종업원에게 물었다. 돌려서.

"이봐요, 아가씨. 저 기사들과 병사들은 갑옷도 다르고 옷 색깔도 다른데 왜 그런가요?"

"예, 저기 있는 기사와 병사들은 카샤니안의 병사들입니다, 손님."

아무렇지 않게 말하는 종업원. 난 좀 기운이 빠지는 느낌이었다. 난 타우트 사람 심기 안 건드리려고 조심조심 돌려가며 물었는데 이 사람들한테는 아무것도 아닌 일이었던 모양이다. 저런 대답을 들으니 허탈하군. 대체 이 사람들 자국에 대한 자존심이 있는 거야, 없는 거야?

"그런데 왜 카샤니안 기사와 병사들이 여기 있죠? 여긴 타우트 국 아닙니까?"

난 다시 종업원에게 물었다.

"그건 우리가 기사와 병사를 보내달라고 요청한 것이니까요."

난 종업원의 그 말이 더 이상했다. 타우트 국은 작은 나라이긴 했지만 나라를 지키는 데 다른 나라의 힘을 빌려야 하는 나라는 아니었다.

“대체 무슨 일이 일어난 겁니까? 다른 나라의 군대를 부르다니……."

일반적으로 다른 나라의 군대를 요청하는 것은 국가가 전쟁 중 위급할 때 구원병으로 부르는 경우가 대부분이었다. 그런데 여기 제옴은 암만 봐도 전쟁은커녕 평화롭기만 한 곳으로밖에는 보이지 않았다.

“휴우… 그럴 일이 있답니다.”

종업원은 한숨을 쉬었다.

“지금 제옴에 이상한 일이 있어서요. 사람들이 이상하게 마비되어 가고 있답니다. 의사 말로 병 같지는 않은데 그 원인을 모르겠다고 하더군요. 문제는 기사나 병사들이 주로 마비가 되어 쓰러졌다는 거예요. 우리 같은 사람은 멀쩡한데요.”

난 종업원의 말에 어이가 없었다.

“그렇다고 카샤니안의 군대를 불러요? 솔직히 말하죠, 저희는 카샤니안 사람입니다. 그런데 카샤니안 사람으로서 보기에도 전쟁하는 것도 아닌데 다른 나라에 우리나라 군대가 있는 것은 그렇게 보기 좋은 모습이 아니군요.”

내 말에 종업원도 고개를 끄덕였다.

“그렇게 보이나요? 역시 같은 나라 사람이라서 그런가? 우린 괜찮은데 오히려 카샤니안의 기사들이 손님과 같은 이유로 거절을 했다고 하더군요. 하지만 저희 사정이 급하니 억지로 끌어온 것이지요.”

흐음… 대체 이 나라는 어떤 나라이길래 남의 나라 군대를 아무런 거부 없이 끌어들이고 그 내막을 일개 민간인인 식당 종업원이 알아? 하지만 그런 남의 나라 사정은 내가 알 바 아니었다. 다만 일이 생겼다는 것이 내 관심을 끌었다.

“그런데 무슨 사정이 그리 급해서 타국의 기사와 병사까지 불렀나요?”

이번엔 죠세프가 물어보았다.

“그게… 지금 우리나라의 병사들이 올 상황이 아니라서요. 아까 우리나라의 기사와 병사를 보셨죠? 사실 그 병사들은 애초 여기에 주둔하는 병사가 아니랍니다. 그 병사들은 수도에서 보내준 세 번째 군대랍니다. 두 번째까지 왔던 사람들은 마비가 되었고 지금 세 번째 온 군대도 벌써 반이나 몸이 마비가 되었죠. 그러니 어떻게 수도에 또 군대를 보내달라고 할 수가 있겠어요. 제옴을 위해 온 나라의 군대를 보내줄 수는 없잖아요.”

흠… 하긴 정말 일이 그 정도면 사정이 급하긴 급하군. 그런데…

“왜 그렇게 많은 군대가 필요하죠? 카샤니안과 타우트 간에는 서로 외교 협정을 맺은 것으로 알고 있는데. 카샤니안을 못 믿어서 군대를 계속 충원한 것은 아닐 것 아닙니까?”

내 물음에 종업원은 다시 한숨을 쉬었다.

“물론 그렇죠. 여긴 말이 국경 지대지 매우 평화로운 곳이니까요. 설령 카샤니안과 무력 대치하는 것이라도 그렇죠. 카샤니안의 침공을 막으려고 카샤니안의 군대를 끌어들이는 바보는 없으니까요. 하지만 이 지역은 산적이 횡행하고 있어요. 그렇기 때문에 타우트에서도 카샤니안에서도 군대를 배치한 것이죠. 그런데 그 망할 산적들 카샤니안엔 못 들어가고 꼭 여기서만 행패라니까요. 어멋! 흠흠.”

종업원은 잠시 헛기침을 했다. 자신의 말실수를 깨달은 것이다. 멀쩡한 자국의 군대를 깎아내리고 남의 나라 군대를 높여준 꼴이었으니……

"흠흠, 아무튼 그들을 막고 토벌까지 하려면 군대가 필요한데 오는 군대마다 기사며 병사며 다 몸이 마비가 되니 문제죠. 산적은 막아야 하잖아요.

난 종업원의 말을 듣고 이해가 가긴 했다. 그런데 이상한데?

"그럼 하나만 더 물읍시다. 카샤니안에서 온 기사나 병사는 몸이 마비가 안 되었나요?"

"예. 이상하죠? 그래서 일부에서는 카샤니안을 의심하는 사람도 있었지만 지금은 그 의심이 사라졌어요. 카샤니안에서 아무런 위해도 안 가했으니까요. 그리고 이런 말은 자존심 상하지만 카샤니안은 우리 타우트보다 군사력이 한참 강해요. 그러니 이런 비열한 수법을 쓸 필요가 없죠. 참, 내 정신 좀 봐. 아직 음식도 안 가져다 드렸네. 정식 3인분이시죠?"

"아… 예…….."

응? 그런데 뭔가… 난 메뉴판을 보았다. 거기엔 정식 1인분 5루니안. 이렇게 적혀 있었다. 우오오오오~ 이 식당 부~우자 되겠다.

우린 카샤니안에서 온 기사들을 만나러 갔다.

"누구요?"

카샤니안의 군대가 머무는 여관에 이르자 여관문 앞에서 보초를 서던 병사가 우리를 막아섰다.

"난……."

죠세프가 앞으로 나서며 손을 앞으로 내밀었다.

"죠세프 라마비스. 라마비스 후작가의 후계자다."

죠세프가 내민 것은 반지였다. 처음 여행을 올 때 가지고 나온 것으로 라마비스 후작가의 문장이 담긴 반지였다. 그걸 줄에 꿰어 언제나 목에 걸고 다녔는데—알고 보니 그 줄이 미스릴이었다—지금까지는 타국을 여행하느라 쓸 일이 없었지만 이렇게 같은 나라 사람을 만나면 쓸모가 많았다. 후작이란 작위는 정말 장난이 아니기 때문이었다.

"라마비스 후작가? 그런 가문의 사람이 여긴 무슨 일이십니까?"

병사는 의심스러운 눈빛으로 우릴 보았다. 하긴 카샤니안이라면 모를까 여긴 엄연한 타국이었다. 이름난 명소도 아니고 전쟁이 일어나 기사의 신분으로 온 것도 아닌데 후작가의 후계자 같은 신분의 사람이 올 이유는 없었기 때문이다.

"여행을 다니다 여기까지 온 것이지."

병사의 물음에 대답한 사람은 죠세프가 아니었다.

"반갑군, 죠세프 라마비스. 오랜만이군. 자네 얘기는 들었네."

말을 하면서 나온 사람은 키가 2길드나 되는 거한이었다. 양 옆구리에 바스타드 소드를 두 자루나 차고 있었는데 눈이 부리부리하고 빳빳하게 뻗친 수염을 가지고 있는 모습이 매우 강렬한 인상이었다.

"다그람? 정말 다그람입니까?"

"그래, 물론 나지. 여기서 날 보니 의외인 모양이지?"

"예. 정말 오랜만이군요, 다그람."

죠세프는 가볍게 미소를 지으면서 말했다.

"그런데 제1근위기사인 다그람이 여긴 어쩐 일이신가요?"

"아아, 중앙에만 있다 보니 정말 심심하더군. 그래서 아는 인맥 모르는 혈연 다 동원해서 국경 지대에 파견을 나왔는데 보다시피 이런 일에 휘말렸지."

다그람이라 불리운 사람은… 미소를 지었겠지? 수염이 움직이는 것으로 봐선 그런 것 같아.

"아, 란셀, 인사하시죠. 이쪽은 다그람 이젝스라고 하는 제1근위기사… 에서 국경 지대로 좌천된 기사입니다. 그리고 다그람, 이분은 란셀… 네르반이라고 하는 분이십니다."

"죠세프, 이 녀석, 내가 졸라서 파견을 나왔다니까. 하하하. 전 다그람 이젝스 후작입니다. 카샤니안 제1근위기사대 소속이죠."

"란셀 네르반, 평민으로 여행자죠."

순간 다그람의 얼굴이 살짝 굳었다 풀렸다.

"그, 그렇습니까? 하하하. 그런데 여기 숙녀 분은……."

"예나라고 합니다. 성 따위는 없어요."

다그람의 얼굴이 다시 굳어졌다 풀렸다. 하긴 후작이란 신분으로 평민에 성도 없는 하층민을 만났으니 당연한 반응이었다. 저 다그람이란 사람, 표정 관리를 잘해서인지 얼굴 굳은 건 금방 풀었는데 역시 떨떠름한 표정이 남아 있는 것이 보이는군.

"하하. 다그람 선배, 왜 그러십니까?"

눈치없는 죠세프가 저렇게 눈치를 챌 정도로…

"아… 그게……."

다그람은 좀 당황한 표정이었다. 그걸 보던 죠세프가 다시 웃었다.

"하하하, 다그람 선배, 이 사람들의 신분 때문에 그렇습니까? 그렇다면 염려를 안 해도 됩니다. 여긴 란셀은 고룡의 제자로 제 스승님이십니다. 그리고 예나는 하프 엘프라 성이 없죠. 그리고 페어리 드래곤의 주인이기도 합니다. 이들의 신분을 우리의 잣대로 잴 수는 없습니다. 아마 카샤니안의 황제 폐하라도 이들을 보면 서서 맞아주어야 할 겁니다."

하… 우리가 그런 신분이었단 말야? 지금 처음 알았네. 하긴 죠세프 말도 일리가 있어. 세상의 어떤 마법사나 현자가 드래곤, 그것도 고룡의 제자인 사람이 있고 드래곤의 주인이 있겠어?

난 다그람을 보았다. 다그람도 놀라는 표정을 짓더니 당장 자세부터가 달라졌다.

"자자, 여기서 이러지 말고 들어가서 이야기를 나눕시다."

다그람은 우릴 안으로 인도했다. 우리가 여관으로 들어갈 때 뒤에서 죠세프가 조용히 말했다.

"다그람 선배가 신경이 날카로워진 모양이군요. 원래 다그람 선배는 능력이 있으면 신분 고하를 막론하고 막역하게 지내는 사람이죠. 그래서 가끔 신분이 높은 가문의 사람도 별 볼일 없는 사람이면 무시한답니다. 그런데 지금의 저런 태도… 원래 다그람 선배는 자신에 대한 자긍심이 무척 높긴 했지만 저렇게 안하무인식으로 표현은 안 하거든요. 그런데 남의 나라에 와서 산적을 막으려니 신경이 많이 쓰이는 모양입니다."

거참, 그럼 지금의 모습이 원래 모습이 아니란 말야? 어쩌면 죠세프가 사람의 단면만 보았는지도 모르겠다. 죠세프는 워낙 눈치가 없으니까. 원래 다그람이란 사람의 성격이 저런지도 모르지. 그걸 억누르다가 다른 나라에 파병을 오니 자만심이 높아져서 본래 성격이 드러난지도… 죠세프에게 저 사람 닮지 말라고 해야겠어.

우리가 들어간 곳은 여관 1층의 식당이었다. 그곳을 회의실로 이용하였다. 물론 기사들만의 중요 밀담은 여관의 특실에서 한다고 했다. 그래서인지 우리를 안내할 때도 특실이 있는 2층으로 올라가는 계단을 피해 안내하였다. 거참, 은근히 기분 나쁘군…….

"이곳 사람 중에는 우릴 의심하는 사람도 꽤 됩니다."

다그람의 참모인 모란트 케이겔이란 기사가 먼저 말을 꺼냈다. 분위기를 봐서는 마법사 같았지만 옷 아래로 보이는 근육은 그가 기사라는 것을 말해 주고 있었다.

"당연한 것이지만 우린 멀쩡한데 이곳 병사들만 이러니 저라도 그런 생각이 들 겁니다. 그런데 전 한 가지 이상한 것을, 아니, 몸이 마비된 사람들의 공통점을 알았습니다."

모란트는 뭔가를 탁자 위에 올려놓았다.

"이건 타우트 왕국에서 쓰는 칼입니다. 일반 병사용 칼이죠. 그런데 보다시피 광채가 찬란하지 않습니까?"

"호오… 그거 언제 나온 결과인가? 난 처음 듣는데. 하긴 지금까지는 병사 몸과 주변 환경만 조사를 했었으니… 흠. 그런데 칼에다 은을? 대체 타우트에는 언데드라도 나돌아다니나?"

다그람이 눈에 빛을 내며 칼을 보았다. 그런데 은이라니, 난 마음을 너그럽게 써서 다그람에게 한 수 가르쳐 주기로 했다.

"타우트 왕국은 부자군요. 미스릴이라니……."

그랬다. 타우트 왕국의 칼은 미스릴로 되어 있었다. 그것도 일개 병사의 칼이… 하지만 설마 저게 다 미스릴은 아니겠지?

"잘 보셨습니다. 성함이 란셀 네르반이라고 하셨나요? 죠세프의 소개처럼 대단하시군요. 이건 미스릴 코팅이 된 칼입니다. 미스릴이 강철보다 훨씬 강하기 때문에 이렇게 코팅을 해도 흠집이 나거나 벗겨지는 일은 별로 없습니다. 참고로 말하자면 타우트 왕국은 국가 수입의 반 가까이를 군대에 투자하는 나라입니다. 이건 이번 사항과는 상관이 없고 문제는 이 미스릴 입힌 칼인데……."

모란트는 난감한 얼굴을 했다.

"공통점은 알아냈지만 그 이상은 알 수가 없었습니다. 어쩌면 이것
도 공통점이 아닌 우연일 수도 있으니까요."

그래? 하긴 칼 쓰는 것이 주업인 사람들이 머리를 쓰려니 안 되지.
그럼 전문가가 나서볼까?

"그런가요? 전 뭐가 잡힐 듯한데……."

이렇게 허풍 좀 치고…

"하지만 이것으로는 부족하군요. 우선 몸이 마비되었다는 사람들을
만나봐야겠습니다."

이렇게 풀어 나간다. 하하하. 이것도 능력이라니까.

난 그렇게 해서 몸이 마비된 사람들을 보고 있었다. 사람들은 여러
모양으로 누워 있었는데 처음 마비될 때의 모습이라고 했다. 거의 걷
다가 의자에 앉았다가 하는 등의 평범한 일상생활의 모습이었는데…

"저 사람은……."

난 한 사람의 모습에 의문을 느꼈다. 그 사람만 이상한 모습이었다.
손이 말아져 있는 형태나 뻗은 모습들을 보면 무언가 베려는 동작이었
다. 단순히 베는 것이라면 검술을 연마하는 것이라고 봐도 되겠지만
얼굴에 떠오른 경악한 표정을 보면 검술 연습은 분명히 아니었다.

"저 사람은 제옴 국경수비대 대장인 체르나 베벨트입니다. 매우 뛰
어난 실력을 가진 기사죠. 얼마 전까지 왕실 근위 기사 단장을 했는데
잠시 여기로 파견을 나온 겁니다. 그런데 파견을 나오자마자 저렇게
된 것입니다."

모란트의 설명이었다.

“덧붙이자면 여기 제옴이나 제옴과 맞닿은 카샤니안의 국경 도시인 페르카는 일종의 휴식처입니다. 우리 카샤니안과 타우트는 서로 동맹을 맺고 있기 때문에 국경 지대에 병사를 배치할 이유는 없으니까요. 다만 산적이 좀 많아서 귀찮을 뿐입니다.”

난 모란트의 설명이 끝나자 궁금한 것을 물어보았다.

“그런데 근위 기사 단장까지 할 정도면 대단한 실력인데 그런 사람이 저런 표정을 지었다는 것이 이상하군요.”

모란트도 고개를 끄덕였다.

“저도 그것이 궁금합니다. 체르나 베벨트는 타우트 국왕에게 직접 순수한 미스릴로 된 칼을 하사받을 만큼 뛰어난 기사입니다.”

난 모란트의 말을 들으며 체르나를 자세히 살폈다.

“응?”

그때 난 이상한 것을 보았다. 이건…

“죠세프, 식초.”

“예?”

“식초 가지고 와봐. 조사할 것이 있어.”

“아, 예… 아무 식초면 됩니까?”

“그래.”

“아, 잠시만요.”

그때 모란트가 죠세프를 말렸다.

“식초가 어디 있는 줄 알고 가시려는 겁니까? 아까 말씀은 못 드렸지만, 아니, 제가 말을 못 드렸어도 보셨으면 알겠군요. 지금 이곳은 외인 출입 금지랍니다. 그래서 물건이 어디 있는지 누구에게 물어볼 사람도 없죠. 아마 한참을 헤매실 겁니다. 그러니 제가 가져오죠. 전

보기보다 성질이 급해서 기다리지 못하거든요.”

모란트는 씨익 미소를 지으며 나갔다.

잠시 후 자그마한 병을 하나 가지고 왔다.

“이 정도면 될까요? 혹시 많이 필요하십니까?”

난 모란트가 가지고 온 병을 보았다. 대략 한 뼘 정도 되는 크기의
병.

“충분합니다.”

난 모란트에게서 병을 받아 마개를 열었다. 순간 시큼한 냄새가 진
동을 했다.

“휘유… 냄새.”

난 약간의 식초를 미리 준비한 접시에 따랐다. 그리고 나무 막대를
체르나의 입 안에 넣어 혀에 있는 백태를 살살 긁어 거기서 나온 것을
식초를 담은 접시에 떨어뜨렸다.

“란셀, 그거…….”

“훗. 죠세프, 너도 그렇지? 사람의 혀에는 백태가 끼지. 입 냄새의
원인이기도 한 물질인데 그 색은 하얗잖아. 하지만 녹색의 백태라…
의심이 가지?”

난 그렇게 말하며 접시를 바라보았다. 하지만…

“어? 아무런 반응이 없어?”

난 좀 당황했다. 내 예상대로면 식초가 붉게 변해야 했다. 그리고 떨
어뜨린 백태는 흰색으로 변해야 했다. 하지만 전혀 그런 변화가 없었
다. 그럼 내가 틀린 건가? 난 다시 보았지만 아무런 이상이 없었다.

“왜 그러십니까?”

계속 접시만 들여다보는 내가 이상해서였을까? 모란트가 이상하다

는 듯이 물어왔다.

"아, 아닙니다. 음… 제 생각이 틀렸군요."

난 결국 내가 틀린 것을 인정했다. 난 제대로 짚었다고 생각했었다. 내가 배운 바로 혀에 녹색의 백태가 끼는 경우는 단 한 가지였다. 하지만 지금의 반응으로 보면 아무래도 내가 모르는 새로 생긴 병일 가능성이 컸다. 그렇다면 이건 내가 해결할 수 있는 문제가 아니었다. 그런데… 거기까지 생각하자 이상한 생각이 들었다.

"그런데 아까부터 궁금했던 것이 있습니다만……."

난 모란트에게 물었다. 무, 물론 아까는 아니지만… 그래도… 흠흠.

"의사나 신관, 마법사들은 부른 적이 없습니까?"

내 물음에 모란트는 고개를 저었다.

"왜 안 불렀겠습니까? 이미 타우트 왕실에서 이름난 명의에 신관에 마법사까지 보냈었죠. 하지만 아무도 저들을 고치지 못했습니다. 그 후에는 더 이상 기사나 병사를 못 보내고 우리에게 도움을 요청한 것이죠."

"호오… 왕실요?"

"예, 체르나 베벨트의 경우는 타우트에서도 알아주는 인재입니다. 그러니 당연한 일입니다."

"그런데 왜 저렇게 방치를 했을까요?"

내 물음에 모란트는 손을 턱에 가져가며 말했다.

"글쎄요… 이건 제 판단입니다만… 여러 사람이 저렇게 마비된 것을 보고 전염병이라고 판단한 모양이죠? 체르나 베벨트를 비롯한 몸이 마비된 사람들을 수도로 데려가지 않은 것을 보면요."

난 모란트의 말에 그렇겠다는 생각을 했다. 나라도 그렇게… 응? 그런데 뭔가 석연찮은 구석이… 대체 뭐지? 기분 탓인가?

"아, 그리고 란셀 씨, 살펴볼 것 다 살피셨으면 전 이만 가볼까 합니다. 할 일이 산더미거든요. 다른 나라에 와 있다는 것, 정말 골치 아픈 일입니다."

"예, 그러세요. 저도 잠시 생각을 해봐야 할 것 같습니다."

난 모란트의 말에 흔쾌히 대답했다. 아닌 게 아니라 나 혼자 조용히 천천히 생각을 해보려는 참이었다.

"그럼."

모란트는 발을 돌려 갔다. 아니, 가려다가 다시 되돌아왔다.

"참. 란셀 씨, 식초는 주셔야죠. 그거 요리할 때 쓰는 식초입니다. 넣을 식초 안 넣으면 음식이 맛없어집니다."

"어떻게 생각해?"

모란트가 간 후 잠시 있다가 난 죠세프와 에나에게 물었다. 하지만 둘은 아무 말도 없었다. 내 말이나 들었는지 원… 딴생각에만 몰두해 있으니. 애고… 다리온이… 아니, 에레시스가 있었을 때가 그립군. 그나저나 죠세프는 뭘 생각하는 거야?

"어이, 죠세프."

"아, 란셀."

"뭐 하는 거야? 대체 무슨 생각을 그렇게 해?"

"아… 그게요…….."

죠세프는 좀 전에 식초를 담았던 접시를 보며 말했다.

"이거 이상하군요."

"뭐가?"

"왜 모란트 씨가 접시에 담겼던 식초를 버렸을까요?"

난 잠시 생각해 보았다. 그랬나? 하긴 지금 접시에는 아무것도 없었다. 그렇다면 죠세프의 말대로 모란트가 접시의 식초를 버렸겠지. 난 전혀 기억하지도… 아니, 못 봤겠지. 봤어도 무심히 넘겨 기억을 못하거나. 하지만 그게 무슨 문제라도 되나?

"란셀, 생각을 해보세요. 모란트 씨는 기사입니다. 우리야 그저 여행자니까 모란트 씨라고 하지만 실제로는 모란트 경이라고 불러야 한다고요. 그런데 그런 사람이 식초를 가지고 오는 것도 모자라 뒤처리까지 했다? 이상하지 않나요?"

"그, 글쎄……."

난 잠시 생각을 해보았지만 특별히 이상할 점은 없었다.

"글쎄가 아닙니다, 란셀. 란셀은 평민이었죠? 아마 그래서 모르시는 모양인데 모란트 씨는 귀족입니다. 귀족은 명예를 소중히 합니다. 그런데 명예라는 것은 체면치레가 필수라고요. 저같이 여행을 다니는 사람인 경우라면 모를까 접시를 치우는 따위의 하찮고 천한 일을 하는 것은 귀족의 명예를 더럽히는 일입니다. 그런데 그런 일을 모란트 씨가 한 겁니다. 그 자신의 명예를 깎아내릴 일을 말입니다. 정상적으로 본다면 모란트 씨가 한 일, 그건 일하는 사람에게 명령을 했어야 하는 겁니다."

그러더니 죠세프는 접시를 코에 가져가더니 냄새를 맡았다.

"역시… 아까 식초병을 열었을 땐 시큼한 냄새가 진동을 했는데 오히려 식초를 담았던 접시에서는 아무런 냄새도 안 나는군요."

닌 죠세프의 말을 듣고 접시를 거의 빼앗다시피 받아 들고 냄새를 맡아보았다. 그런데 정말 냄새가 안 났다.

“이거…….”

“뭔가 이상하죠?”

난 죠세프의 얼굴을 보았다.

“그런데 어떻게 알았지? 단순히 모란트가 직접 식초를 가져오고 치운 것을 가지고?”

죠세프는 고개를 저었다.

“사실 처음 식초병을 열었을 때부터죠. 제가 어렸을 때의 일이었습니다. 그날 전 정원을 뛰어다니며 놀다가 목이 말라서 집 안으로 들어갔었지요. 그런데 그만 마주 오던 하녀와 부딪쳤어요. 그때 하녀는 식초를 가지고 가던 중이었는데 저와 부딪치는 바람에 그만 식초병을 놓쳤지요. 바닥에 떨어진 식초병은 깨졌고요. 그런데 그 식초 냄새… 아직도 기억에 남아 있어요. 그런데 그때의 식초병보다 지금 모란트 씨가 가져온 식초병이 더 컸는데 식초 냄새는 생각보다 덜 나더라고요. 물론 어렸을 때는 좋은 향기만 맡아서 식초의 냄새가 원래보다 강렬하게 느껴졌겠지만 아무리 그렇더라도 차이가 너무 나더라고요. 그래서 혹시나 하고 접시의 냄새를 맡은 것이죠.”

흠… 어렸을 때의 기억을 가지고 그런 생각을? 나라면 그런 일이 있어도 기억 못할 텐데 대단하다. 그건 그렇고 죠세프가 언제 저렇게 눈치가 빨라졌나? 다 내 교육 탓인가?

“그럼 확실하군요.”

옆에서 예나가 말했다.

“처음부터 모란트 씨가, 아니, 모란트가 우릴 속인 거라고요. 무슨 이유에서인지는 모르지만 어쩌면 이 사람들이 마비된 것과 관련이 있을지도 모르죠.”

나도 예나의 의견에 찬성이었다. 그때 모란트가 돌아왔다. 그리고…

"아, 깜빡했습니다. 접시도 가져다 놔야 하는데."

라고 말하며 황급히 접시를 챙겨 나갔다.

"더 이상 머리 굴릴 이유는 없지?"

내 말에 예나와 죠세프도 고개를 끄덕였다. 그때 페디가 날개를 파닥거리며 내 눈앞으로 날아왔다.

"저 마비된 사람들 말이에요. 아마 란셀이 생각하는 것이 맞을 거예요. 그러니까 식초 대신 물을 가져왔겠죠."

페디의 말도 맞았다. 아마 모란트도 사람들이 마비된 이유를 아는 것 같았다. 아니, 이용했을 것이다. 호오~ 그러고 보니 모란트도 상당한 지식을 지녔네? 대체 이런 걸 어디서 안 거지?

내가 생각하는 이유는 이랬다. 저 사람들은 지금 샤츄틴이란 벌레에게 당한 것이다. 샤츄틴은 말이 벌레지 솔직히 벌레는 아니었다. 다만 벌레 모양의 연기였다. 마나로 이루어진 연기. 그래서 사람들은 샤츄틴을 연기벌레라고 했다.

그런데 마나로 이루어졌든 뭐로 이루어졌든 형태가 연기라서 그런지 사물을 잘 통과했다. 물론 철판 등은 통과를 못하지만 사람의 피부에 스며드는 것은 일도 아니었다. 샤츄틴은 사람의 몸에 기생… 기생이라고 해도 되는지 몰라도 사람 몸에 스며드는 것을 좋아했다. 사람의 몸은 마법을 쓸 수 있는 만큼 마나를 끌어들여 스스로를 복제하기 때문이었다.

그래서 마도시대 때 샤츄틴은 잃어버린 고리로 연구가 되었었다. 몇 종 안 되지만 마나로 이루어진 생명체들. 일반 생명체처럼 세포로 이루어진 생명체가 아닌 마나가 그 근간을 이루는 생명체였다. 대표적인 마

나생명체로는 초록여우가 있었다. 다만 샤츄틴이 초록여우와 다른 것
은 초록여우는 마나를 근간으로 하지만 독과 세균으로 몸을 이룬 것이
고, 샤츄틴은 순수한 마나로만 이루어졌다는 것이다. 하긴 순수한 마나
로 이루어진 마나생명체는 샤츄틴이 유일했다. 물론 샤츄틴을 생명체
로 간주할 때만이지만. 그런 마나생명체들은 언제 어떻게 생겨났는지
알 수가 없었는데 샤츄틴이 그 진화의 과정을 보여준다고 생각한 것이
었다. 왜냐하면 샤츄틴은 순수한 마나로 이루어져 있으면서도 어느 정
도 형체를 갖추었기 때문이다. 물론 심증뿐이었다. 마나가 형체를 이루
는 것은 다른 것으로도 설명이 가능했기 때문이다. 그래서 많은 학자와
마법사들이 샤츄틴에 대해 연구하고자 했었다.

　하지만 그걸 연구하기에는 크나큰 난관이 있었으니, 바로 사람 몸에
스며들어 가서 사람을 마비시키는 것이었다. 약간의 틈만으로도 그렇
게 되었기 때문에 결국 연구는 포기하고 샤츄틴을 박멸시켰다.

　"그럼 저 사람들을 고칠 방법도 있나요?"

　내 말을 듣고 예나가 물어보았다.

　"물론 있지. 간단하지만 어려운 방법. 샤츄틴이란 놈이 사람 몸에
순식간에 스며들어 저렇게 마비를 시키긴 하지만 본질은 마나야. 그
다음은 죠세프가 나보다 더 잘 알걸?"

　난 죠세프를 보았다. 그런데… 모르겠다는 표정?

　"어이, 죠세프. 아직 모르겠어? 샤츄틴은 몸속에 있는 마나라니까."

　하지만 죠세프는 고개를 저었다. 이럴 수가. 이럴 수가… 죠세프가
눈치는 없지만 머리 하나는 끝내주게 좋은데. 좋아, 그럼 다시 한 번.

　"죠세프, 잘 들어. 샤츄틴에게 잠식당했던 사람이 요행히 샤츄틴을
몸 밖으로 밀어내면 그 사람에겐 전화위복이 돼. 왜냐하면 그만큼 몸

이 마나에 잘 반응하고 마나를 받아들이기 좋게 변화하기 때문이지.”

“좀 확실히 말해 주실래요? 무슨 스무고개도 아니고……”

심드렁한 죠세프의 말이었다. 이런.

“죠세프.”

그때 예나가 죠세프에게 다가갔다.

“죠세프는 천재잖아. 란셀이 한 말을 알 수 있을 거야.”

쯧쯧. 예나야, 그러다 상처받는다. 죠세프 눈치없는 건 전 대륙이 다 알… 까?

“하아!”

그때였다. 죠세프가 손뼉을 쳤다.

“그렇군요. 검기나 마나 강으로 마나를 몸 밖으로 배출시키면 되는구나. 맞죠?”

“어.”

우선은 죠세프가 맞긴 했는데…

“고마워, 예나. 네가 격려 안 했으면 몰랐을 거야.”

음… 한 쌍의 샤츄틴 같은…….

죠세프는 땀을 흘리고 있었다.

“휴우, 마지막 한 사람이군요.”

난 사람들을 바라보았다. 사람들은 지금 편안히 깊은 잠을 자고 있었다.

“그럼 시작합니다.”

죠세프는 마지막 남은 사람을 일으켜 세워 앉히고 등 뒤에 손을 가져갔다. 죠세프가 호흡을 조절하며 힘을 쓰는 듯하자 마비된 사람의 손에서는 빛이 나기 시작했다. 죠세프가 마비된 사람의 몸에 직접 힘을 가해 피시전자의 마나를 운용하는 것이었다. 저런 기술은 상당한 고급 기술인데 언제 저런 걸 다 익혔지?

"그런데 저 사람들은 왜 안 깨어나고 잠을 자는 거죠?"

예나가 자고 있는 사람을 툭툭 차면서—어이, 예나. 암만 자느라 모른다지만 발로 차면 어떻게 해—물었다.

"저 사람들은 마비가 되었던 거지 잠을 자거나 기절한 경우가 아니니까. 마비가 되면서 몸 자체가 긴장을 하게 된 거야. 샤츄틴에 의해서지. 그런데 그 샤츄틴을 몰아냈으니 긴장이 풀렸다고 할까? 간단히 말하자면 심한 운동을 해서 온몸을 긴장시켰는데 그 긴장을 확 풀려 버린 것과 같다고 할 수 있지. 그러니 피곤하지 않겠어?"

"으음……."

내가 예나에게 설명을 다 했을 때 누군가가 신음 소리를 내며 일어났다. 체르나 베벨트였다.

"으음… 여기가 어디지?"

난 속으로 감탄했다. 체르나 베벨트란 사람, 대단한 사람이었다. 체력도 체력이지만 샤츄틴에 걸렸던 사람들은 샤츄틴에 의한 마나의 영향으로 한동안 기절 상태이기 때문이었다. 그 마나의 영향이 나중에 전화위복이 되는 것이지만… 그런데 그런 마나의 영향에서 이렇게 빨리 깨어난다는 것은 그만큼 마나와 잘 반응한다는 뜻이었다. 치르나 베벨트라는 사람, 아마도 최소한 소드 마스터의 경지에는 이를 것이 틀림없을 것이다.

"이, 이봐요, 여기가……."

체르나 베벨트는 다시 물어왔다.

"여기요? 여긴 제 옴 시인데요."

내가 대답하자 체르나는 날 물끄러미 바라보았다. 흠… 내 대답이 잘못된 건가?

"체르나 베벨트, 기억을 못하시는 모양인데 당신은 지금까지 몸이 마비가 되어 있었습니다."

죠세프의 대답이었다. 그런데 이번엔 체르나가 고개를 끄덕이며 아는 척한다. 뭐얏, 이거! 왜 내가 대답을 할 때는 날 이상하게 바라보더니 죠세프의 대답은 알겠다는 반응이지? 죠세프의 대답은 체르나의 물음인 어디냐의 답도 아니잖아. 그거에 비하면 난 정확한 대답을 해주었잖아.

"그럼 지금은……."

체르나가 다시 물었다.

"우리가 당신을, 아니, 당신과 다른 사람들을 모두 치료했습니다."

죠세프의 대답에 체르나는 놀라는 표정이었다. 그러더니 자신의 몸을 살피고는 몸을 움직여 보았다. 몇 번 팔과 다리를 움직이더니 체르나는 환희의 표정을 지었다.

"오오… 움직인다. 이럴 수가……."

체르나는 몇 번을 그렇게 말하고는 죠세프를 바라보았다. 그리고 감사의 인사를 했다.

"감사합니다. 당신이 저를… 아니, 모든 사람들을 고치셨군요. 정말 감사드립니다."

"뭘요, 제가 해야 할 일을 했을 뿐입니다."

죠세프도 미소를 지으며 겸손하게 대답했다. 그런데… 어이, 이봐요. 치료법을 알려준 사람은 난데…….

"그러니까 어느 순간에 마비가 되었고, 그 마비된 상태에서도 어느 정도 의식은 있었다는 거죠? 언제 의식을 잃었는지 모르지만 우리가 치료를 해준 덕에 마비가 풀렸는데 그때 정신도 돌아왔다… 그겁니까?"

"예, 확실히 저는 정신을 잃었었습니다. 그 증거가 제가 정신을 차렸다는 거죠."

음… 쉬운 말도 저렇게 난해한 말이 될 수가 있군. 난 체르나에게 다른 사람들의 상태에 대해 말해 주었다. 체르나는 별로 놀라는 표정 없이 내 말에 고개를 끄덕였다. 하긴 그도 저들 중 한 사람이었으니 놀랄 일은 없을 것이었다.

"그런데 어떻게 하면 이런 일이 다시는 발생하지 않겠습니까?"

체르나가 진지한 표정으로 물어왔다.

"글쎄요… 우선 기다립시다."

난 우선 그렇게 대답을 했다. 정말 모란트가 관련된 일이면 그가 어떤 행동이라도 할 것이 확실했기 때문이다. 그래서 난 페디에게 모란트를 잘 살피라고 말해 놓았다. 그동안 우리는 차라도…

쾅!

그때였다. 누군가 문을 박차고 뛰어들었다. 두 명이었는데 그들은…

"다그람 이젝스 경, 모란트 케이겔 경."

체르나가 놀라며 말했다.

"그대들이 제옴 시에는 왜……."

그때 난 생각났다. 체르나가 마비될 당시 다그람과 모란트는 제옴 시에 오지 않았을 때라는 것이. 하지만 페르카에 파견을 나왔던 때여서 서로 잘 아는 것 같았다.

"흥! 너희들, 잘도 내 새끼들을 죽였겠다!"

하지만 모란트는 체르나를 거들떠도 안 보고 우릴 노려보며 말했다. 그런데 새… 끼?

"무슨 소리지?"

난 한 가지 생각이 머리에 떠올랐지만 곧 그 생각을 지워 버리고 모란트에게 물었다.

"네놈들이 내 새끼들을 죽였어. 감히……."

난 그때 한 가지 내용이 떠올랐다. 어떤 학자가 쓴 글이었는데 마나생명체에 대한 연구 내용이었다. 그 내용에 나오기를 마나생명체가 비록 단순한 형태라도 어느 순간에 진화를 할 수 있다는 것이었다. 아주 기초적인 마나생명체에서 단 하루 만에 복잡하며 완전한 형태의 생물로 진화가 가능한 것이 바로 마나생명체라는 것이었다. 물론 처음부터 복잡한 형태로 나타날 수도 있고 진화 없이 소멸하는 경우도 있는 등 매우 다양하고 복잡한 것이 마나생명체인데 이번의 경우는 어쩌면 진화를 했을지도 몰랐다. 왜냐하면 내가 아는 샤츄틴은 어미가 새끼를 낳는 것이 아니라 한 개체가 두 개로 분화하는 방식이기 때문이었다.

"혹시 진화?"

난 그렇게 물어볼 수밖에 없었다.

"응? 나를 아는가? 그렇군, 네놈이었어. 네놈이 내 새끼들을 죽인 놈이군. 하긴 나에 대해 아니까 내 새끼들을 죽이는 방법도 알았겠군."

모란트가 날 쏘아보았다. 그런데…

"란셀, 뒤로 물러나세요. 저건 사람의 눈빛이 아닙니다."

죠세프가 내 앞을 막으며 말했다. 난 죠세프의 말대로 뒤로 물러났다. 아닌 게 아니라 지금 모란트의 눈빛은 아까까지 보던 모란트의 눈빛이 아니었다. 공허한 눈빛 속에 번득이는 살벌함. 난 그런 모란트를 보며 죠세프에게 주의를 주었다.

"조심해. 내 생각으로는 다그람도 모란트와 같을 것 같다."

죠세프는 내 말에 고개를 끄덕이며 말했다.

"예, 저도 어느 정도 의심은 했어요. 다그람 정도의 사람이 은과 미스릴도 구분 못한다는 것은 있을 수가 없는 일이죠."

훗, 그렇군. 죠세프가 눈치 챌 정도면 얼마나 어설픈 연극을 했는지 알 수가 있는 일이지. 나야 뭐 다그람이란 사람에 대해 모르니 그런 것으로는 눈치 채지 못했지만 그래도 직감이란 것으로…

"훗, 드디어 정체를 드러냈군."

모란트에 이어 누군가가 나섰다.

"모란트 케이겔, 아니, 그의 안에 들어 있는 이상한 존재여."

말을 한 사람은 모란트 뒤에 서 있던 다그람이었다.

"어, 어떻게……."

모란트는 놀란 표정이었다.

"왜, 의외인가? 내가 이상한 것에 사로잡혀 있어야 하는데 이렇게 정상인 것이?"

다그람은 가볍게 웃으며 말했다.

"정말 지옥이 따로 없었지. 난 분명 정신도 말짱하고 감각도 있는데 내 몸이 마음대로 움직이는 거야. 말도 내 의지대로 안 되고. 마치 다른 사람이 내 몸을 조종하는 것처럼. 게다가 내 몸에서 뭔가 빠져나가는 느낌이 들 때는 정말 미칠 것 같더군. 그게 대체 뭐였지? 마나 같았는데 뭔가 달랐어. 아무튼 그런 기운이 빠져나갈 때가 기회였지. 왜였는지는 모르지만 내 몸을 장악하던 기운의 힘이 약해지더군. 그래서 그 순간을 놓치지 않고 다시 내 의지가 내 몸을 되찾은 거야. 물론 내 몸을 조종하던 기운은 소멸됐지. 이래 봬도 난……."

순간 다그람은 칼을 뽑았다. 그러자 칼에서 빛이 나더니 그 빛이 길어졌다.

"기본적인 소드 마스터 단계는 넘어섰거든. 이것이 바로 소드 마스터 6단계다."

그걸 보던 모란트의 얼굴빛이 변했다.

"그, 그렇군… 내가 널 너무 과소평가했군."

그 말에 다그람은 빙긋 웃으며 칼을 집어넣었다.

"그랬나? 어찌 되었든 내 승리지. 난 내 몸을 다시 차지하고도 일부러 그 알 수 없는 기운에 몸을 빼앗긴 것처럼 행동했지. 진상을 밝히기 위해. 사실 내 능력이 대단하다고는 생각 안 하지만 그래도 소드 마스터인 내 몸을 장악할 정도면 대단한 능력이기 때문에 섣불리 나설 수가 없었거든."

"그런데 왜 나섰지? 얌전히 정보나 캐서 윗전에 알리기나 할 것이지."

모란트의 물음에 다그람은 우릴 가리켰다.

"다 치료를 했잖아. 내 몸에 있던 기운과 저 사람들이 마비가 되었던 것이 같은 이유라는 것쯤 알아챌 눈치 정도는 있거든."

난 다그람의 말에 감탄했다. 저 다그람이란 사람, 내가 생각한 것과는 다른 아주 유능한 사람일…

"참, 그리고 죠세프. 난 은과 미스릴 구별 못해. 음… 뭐 자랑거리는 아니지만……."

…까?

"그런데 한 가지 궁금한 게 있어."

난 모란트에게 물었다.

"언제 어떻게 어떤 방식으로 진화를 했고 왜 모란트 몸 안에 있는 거지?"

"그건 나도 몰라."

모란트는 씩 웃으며 말했다.

"어느 순간에 이렇게 되어 있더군. 아니, 내가 깃든 몸의 주인들 때문일 거야."

그러더니 모란트는 칼을 빼어 들었다. 순간 빼어 든 칼에서 검기가 일렁였다. 소드 마스터의 6단계. 모란트도 그 정도의 막강한 실력이었던 것이다. 그런데 한 나라에 한 명만 있어서도 대단하다고 하는 5단계를 넘어선 소드 마스터가 둘이나? 아니, 죠세프나 다른 사람까지 합하면 몇 명일지 모르겠군. 카샤니안은 축복받은 나라군. 물론 우린 별로 축복받은 상태는 아니지만.

다그람이 소드 마스터 6단계에 죠세프도 그 이상을 넘은 실력이긴 하지만 모란트를 제압하기는 어려울 것이 분명했다. 왜냐하면 우린 모란트를 산 채로 제압해야 하기 때문이었다. 모란트를 보자 다그람도 나머지 칼을 빼어 들고 검기를 생성시켰다. 칼 두 개에 동시에 검기를 생성시키다니… 다그람이란 사람, 내 생각을 뛰어넘는 실력이었다. 하지만 그것을 보던 모란트는 다시 웃었다.

"다그람, 넌 실수한 것이다. 난 마나생명체, 그것도 순수한 마나생명체다. 그것이 무엇을 뜻하는 것인지 아나? 바로 이것이다."

순간 모란트의 검기가 더 길어졌다. 저건…

"7단계의 소드 마스터. 인간들은 꿈의 그랜드 마스터라고 부르지.

내가 깃든 이자의 실력은 분명 6단계의 소드 마스터지만 마나생명체인
내가 깃들면 이렇게 능력이 높아지지."

모란트가 그랜드 마스터? 이거 마나생명체인 샤츄틴이 정말 엄청나
게 진화를 한 것이군. 어쩌면 다그람과 모란트의 능력이 그들을 진화
하도록 했는지도 모르는 일이었다. 물론 왜 하필이면 더 강력한 능력
을 지녔던 사람들이 우글대던 마도시대 때는 진화하지 않다가 지금에
와서야 진화를 했는지 의문이지만. 물론 마도시대 초기에 거의 박멸이
되긴 했지만 그 정도로 설명하기에는 너무 부족한 부분이 많았다. 이
거 불가사의한 일이 하나 추가되는군.

난 거기까지 생각하고 죠세프를 바라보았다. 현재 우리 중 가장 기
대할 사람이었다. 체르나의 실력도 대단하겠지만 다그람이나 모란트
보다는 한참 못 미칠 것이 확실했다. 방금 전에도 난 다그람과 모란트
를 보고 놀란 표정을 짓는 것을 보았다. 난 죠세프의 천재성을 믿고 싶
었다. 죠세프는 말없이 주먹을 쥐었다. 그러자 손에서 검기가 생성되
었다. 그랜드 마스터를 넘어선 그랜드 마스트. 소드 마스터 8단계. 어
느새 죠세프는 그 정도의 경지에 다다라 있었던 것이다. 이건 정말 놀
라지 않을 수 없는 일이었다.

죠세프의 나이는 이제 고작 21살. 보통 사람은 검기는커녕 아직 검
술 연습이나 할 나이였다. 그런 죠세프를 보고 모란트도 놀란 표정이
었다. 하지만 다시 얼굴에 비웃음을 띠었다.

"훌륭하군. 대단해. 그렇게 가볍게 검기를 만들다니. 어쩌면 더 높
은 경지일 수도 있겠군. 하지만 아무리 실력이 좋아도 문제가 있지. 설
마 내 숙주를 죽일 셈인가?"

모란트는 우리의 약점을 정확히 꼬집었다. 난 죠세프를 바라보며 고

개를 저었다. 어쩔 수 없는 상황인 것이다. 그런데 죠세프는 살짝 미소 지으며 검기를 더 강렬히 일으키며 말했다.

"아니, 케이겔 경 안의 너만 소멸시킬 거야."

순간 모란트는 뭔가 위협을 느꼈는지 급히 뒤로 물러서서 밖으로 나갔다. 하지만 죠세프는 모란트보다 빨랐다. 어느새 모란트의 바로 코 앞에 있었던 것이다. 지금 시간은 저녁놀의 붉은 기운만 남아 땅거미를 드리운 어스름한 저녁. 죠세프와 모란트의 검기에서 발하는 빛이 더욱 돋보였다.

"죠세프, 내가 도와주겠어."

죠세프와 모란트가 대치를 하자 다그람이 나섰다. 다그람은 양손에 각각 바스타드 소드를 들고 있었고, 그 두 개의 바스타드 소드에서 검기가 일렁이고 있었다. 검기가 아니더라도 저 다그람이란 사람의 실력은 상당한 것 같았다. 남들은 두 손으로 쓰는 바스타드 소드를 양손에 들고 있으면서도 전혀 어색해 보이지 않으니 말이다. 다그람이 나서자 모란트는 순간 무표정한 얼굴이 되었다.

"위험해요."

"응?"

누구지?

"저 모란트란 사람 위험해요. 모란트 안의 샤츄틴이 모란트를 자신의 숙주가 아닌 순수한 무기로 쓰고 있어요. 저 무표정한 얼굴이 그것을 증명해요."

난 말소리가 들리는 곳으로 고개를… 밑이군. 그럼…

"팡? 언제 일어났냐?"

『좀 전에 모란트가 왔을 때부터요. 재미있는 일이 생길 게 뻔한데 잠만 잘 수가 없잖아요.』

　이런, 이게 재미있는 일이야? 아무래도 팡이가 잠을 너무 많이 자서 상태가 영… 앗! 지금 죠세프와 모란트가 서로 달려들었다. 강하게 칼과 검기를 뻗어내는 모란트. 죠세프는 한 발 옆으로 살짝 피하면서 모란트의 검을 빗겨서 흘려보냈다. 순간 검기가 부딪치며 밝은 광채가 났다. 다시 강하게 칼을 내려치는 모란트. 죠세프는 피하지 않고 칼의 옆면으로 모란트의 검을 쳐냈다. 다시 강한 빛과 함께 번개가 번쩍이는 듯한 섬광이 일어났다. 죠세프에게 칼이 밀린 모란트는 제자리에서 한 바퀴 빙 돌더니 곧바로 죠세프에게 돌진하며 칼을 찔렀다. 검기를 크게 일으켰다. 순간 검기는 앞으로 쭉 뻗었다. 죠세프의 위기였다. 하지만 죠세프는 같이 검기를 일으키며 모란트의 검기를 받아쳤다. 이번에는 더욱 강한 빛이 일어날 것이라고 생각했지만 아니었다. 죠세프는 같이 검기를 부딪치려 하는 듯하다가 곧바로 모란트의 머리를 넘어갔다. 그리고 몸을 돌려 모란트의 등에 검기를 들이대었다. 순식간에 모란트의 등을 뺏고 제압하는 순간이었다. 하지만 모란트는 얼굴에 비웃음을 띠며 천천히 죠세프를 향해 돌았다. 모란트를 죽일 수 없는 우리의 약점을 철저히 이용하는 행동이었다.

　"넌 날 못 이겨. 왜냐하면 내 숙주인 모란트를 죽일 순 없으니까. 물론 난 다르지만."

　모란트는 그렇게 말을 하고는 다시 얼굴을 무표정하게 한 후 죠세프에게 달려들었다.

　콰앙!

　이번엔 정말 제대로 부딪쳤다. 검기가 서로 부딪치자 강한 빛이 퍼져 나왔다. 그리고 그 파장으로 몸이 저절로 흔들렸다. 죠세프와 모란트의 공방은 계속되었다. 그때마다 터져 나오는 강렬한 빛에 우린 눈을 가려야만 했다.

한순간 정적이 찾아왔다. 난 눈을 살짝 떠보았다. 내 눈에 들어온 것은 죠세프와 모란트가 대치하고 있는 모습이었다. 모란트는 여전히 무표정한 얼굴이었고 죠세프도 마찬가지였다. 둘 다 지친 기색이 하나도 없어 보였다.

"대단하군. 나야 숙주의 몸을 움직이는 것이니 힘들 것 하나 없지만 넌 육체를 가진 인간으로서 이런 싸움을 하고도 멀쩡하다니… 혹시 키메라냐?"

모란트의 물음에 죠세프의 무표정한 얼굴에 미소가 떠올랐다.

"마지막 할 말이 고작 그거라니, 역시 사람과 벌레는 생각하는 수준이 다른 모양이군."

"버, 벌레라니!"

모란트는 화를 내었다. 하지만 죠세프는 태연했다.

"다들 샤츄틴에 대해 이런 말을 하더군. 연기벌레라고. 벌레를 벌레라고 하는데 뭐 틀렸나?"

모란트는 잠시 얼굴이 일그러지더니 무표정한 얼굴로 되돌아갔다.

"그래서 날 없애기 위해 뭘 할 거지? 살충제를 뿌릴 건가? 난 다그람의 몸 안에 있던 내 짝과는 그 힘이 달라. 날 없애려면 내 숙주를 죽이는 방법밖에는 없지."

하지만 죠세프는 미소를 지우며 말했다.

"아니, 다른 방법이 있어. 아까 저 사람들을 치료하며 알아낸 방법인데 힘이 다르다고 해도 본질은 같을 테니 그 방법이 분명 통할 거야."

그 말을 들은 모란트의 얼굴에 순간적으로 긴장의 빛이 떴다 사라졌다.

"훗, 그런 허풍이 통할 거라고 생각했나? 어디 그 방법이란 것을 한 번 써보시지."

"원한다면."

그 순간이었다. 모란트 주변으로 빛의 기둥이 일렁였다.

"이, 이게 뭐얏!"

모란트는 당황한 표정으로 소리쳤다.

"마나를 자연에 반응시킨 것이다. 마나를 파동시켜 네 숙주인 케이겔 경의 생명 에너지를 자극했지. 케이겔 경의 생명 에너지는 내 마나 파동에 반응해 진동하고 활성화되는 중이야."

"뭐, 뭣!"

"생명 에너지가 움직이면 마나가 움직이는 것은 당연하지. 참, 그리고 그 빛은 널 잡아두기 위한 것이지. 내 실력이 아직 미숙해서 이렇게 잡아두지 않으면 실패하거든."

난 죠세프가 모란트에게 하는 말을 듣고 이상한 생각이 들었다. 저런 빛의 기둥을 만들려면 마법진을 만들어야 하는데 어떻게 된 거지?

『저 밑을 보세요.』

잠시 어리둥절해 있는 날 향해 팡이 말했다.

"저런 식으로 마법진을 만들 수도 있었네요."

난 팡의 말에 모란트의 발 아래를 보았다. 거기엔 발자국이 어지럽게 있었다. 저건 방금 전에도 본 것이었다. 아무리 봐도 별다를 것이 없는…

『특별히 깊이 패인 발자국만 보세요.』

다시 팡의 말이 들렸다. 난 팡의 말대로 깊이 패인 발자국들을 유심히 봤다. 발자국 깊이는 여러 가지였지만 그렇게 차이가 나지 않았기에 눈에 띄일 정도로 깊이 패인 발자국들을 금방 살필 수가 없었다. 난 그런 발자국들을 살피다 순간 깨달을 수가 있었다. 깊이 패인 발자국들은 일정한 규칙이 있었다. 그 규칙에 따라 찍힌 발자국들은 하나의 마법진을 형성하고 있는 모양이었다.

"죠세프, 대체 그것이 뭐지?"

난 궁금해서 죠세프에게 물었다. 죠세프는 고개도 돌리지 않고 말했다.

"전에 란셀이 가르쳐 준 마법진요."

그랬다. 난 죠세프에게 마법을 가르쳤다. 내가 마법을 못하기는 하지만 마법 주문이나 원리는 아니까. 특히 마법진을 많이 가르쳐 줬었다. 하지만 죠세프가 발자국으로 그린 마법진을 가르쳐 준 적이 없었다. 마법진은 발자국으로 그릴 수 있는 단순한 것이 아니기 때문이다.

"내가 언제?"

내가 이렇게 되묻는 것은 당연한 것이었다.

"전에 란셀이 알려줬잖아요. 선형마법진."

선형마법진? 선형마법진이라면 고급 마법진 중의 하나였다. 선을 일정한 규칙에 따라 긋는 마법진인데, 다 그려진 마법진을 보면 잘 봐야 간단한 기초 마법진이고 보는 사람에 따라서는 낙서로까지 보이지만 사실은 고도의 계산과 마나 운용력을 필요로 하는 마법진이었다. 선형마법진은 바람의 흐름을 본따 그린 것으로 자연력을 시전하는 데 특히 힘을 발휘하는 마법진이었다. 하지만 선형마법진을 쓸 정도라면…

"죠세프, 너 어느새……."

난 더 이상 말을 잇지 못했다. 선형마법진은 한 가지 문제점이 있었다. 바로 고위 마법사만이 쓸 수가 있다는 것이었다. 그런데 죠세프가 선형마법진을 썼으니 죠세프는 이미 마법사로서 최고의 단계인 8서클에 8클래스의 대마법사라는 뜻이었다. 그것도 단지 발자국을 이용한 선형마법진을. 그건 죠세프의 마력이 그만큼 강하다는 증거였다.

여기서 한 차원 더 발전하면 언령 마법까지 쓰는 9클래스에 9써클의 마도사가 될 것이었다. 8단계의 소드 마스터에 대마법사라… 거기까지 생각한 난 순간 죠세프의 능력에 소름이 끼쳤다. 좀 전에 죠세프가 한 말, 마나를 진동시켜 생명 에너지를 활성화시켰다는 것. 그건 흔히 10단계의 소드 마스터라는 별칭으로 불리는 생명의 검, 그 기술의 가장 기초가 되는 기술이었다. 생명의 검과 마나를 이용한 검기는 서로 다른 것이라 7단계의 소드 마스터를 통과하면 9단계의 소드 마스터를 이루지 않아도 수련을 할 수가 있었다.

하지만 보통의 경우 생명의 검을 연마하는 사람은 없었다. 워낙 위험하고 수련법도 힘들어서 차라리 9단계의 소드 마스터의 성취를 이루는 것이 더 쉽기 때문이었다. 게다가 마나의 검기와 생명의 검 두 가지를 동시에 익히는 것은 더 더욱 어렵고 힘든 것이었다. 하지만 죠세프는 아직 기초 단계이지만 그것을 이루었다. 죠세프는 내 예상을 훨씬 뛰어넘는 천재였던 것이다.

“…셀.”

“어, 어?”

내가 잠시 죠세프의 능력에 얼이 빠졌을 때 죠세프가 날 불렀다.

“왜 그래?”

“란셀이 말한 샤츄틴이 저건가요?”

난 죠세프가 가리키는 곳을 보았다. 그곳에는 모란트가 쓰러져 있었

고 모란트 위에서는 벌레 모양을 유지한 채 바람에 흐늘거리며 빛이
나는 연기가 있었다.

"마, 맞아."

그건 확실히 샤츄틴이었다. 다만 그 크기가 내가 알던 크기보다 훨
씬 컸다. 한 열 배 정도?

"맞군요. 그럼 이제 어쩌죠?"

난 잠시 샤츄틴을 바라보았다. 어딘가 이용할 곳이 없을까? 하지만
결론은 아니었다. 저 샤츄틴은 오래전에 없어져야 했었다. 그러잖아도
위험한 존재인데 저렇게 진화까지 했으니 그대로 두면 더욱 위험할 것
이 뻔했다.

"소멸시켜야지."

결국 난 그렇게 말할 수밖에 없었고 죠세프도 고개를 끄덕이더니 온
몸에서 마나를 일으켰다. 다시 마나를 진동시키는 것이다. 샤츄틴은
마나로 이루어진 생명체였기에 죠세프가 일으키는 마나의 파장에 격렬
히 반응했다.

모란트의 몸 안에 있을 때는 비록 모란트의 생명 에너지가 샤츄틴에
게 충격을 주었겠지만 직접적인 마나의 파장에는 모란트의 육체가 어
느 정도 보호를 해주었을 것이다. 하지만 지금은 그런 보호체가 없기
때문에 죠세프의 마나의 힘을 그대로 받는 것이었다. 그리고 잠시 후
샤츄틴은 사라졌다.

"너무… 간단하네?"

난 어이가 없어서 샤츄틴이 사라지는 모습을 보았다. 좀 더 근사한(?)
모습을 봤으면 했는데. 쩝…….

"그럼 다 해결이 된 건가요?"

죠세프가 다가오면서 말했다.

"그런 것 같군. 그런데 어떻게 그런 능력을 발휘했지? 아니, 능력도 능력이지만 특히 발자국으로 선형마법진을 그린다… 정말 대단했어."

내 말에 죠세프는 뭔가를 생각하는 듯한 얼굴로 말했다.

"그게… 제가 케이겔 경과 싸우는데 누군가 제게 말을 걸더라고요. 음… 머리 속으로 울리는 목소리였는데… 그 목소리가 방법을 알려주었어요. 전 그대로 시전을 했고요. 그런데 마법진을 어떻게 만들긴 했는데 마법진을 발동시키는 순간 내 몸 안의 마나가 제멋대로 움직이더군요. 너무 무리하게 마력을 올렸기 때문이죠. 그런데 어느 순간 마나가 안정이 되더군요."

거기까지 말한 죠세프는 잠시 말을 멈추었다가 계속했다.

"또… 제가 쓴 마나를 진동시켜 생명 에너지와 반응시킨 것도 마법진을 알려준 목소리가 마나를 진동시켜 생명 에너지와 반응하게 하는 이치를 알려줘서 가능했어요."

난 죠세프의 말을 듣고 의아한 생각이 들었다. 대체 누굴까? 죠세프의 말이 맞다면 정말 대단한 존재가 우리 도와준 것이다. 그리고 죠세프도 대단하다. 단지 이치만 알려줬는데 곧바로 응용하다니.

"참. 그런데 란셀, 좀 이상한 게 있었어요."

"뭔데?"

"그 목소리, 마치 어린 동생이 치기 어린 목소리로 말하는 듯했었거든요."

이건 더 황당한 소리였다. 누군가 위엄이 실린 목소리로 말을 건 것이 아니라 어린 동생과 같은 목소리? 난 에나와 페디를 바라보았다. 둘 다 고개를 저었다. 둘 다 아무것도 느끼지 못했다는 소리. 그럼 이 황당한 사태를 알아보려면…

마침 잘되었다. 팡이 깨어 있으니 뭐 느껴진 것이 없었는지 물어봐야지. 전에 보여준 팡이의 능력을 보면 가능할 것 같았다.

"팡아."

『…….』

"응? 팡, 팡, 팡……."

팡이는 어느새 잠들어 있었다.

"어이, 일어나라니까. 팡, 팡."

하아… 다시 잠이 들었군. 이거 입이 있어야 잠 깨는 약이라도 먹이지. 야, 야, 일어나란 말야, 팡.

공주님의 병

달그닥. 달그닥.

난 카샤니안의 수도로 가는 마차 안에 있었다. 우리가 샤츄틴을 처리한 것을 본 다그람이 우릴 황궁에 추천했기 때문이다. 그렇다고 우리가 정식으로 궁정 마법사나 궁정 의사가 되는 것이 아니라 지금 황궁에서 일이 생겼기 때문이다. 공주님이 원인을 알 수 없는 병에 걸려 몸져누워 있다고 해서 우리의 능력을 알아본 다그람의 추천으로 공주님의 병을 고치기 위해 가고 있는 중이다.

"그런데 대단하군. 저런 변경에도 통신 마법 장비가 되어 있으니."

"당연하죠. 란셀은 지금까지 드래곤들과 살아서 잘 모르겠지만 각 국경마다 통신 마법 장비가 있어요. 언제 무슨 일이 벌어질지 모르는 곳이 국경이니까요."

난 고개를 끄덕였다. 죠세프 말이 맞게 느껴졌다. 아무리 우방국이

라도 이해가 얽히면 언제 적으로 돌아설지 모르니까. 그런데 우방국과
적국이라……

　"참. 죠세프, 모란트와 다그람은 어떻게 되는지 알고 있어? 난 민간
인이라 그런 일은 들을 수가 없어서 말야."

　내 물음에 죠세프는 손가락으로 이마를 긁으며 말했다.

　"글쎄요… 저도 민간인인데요. 아무튼 두 사람의 일은 불문에 부쳐
두기로 했다고 하더군요. 우선은 그들 자신이 가장 큰 피해자이니까
요. 이 소식은 오늘 아침 란셀이 늦잠을 자고 있을 때 체르나 베벨트
경이 와서 해준 말이었죠."

　"그, 그래?"

　아니, 이럴 수가. 그 인간들은 잠도 없나? 꼭두새벽에 와서 말을 하
고 가다니. 인간도 아냐.

　"참. 그런데 궁금한 것이 있어요. 어째서 타우트의 병사들만 샤츄틴
에 피해를 입었을까요?"

　"그거? 그건 무기 때문이야."

　"무기요?"

　난 고개를 끄덕이며 말했다.

　"응. 무기가 너무 좋아서였지. 타우트의 병사는 부족한 숫자와 실력
을 메우기 위해 무기만큼은 좋은 것으로 썼잖아. 병사들마다 미스릴로
도금한 칼을 가졌지. 그런데 문제는 미스릴이었어. 미스릴은 죠세프도
알겠지만 마법의 금속이라고 불리지. 그만큼 마나와 잘 반응을 해. 그
래서 마나생명체인 샤츄틴을 끌어들였겠지. 음… 간단히 말하자면 피
뢰침이 벼락을 끌어들인 것과 같다고 할까?"

　"그렇군요."

죠세프는 이해를 했다는 듯이 고개를 끄덕였다. 하지만 다음 순간 또 물어왔다.

"그런데 다그람 이젝스 경이나 모란트 케이겔 경은 미스릴로 된 무기도 없었는데 왜 그렇게 된 거죠? 그 두 사람은 아예 사건의 원흉들에 감염이 되었었잖아요."

"응? 그거? 음… 아무래도 그 두 사람은 소드 마스터니 마나에 더 잘 반응해서가 아닐까?"

"하지만 소드 마스터의 경우 마나를 몸에 직접 시전하는 공격에 더 잘 버티잖아요. 그런데 샤츄틴도 마나로 이루어졌으니 일정의 마나 공격을 받는다고 볼 수도 있지 않을까요?"

윽. 그, 그런… 말 되네…

"어떻게 보시나요, 란셀?"

"아.하.하.하. 마법 공격이라……."

이거 내 지식으로 대답 불가능인걸? 이럴 땐 한 가지 방법이… 난 다른 곳으로 화제를 돌리기로 했다.

"그런데 수도까지는 얼마나 걸려?"

"한참 걸리죠. 우리나라가 작은 나라는 아니잖아요. 음… 이대로 가면 한 여섯 달 정도? 더 걸릴까?"

"뭐야? 이런 말 하면 안 되겠지만 그 정도 시간이면 감기 환자가 폐렴으로 죽고도 남을 시간이잖아."

난 황당했다. 마차로 가니 좀 걸릴 거라곤 생각했지만 이건 내 예상보다 훨씬 시간이 걸리기 때문이었다.

"그런데 공주님께서 영 차도가 없으시자 요양을 보냈다고 해요. 실리마란 휴양지인데 온천도 있고 나무숲도 있고, 아무튼 무척 좋은 곳이라고 하더군요. 여기서 닷새 정도 가면 된다고 하더군요. 이건 오늘 아침 란셀이 늦잠 자고 있을 때 다그람 선배가 와서 해준 말이었죠."

"그, 그래?"

인간들아, 새벽잠은 자라고 있는 거라고. 뭐가 급하다고 남 곤히 자고 있을 때 와가지고……

"아참, 그런데 좀 전에 제 물음에 대한 답변은요?"

크헉! 죠세프, 잊어라, 잊어. 내가 아냐? 음… 말 돌릴 핑계가… 음…….

마차 여행은 순조로웠다. 산길을 달려도 그 흔한 산적 나부랭이 한 명 나타나지 않았다.

"그런데 죠세프, 그 실리마란 휴양지에 백 명이 넘는 군사가 나타나면 놀라지 않을까?"

"그건 걱정없을 거예요. 실리마는 워낙 유명한 곳이라 황족들도 많이 가는데 그땐 이것보다 더 많은 호위병을 이끌고 가죠. 오히려 우리 마차는 호위병이 적어 궁금한 얼굴로 쳐다보는 것이 고작일걸요."

난 죠세프의 말에 고개를 끄덕였다. 이거 조금 신분이 올라간 세계를 접하니 정말 별천지군. 그리고 기분 묘한데? 더 위험하고 어려운 일도 헤쳐 온 우리에게 마차에 호위병이라니.

그렇게 노닥거리기를 닷새. 우린 실리마에 도착했다. 마차에서 내리자 탄성이 저절로 나왔다. 사방 경관이 수려한 것이 가슴이 확 트이고 상쾌했기 때문이다.

"아름답다……"

이 말밖에 나오지 않았다. 나만이 아니라 다른 사람들도 모두 마찬

가지였다. 후작가의 후계자인 죠세프조차 여기는 처음이라니, 나나 예나 같은 일반 사람들은 정말 꿈에도 못 올 곳이었다. 아! 난 일반 사람이 아니었지. 아무튼 굉장히 좋은 곳이었다. 무지 비싸도 보였고.

"이런 곳에 온천까지 있다고요? 정말 대단해요. 혹시 여기 신들이 사는 곳 아니에요?"

예나도 감탄을 아끼지 않았다.

"여기서 노닥거릴 시간 없습니다."

그때 우리의 기분을 잡치게 말하는 사람이 있었다. 칠라데 필로라는 사람으로 우릴 안내한 사람인데 정말 무뚝뚝한 사람이었다. 무뚝뚝하기만 한 것이 아니라 융통성도 하나 없는 사람이었다. 이런 아름다운 경치를 보고도 아무런 감상을 느끼지 못하다니… 저런 사람은 대체 세상을 무슨 재미로 살까?

우린 커다란 건물로 안내되었다. 나무로 된 건물이었는데 오래된 건물인지 고풍스런 느낌이 나는 건물이었다. 저 건물에 공주가 있나? 우린 칠라데를 따라 건물 안으로 들어갔다. 건물은 대문을 지나면 집과 마당이 있고, 그 뒤로 다시 담장과 문이 있는 전형적인 동방 대륙식 저택이었다.

"저곳에 공주님께서 계십니다."

여러 개의 문을 지난 후에야 칠라데가 한 말이었다. 그런데 난 그 집을 본 순간 황당했다. 이 건물 안에 있는 집들이 나무로 된 건물일지라도 여긴 내가 볼 때 건물의 중앙이었다. 그리고 공주가 있는 집이었다. 그렇다면 좀 더 화려한 집이어야 했는데 전혀 아니었다. 저 문밖에 있는 집들과 다를 것이 하나도 없었다. 아니, 오히려 더했다. 다른 집들은 그나마 창이 유린데 저 집은 종이로 된 창문이었다.

"저곳에 공주님이 계시다고요? 저런 낡은 나무 건물에요?"

난 어이가 없어서 물어보았다. 하지만 칠라데는 역시나 그 무뚝뚝한 얼굴로 말했다.

"공주님이 아니라 공주님께서입니다. 그리고 사람 몸에는 저런 집이 좋습니다. 집이 숨을 쉬기 때문입니다. 집 자체가 자연과 하나이기 때문에 집 안에서도 자연에 나온 것과 같다고 할까요?"

칠라데는 말을 끝내고 우릴 집 안으로 이끌었다. 그런데… 좀 전에 칠라데가 공주가 있다고 하던 집은 아니었다.

"여긴 어딘가요?"

암만 봐도 사람이 살 곳은 아니었다.

"여긴 목욕하는 곳입니다. 당신들은 먼 길을 온 분들. 지금 땀과 먼지로 범벅이 되어 있습니다. 공주님께 가기 전에 먼저 몸을 깨끗하게 해야 할 것입니다. 그리고 저기 마련해 둔 옷으로 갈아입으십시오."

칠라데는 그렇게 말하고는 나가려 했다.

"자, 잠깐만. 그런데 우린 남자와 여자가 섞여 있는데 목욕탕은 하나잖아요. 어떻게 하라는 거죠?"

칠라데는 우릴 무심히 보고는 한마디 하고 나가 버렸다.

"알아서 하십시오."

쳇, 재미없는 녀석.

우린 목욕을 다 하고 옷을 갈아입었다. 무, 물론 따로따로 씻었다.

우린 공주가 있는 방에 들어갔다. 공주는 침상에 누워 눈을 감고 있었다.

"주무시는 중입니까?"

죠세프가 칠라데에게 물었다.

"나 안 자."

그때 공주가 깨어나며 말했다. 죠세프와 칠라데는 급히 예를 갖추었다. 하지만 나와 예나는 그런 예를 갖추는 방법을 잘 몰라 엉거주춤했다.

"이런 무엄한! 지금 그게 무슨 태도요?"

칠라데는 우릴 향해 눈을 부라렸다.

"됐어, 그만 해."

공주는 힘겹게 일어나면서 그렇게 말했다. 그런데 난 그런 공주를 보며 이상한 생각이 들었다. 주위에 시중을 드는 시녀들이 없다? 공주가 저렇게 아픈데? 거동이 불편하지 않고 아주 건강해 힘이 넘친다 해도 항상 많은 시녀들이 시중을 들어야 할 텐데 그것이 아니었다.

"이봐요, 칠… 흠흠. 아무튼 씨, 공주님 주위에 왜 시녀들이 없죠? 저렇게 일어나기 힘들다면 보통 평민이라도 옆에서 누군가 부축을 할 텐데 왜 그럴 사람이 없냐는 겁니다."

내 말에 칠라데는 얼굴이 울그락불그락해졌다.

"무, 무례하다. 감히 나 칠라데 필로 백작에게 그런 말을 하다니! 내 이름을 그런 식으로 부르다니! 그리고 공주님을 그런 식으로 함부로 부르다니! 네가 정녕 죽고 싶은 게로구나?!"

쯧쯧, 어디서 본 건 있어가지고…….

"이봐요, 지금은 그게 중요한 것이 아니지. 당신 명예가 중요해요, 아니면 공주님이 더 중요해요?"

"그, 그건……."

쯧쯧, 그렇게 꼬리 내릴 걸 왜 화를 내냐고.

"공주님이 더 중요하지? 그럼 왜 시녀가 주변에 없는지 말해 봐요."

"크으음… 조, 좋다. 내 명예보다는 공주님이 더 중요하지. 처음엔 시녀들이 공주님의 시중을 들었소. 하지만 시녀들의 손길이 닿으면 닿을수록… 아니, 사람들의 손길이 닿으면 닿을수록 공주님께서는 더 악화되셨소. 게다가 이렇게 사람들이 주변에 있는 것도 나쁜 영향을 미치는 거요. 그래서 공주님의 병세가 더 악화되지 않게 어쩔 수 없이 시녀도 모두 내보낸 것이오, 죠세프 라마비스 경."

칠라데는 내가 아닌 죠세프를 보고 말했다. 그래, 난 평민이고 죠세프는 라마비스 후작가의 후계자라 이거지? 당신, 나한테 찍혔어.

"내 사랑하는 수석 애제자 죠세프야, 공주님께서 어떤 병에 걸리신 것 같으냐?"

그리고 이렇게 칠라데의 기를 죽이고.

"그, 글쎄요… 제가 알 수가 없죠."

나도 힘이 빠진다… 애고, 언제나 죠세프 눈치가 빨라지려나…….

"저, 공주마마."

난 다른 사람들을 무시하고 공주의 병이나 살피기로 했다.

"왜? 아! 그러고 보니 누구지?"

난 공주의 말에 저절로 미소가 지어졌다. 공주라는 직함보다는 순수한 어린 소녀라고 불리는 것이 더 어울릴 것 같은 그런 아이.

"예. 전 란셀 카나마시드 헤르타로드 슈만델리오 네르반이라고 하옵나이다, 공주마마."

잘 들었느냐, 칠라데? 공주님이라니, 내가 그렇게 불렀다고 같이 공주님이라니. 예의가 없어도 한참 없어요. 난 그렇게 속으로 칠라데를 꾸짖으며 공주를 보았다. 그런데 공주 표정이…

“저… 그냥 란셀이라고 부르면 안 돼?”

난 다시 저절로 미소가 지어졌다. 공주는 사람을 끌리게 하는 뭔가가 있었다. 거기에 어린아이의 순수함까지.

“예, 마음대로 하십시옵소서.”

“그런데 란셀은 왜 왔어?”

“전 공주마마의 병을 고치기 위해 왔사옵니다.”

그 말에 공주는 시무룩해졌다.

“우웅… 나 정말 싫은데. 힘들고 귀찮고…….”

난 공주의 반응이 이해가 갔다. 공주가 아프다니 얼마나 많은 의사들이 왔다 갔을까? 그 많은 의사들이 왔다 갔어도 고치지 못하니 나까지 이렇게 온 것이겠고.

“그래도 참으셔야 하옵나이다. 하옵고 소인은 다른 의사들과 달라 공주마마를 힘들게 하지 않을 것이옵나이다.”

내 말에 공주는 약간이나마 미소를 지었다.

“응, 그렇게 해줘. 참, 그러고 보니 란셀보다 먼저 왔었던 사람도 날 힘들게 하지 않았어. 그냥 날 보며 웃다가 갔었거든. 이름이… 이름이…….”

공주는 뭔가를 생각하는 듯했다.

“다리온 겔레스라고 했습니다, 공주마마.”

킥킥, 칠라데도 날 따라 하는군. 그럼그럼, 내가 이걸 어디서 배웠는데. 으… 아직도 그때를 생각하면 온몸이 간지러워. 메스나 공국. 생각하기도 싫다. 그래도 그때 배운 걸 이렇게 써먹는군. 이봐요, 칠라데. 내가 몸으로 하는 예는 못해도 말로는 더 잘하지?

“다리온… 겔레스라고 했습니까?”

그때 죠세프가 황급히 물었다. 순간 나도 정신이 번쩍 들었다. 뭐, 뭣! 다리온 겔레스라고?

"예, 그렇습니다만……."

"그 다리온 겔레스란 사람은 언제 다녀갔습니까?"

칠라데는 그렇게 물어보는 죠세프를 이상한 눈으로 보며 말했다.

"닷새 전이었습니다. 갑자기 찾아와서 공주의 병을 살피겠다고 했습니다. 보통의 경우라면 그대로 내치거나 우선 우리가 먼저 그 사람을 만나봐야 했지만 이상한 점이 있어서 그의 말대로 따랐습니다. 뭔가 신성한 기운이 느껴졌습니다."

난 그 사람이 정말 다리온, 그러니까 에레시스라고 확신했다. 그런데 왜 여기에 나타났고, 또 나타났다면 공주의 병이나 고칠 것이지 왜 그냥 갔는지 이해가 되지 않았다.

"그럼 아무 말도 없었단 말인가요?"

이번엔 예나가 물어보았다.

"예, 아무 말도… 아, 이런 말이 있었습니다. 다리온 겔레스란 사람은 편지 한 장을 남겼는데 그 안에 병을 고치는 방법이 있다고 했었습니다. 그런데 문제는 아무도 그 편지를 못 읽는다는 겁니다."

이건 또 무슨 소린가? 마법 편지라도 되나?

"이겁니다."

칠라데는 한 장의 종이를 꺼냈다.

"이 편지에는 마법이 걸린 것 같습니다. 아주 높은 수준의 마법이 말입니다. 이 편지는 찢어지지도, 불에 타지도, 물에 젖지도 않고, 버려지지도 않았습니다."

난 칠라데의 말이 이해되지 않았다. 다른 건 다 이해를 하겠는데 버려지지도 않는다?

"편지를 버리고 오면 어느새 제 주머니에 들어가 있었습니다."

난 칠라데의 말이 이해가 갔다. 편지에는 분실물 방지 마법이 걸려 있었던 것이다. 분실 방지 마법은 상당히 고위의 마법으로 마법이 걸린 물건을 잃어버리면 다시 물건의 주인에게 나타나는 마법인데 고위 마법치고는 마법을 건 물건이 조금만 무거워도 마법이 깨지는 등 그 효율이 현저히 떨어지는 마법이라 많이 안 쓰는 마법이었다. 하지만 주요 기밀문서 유지 등에는 매우 유용하게 쓰이는 마법이었다.

"제가 당신들에게 편지를 보여주는 것은 그런 마법 때문에 편지가 훼손이 되지 않는 것도 이유 중의 하나지만 더 큰 이유는 혹시 그 편지를 읽을 수 있지 않을까 하는 자그마한 기대 때문입니다."

이런, 마지막 말이 기분 나쁘군. 난 편지를 들여다보았다. 그런데… 검은 것은 글이요, 갈색은 종이라. 이거 우리가 쓰는 글이 아니었다. 이러니 아무도 못 읽지. 그런데… 잠깐, 이거 많이 본 글인데… 어디서 봤더라?

"참, 그리고 그 사람이 이런 말을 하였습니다. 공주마마의 병을 고칠 수 있는 사람은 카나마시드란 이름을 가진 사람이라고 했습니다. 하지만 세상에 그런 이상한 이름을 가진 사람은 존재할 리 없다는 것이 문제입니다. 편지를 없애려고 했던 것도 그 때문… 헛!"

이제 깨달았냐? 그래, 내 이름 이상하다. 그런데 그게 내 탓이냐? 따지려면 드래곤한테 가서 따지라고. 그런데 다리… 아니, 에레시스는 왜 날 끌어들이는 거얏!

"저… 그거 드래곤 글자인데요?"

우리가 편지를 보고 있을 때 페디가 한 말이었다. 우린 페디를 보왔다.

"정말이야? 어쩐지 눈에 익더라니… 페디, 뭐라고 씌여 있는 거야?"

페디는 내 말에 편지를 자세히 보았다.

"음… 란셀, 공주의 병은 레포카니다. 그리고 핵은 원근의 숲이야. 내가 공간 자체를 열었기 때문에 마법이 듣지 않는 너도 갈 수가 있을 거야. 공간의 문은 그리움의 연못에 있어. 너만 믿는다. 설마 네가 드래곤 문자를 잊었을 거라고는 생각을 안 하기 때문에 드래곤 문자로 적어놓는다. 네가… 음……."

갑자기 페디가 말을 끊었다. 난 답답해서 페디에게 말했다.

"뭐야? 왜 읽다 말아?"

"저… 볼 만한 내용은 다 끝났는데요."

"그래도 읽어."

페디는 내 말에 한숨을 쉬며 계속 읽었다.

"네가 만약 드래곤의 문자를 잊었으면 브레스 한 방 먹인다? 미안, 미안. 농담이야. 란셀, 네가 바보가 아닌 이상에는 드래곤 문자를 잊어버릴 리는 없을 테니까. 그럼 부탁한다."

음… 괜히 읽으라고 했군. 그런데 에레시스는 왜 공주를 편지까지 남기면서 우리에게 부탁한 걸까? 편지엔 안 나온 모양인데.

"필로 경, 그리움의 연못이란 곳이 이곳에 있습니까?"

내가 잠시 생각에 잠겼을 때 죠세프가 칠라데에게 물었다.

"예, 근처에 그런 이름의 지명이 있습니다. 하지만 그곳은 실제 연못은 아닙니다. 커다란 분지로 사람들의 왕래가 없는 곳입니다. 한때 화산이 있었다고 전해지는 곳인데 증거는 없습니다. 또 드래곤이 나온다는 소문도 있고. 그리움의 연못이라는 지명이 생긴 이유는……."

“잠깐.”

난 칠라데의 말을 막았다. 이 사람 은근히 수다쟁이로군.

“다른 건 필요없으니 어디에 있는지나 알려주쇼.”

“흠흠, 그리움의 연못은 여기서 동쪽으로 5십만 길드 정도 가면 됩니다. 그런데 길이 험해서 말이나 마차가 못 다닙니다.”

이런, 말이 못 가면 마차는 당연히 못 가는 것 아냐? 왜 같은 말을 반복하지? 후우… 그나저나 5십만 길드? 언제 다 가지?

“필로 경, 5십만 길드가 근처입니까?”

옳지! 잘한다, 죠세프.

“예.”

“그렇군요.”

뭐야? 그걸로 끝이야? 에잉…….

난 그때 한 가지 이상한 점을 느꼈다. 그리고 곧 그것이 무엇인지 알 수가 있었다. 공주가 너무 조용했던 것이다.

“그런데 공주마마께서는…….”

난 칠라데에게 물었다. 칠라데는 공주를 본 다음 말했다.

“지금 주무시고 계십니다. 공주마마께서는 자주 피곤을 느끼십니다.”

난 칠라데의 말에 공주를 보았다. 레포카니라니… 레포카니는 깨알만한 크기의 작은 벌레였다. 그런데 이놈은 사람의 생명력을 빨아먹는 녀석이었다. 따라서 약으로는 절대 고칠 수가 없었다.

그런데 레포카니는 다른 곤충들과는 확연히 다른 특성이 있었다. 원래 레포카니는 인위적으로 만들어진 곤충이었다. 마신 중 하나인 에보르가가 만든 곤충으로 에보르가는 지상의 모든 사람을 없애고 마의 세계로 만들려고 했었다. 하지만 신들이 에보르가를 막기 전에 같은 마신들에 의해 그 계획은 좌절이 되었다. 하지만 그가 만든 레포카니는 그대로 살아남았다. 에보르가가 다른 마신에 제압된 후 신들이 직접 정화를 했지만 완전히 없앨 수는 없었다. 다만 레포카니는 세상의 어두운 곳에 깊숙이 숨어 가사 상태로 있다가 특별히 강한 생명력을 가진 사람이 있으면 그 생명력에 끌려 깨어나서 그 주인의 생명력을 빨아먹는다고 한다. 그 말을 반대로 하면 저 귀여운 공주는 아주 생명력이 강한 사람이라는 뜻이었다. 아마 보통 사람보다 서너 배는 장수할지도 모르겠다.

"말도 안 되는 소리 마시오."

내 말을 듣던 칠라데가 소리쳤다.

"대체 그런 곤충이 어디 있습니까?"

"저기 있죠. 그리고 공주마마 깨십니다. 조용."

순간 칠라데는 자신의 입을 막았다. 흠, 이제 시끄러운 녀석 한 명 입은 막았고.

"어디까지 말했더라… 아, 그렇군."

지금 공주가 피곤을 느끼는 것도 다 생명력이 빠져나가서였다. 아! 이게 아니군. 레포카니는 생존 방식이 다른 곤충들과 달랐다. 그들은 자신의 먹이가 될 사람을 입에 있는 작은 관으로 가볍게 찌르는 것으로 시작한다. 하지만 레포카니는 모기처럼 직접 생명력을 빨지는 않았다. 그렇게 찔린 사람은 계속 생명력이 빠져나가는데 그건 자동적으로 레포카니에게 이동해 갔다. 아무리 먼 거리에 있어도 이동이 가능했는데, 레포카니는 본능적으로 공간 이동이 가능한 곤충이었다. 그렇기 때문에 생명력이 강한 사람에게 순식간에 나타날 수가 있는 것이었다.

그리고 그 공간 이동의 능력은 생명력을 이동시키는 것에도 이용되었다. 그런데 또 재미있는 것은 레포카니는 그렇게 자신의 먹이를 찌르고 다른 곳에서 생명력을 받는데 그냥 받지는 못한다는 것이었다. 자신의 몸에서 실을 뽑아내 고치를 만드는데, 그 실이 공기와 닿아 몇 배로 부풀어 오르며 레포카니의 몸을 감쌌다. 그렇게 만들어진 고치는 예상외로 훨씬 커서 아기 주먹만한 크기였다. 이동되어 오는 생명력은 그 고치를 통해 받아들였다. 그리고 그것을 핵이라고 불렀다. 그 핵을 제거하고 레포카니를 제거하면 공주의 병은 말끔히 치료가 되는 것이다.

"그렇다면 빨리 안 가고 뭘 하는 거요?"

내 말이 다 끝나자 칠라데가 조용하지만 강한 어조로 말했다. 하아… 이렇게 뭘 모르면서 앞뒤가 꽉 막힌 사람이라니…….

"이보슈, 5십만 길드가 뉘 집 애 이름이요? 우리도 좀 쉬어야 갈게 아뇨? 대체 지금이 몇 시야. 벌써 날이 어둑어둑해지는데 이런 시간에 가라고? 지금 우린 뱃가죽이 등에 붙었는데 밥도 안 주고 말야."

"하지만… 공주마마에 대한 충성으로…….”

칠라데의 말이 계속되자 이번엔 예나가 말을 했다.

"그렇게 충성을 강조할 거면 당신이 먼저 가서 위험한 요소를 다 없애는 것이 어때요? 우리가 신속하게 핵을 찾아서 없애게."

"그, 그건… 그건 다르죠. 난 항상 공주마마의 주변에서 공주마마를 지킬…….”

우린 칠라데의 말을 무시하고 잠자러 갔다. 사실 배는 고프지 않았다. 마차 안에서 간단하게 요기를 했기 때문에. 하지만 내일 에레시스가 만든 공간의 문이 있는 그리움의 연못으로 가기 위해서는 잠을 자뒤야 했기 때문이다. 하… 5십만 길드라니. 에레시스는 대체 무슨 이유로 그렇게 먼 곳에 공간의 문을 만든 거지? 그리고 어떤 이유에서 공주를 살핀 것이고? 의문을 가질 것은 많지만 우선은 생각 안 하기로 했다. 나중에 에레시스를 만나 물어보면 알겠지.

칠라데, 이 엉터리 같은 인간. 난 황당했다. 어이가 없었다. 고작 5천 길드밖에 안 되는 거리를 5십만 길드라고 하다니.

"그분께서는 언제나 마차를 타고 다니십니다. 마차를 탈 경우 지금처럼 산을 못 넘으니 돌아가야 합니다. 그렇게 돌아가면 5십만 정도의 거리입니다."

우릴 안내한 칠라데의 시종이 그래도 상전이랍시고 칠라데를 위해 변명했다. 아, 초장부터 힘 빠지게 하는군. 그나저나 칠라데는 어떻게 여기까지의 거리가 마차로 5십만 길드라는 것을 알았지? 보통 사람이라면 산을 무시하고 직선거리로 재는데 말야. 참, 세상엔 별의별 인간다 있다니까.

"우선 공간의 문이 어디 있는지 살펴나 보자고."

칠라데의 시종을 돌려보내고 난 그렇게 말했다.

"그런데 란셀, 혹시 그 공간의 문이라는 것이 그저 어두운 구멍 같은 건가요?"

"응. 그래, 맞아."

그러자 죠세프는 한곳을 가리키며 말했다.

"그럼 저건가요?"

난 죠세프가 가리키는 곳을 보았다. 거기엔 정말 공간의 문이 있었다. 난 황급히 그곳으로 갔다. 그리고 공간의 문을 살펴보았다.

"음… 이건 확실히 공간의 문이야. 그런데 차원이 다른 곳과 연결된 것 같군."

"다른 차원이요?"

죠세프가 놀란 어조로 물어왔다.

"응, 그 원근의 숲이라는 곳. 이 세계의 숲이 아닌가 봐."

"란셀."

그때였다. 페디가 종이 한 장을 들고 왔다.

"란셀, 이걸 보세요. 이게 갑자기 나타났어요."

난 페디가 내민 종이를 받아 보았다. 그건 편지였다. 난 그 편지를… 페디에게 주었다. 왜 드래곤 문자로 써 있냐고.

"음… 이것도 에레시스님의 편지네요, 란셀. 이 편지를 읽고 있다는 것은 공간의 문에 왔다는 뜻이겠지? 아마 궁금하겠지. 내가 왜 공주의 병에 신경을 쓰는지 말야. 그건 약속이야. 전에 공주의 어머니, 그러니까 카샤니안의 황후를 만난 적이 있어. 그때 난 유희 중이었는데 그만 그녀에게 들키고 만 거야. 그래서 그녀와 거래를 했지. 내 비밀을 지켜주는 조건으로 한 가지 소원을 들어주기로. 그리고 난 그녀에게 한 가지 증표를 주었다. 그 증표에 대고 소원을 말하라고 했지. 그런데 얼마 전에 그녀가 증표를 통해 소원을 빌었어. 그것이 바로 자신의 딸을 살려달라는 것이었지. 내 개인적인 일에 널 끌어들여 미안하다. 하지만 나도 어쩔 수 없어. 초룡인 내가 함부로 나설 수 없는 일이거든. 이것이 공주를 돕는 이유고, 내가 진짜로 편지를 쓴 이유는 이것이야. 어? 란셀, 이건 밑줄까지 쳐져 있네요. 중요한 건가 봐요. 음… 란셀, 어떤 이유에서든 원근의 숲에서는 생명을 죽이면 안 돼. 작은 벌레 정도야 아무 상관 없지만 어느 정도 큰 생명체를 죽이면 다시 여기로 올 수가 없어. 란셀도 내가 만들어놓은 공간의 문이 다른 차원으로 통한다는 것을 알았을 거야. 그러니 무슨 뜻인지 알지? 거기서 함부로 생명을 죽이면 넌 죽을 때까지 그 세계에서 살아야 해."

"저, 정말 무서운 말이군……."

난 저절로 그런 말이 나왔다. 대체 원근의 숲에 뭐가 있을지 모르는데…….

"참, 란셀. 그리고 이런 말도 있어요. 전 못 간다네요."

"뭐?"

"음… 공간의 문을 장시간 열어둔다는 것은 에레시스님도 힘들다고 하네요. 하지만 우리가 언제 올지 모르기 때문에 장시간 열어두는 것이 불가피했고, 그 때문에 공간의 문에 제약을 두었다고 해요. 드래곤보다 하위 존재만이 통과할 수 있게 말이죠. 음… 그런데 전 페어리 드래곤이잖아요. 그래서 공간의 문을 통과 못한다고 해요. 만일 억지로 가려고 하면 공간의 문이 파괴돼서 차원의 공간에 내던져진다고 해요. 무서워라……."

난 어이가 없었다. 어쩐지 아무리 초룡인 에레시스라고는 하지만 능력이 너무 대단하다고 생각했었다. 그런데 그런 방법을 썼군. 하지만 페디를 못 데리고 간다니 이거 상당히 부담가는군.

"그리고 팡도 못 간다고 해요. 드래곤 하트와 여의주로 되어 있기 때문에 존재감은 드래곤 이상이라고 해요."

난 미련없이 팡을 페디에게 건넸다. 어차피 잠만 자는 녀석이었다. 페디에게 던졌는데도 잠에서 안 깨는군.

"하아… 그럼 된 건가?"

난 죠세프와 예나를 돌아보았다. 둘 다 고개를 끄덕였다.

"그럼 가자."

난 공간의 문을 향해 걸어갔다. 솔직히 난 흥분이 되었다. 내가 언제 공간 이동을 한 적이 있던가? 한 번도 없었다. 일반적인 공간 이동은 마법에 의한 것이지만 공간의 문은 마법이 아닌 강대한 정신력으로 여는 것으로 천신이나 마신만이 행하는 신의 고유 능력이었다. 다행히 초룡은 신의 힘을 그대로 받아 쓸 수가 있기 때문에 공간의 문을 여는 것이 가능한 것이었다. 아마 마나스 신의 힘으로 열었겠지. 아무튼 신이 날 위해 공간의 문을 열지 않는 이상 난 공간 이동이란 것을 할 수가 없었다. 그러니 내가 흥분이 안 돼? 평생 못해볼 것이라고 생각한 공간 이동을 하는데. 친구 잘 둔 덕을 보는 걸까? 하지만 다시 생각해보니 난 지금 위험한 곳으로 가는 거잖아. 하아… 사람은 친구를 잘 둬야 하는데.

"란셀, 괜찮아요? 왜 웃었다 시무룩해졌다 하죠?"

"아아… 죠세프, 그냥 준비 운동 한 거야. 그럼 가볼까?"

난 공간의 문으로 한 발 집어넣었다.

원근의 숲

난 눈을 떴다. 밝은 햇살이 눈에 들어왔다. 그리고 눈앞에 보이는 것은 푸른 숲. 내가 살던 곳과 다를 것이 없는 아름다운 숲이었다. 하지만 난 곧 그 생각을 버렸다. 숲만 아름다우면 뭘 하냐고. 정작 우릴 반긴 것은 커다란 지렁이였다. 굵기는 한 아름은 되어 보이고 길이는 5길드는 족히 되어 보이는 커다란 지렁이. 언뜻 보면 그저 크기만 엄청나게 큰 지렁이로 보이지만 그 지렁이들은 커다란 입과 날카로운 이를 가졌다. 지렁이들은 그 이를 들어내며 우리를 향해 기어왔다.

"어, 어쩌죠?"

예나가 질린다는 표정으로 말했다.

"우선 알아둘 것이 있어. 우린 저 지렁이들을 죽여서는 안 돼."

"그건 알아요."

"아니, 죠세프 넌 한 가지 생각을 안 했구나."

"한 가지 생각을 안 해요?"

"그래. 우린 이곳의 생물들이 어느 정도 강하고 약한지 몰라. 또 목숨이 어느 정도 질긴지도 모르고."

"자, 잠깐."

에나가 내 말을 급히 자르며 말했다.

"그럼 란셀의 말은 우리가 가볍게 민 것으로도 여기 생물이 죽을 수 있다는 건가요?"

난 에나의 말에 고개를 끄덕였다.

"최악의 경우 그럴 수도 있지."

"이, 이런……."

죠세프와 에나는 모두 낭패한 표정이었다.

"그래서 더 어려운 거야. 하지만 그래도 방법은 있다."

죠세프와 에나는 반짝이는 눈으로 날 바라보았다. 난 그 둘의 눈빛을 보며 힘껏 내달렸다.

"도망가는 거야. 빨랑 도망쳐!"

우린 급히 달렸다.

난 달리다가 뒤를 흘깃 보았다. 뒤에서는 괴물지렁이들이 따라오고 있었다. 예상외로 빠른 녀석들이었다. 우릴 따라잡지는 못해도 뒤처지지도 않았다. 젠장, 제길! 여기에 오자마자 저런 괴물들을 만나다니…….

"근데 왜 그렇게 죽어라 달리는 거예요?"

"왜긴, 저 괴물지렁이를 피해서… 엉?"

자, 잠깐 누구지? 난 달리다 소리가 들린 곳으로 고개를 돌렸다.

"페, 페어리?"

난 이런 차원이 다른 곳에도 페어리가 산다는 것에 약간 놀랐고 또 반가운 마음도 들었다.

"어… 이봐요, 내 이름은 페어리가 아니라고요. 내 이름은 자미아. 자랑스런 데파이어 족의 일원이죠. 그런데 아저씨는 누구세요?"

난 말을 못했다. 숨이 찼기 때문이다. 하지만 나 말고 궁금한 것을 물어볼 사람은 많았… 두 명이나 됐다.

"대체 저 괴물은 뭐죠?"

죠세프가 조용히 물었다. 자슥, 너도 괴물이다. 난 지금 숨이 턱에 찼는데 넌 멀쩡하냐?

"포카니요? 그런데 저 순한 포카니를 괴물이라니 너무하시네요."

난 페어리… 아니, 데파이어 족이라고 한 자미아의 말에 어이가 없었다. 저렇게 우릴 쫓는데도 순해? 하지만 난 숨이 차서 역시 말을 못했다.

"순하다뇨, 우리가 지금 쫓기는 게 안 보여요?"

잘한다, 죠세프.

그런데 자미아는 눈을 동그랗게 떴다.

"쫓겨요? 지금 포카니와 장난치는 것 아니었어요?"

"지금 이게 장난치는 걸로 보여요?"

자미아는 우릴 보더니 볼을 긁적이며 말했다.

"정말 장난이 아니군요. 이상하네? 포카니가 얼마나 애교가 많은데. 사람이 다가가면 먼저 달려와 몸을 부비며 애교 떠는데……."

"잠깐. 서웃!"

그때 예나가 소리를 질렀다. 나와 죠세프는 예나의 고함에 달리는 것을 멈췄다.

"헉헉, 왜?"

하지만 예나는 내 물음에 대답도 안 하고 자미아를 쳐다보았다.

"먼저 와서 몸을 부빈다고요?"

"예… 에."

자미아는 잠시 말을 끌더니 계속했다.

"포카니가 워낙 순하고 애교도 많아서……."

예나는 그 말을 듣더니 곧바로 포카니에게 다가갔다.

"예, 예나."

난 예나를 불렀다. 하지만 예나는 듣지 못한 듯했다. 아니면 듣고도 모른 척했던가. 예나가 다가가자 포카니는 몸을 멈췄다. 예나는 그런 포카니를 향해 손을 뻗었다.

"예나."

난 다시 예나를 불렀다. 하지만 난 곧 어이없는 광경을 보고 말았다. 예나가 포카니를 만지자 포카니는 예나에게 몸을 부벼댔다. 마치… 기다란 강아지가 주인에게 몸을 부벼대는 것 같은 장면이랄까? 난 어이가 없어서 그 꼴을 보고 있었다. 이거… 갑자기 숨이 턱에 차도록 달린 게 억울할 것 같네.

"죠세프, 와서 만져 봐. 아주 부드러운 천을 만지는 기분이야. 란셀도 빨리 와서 만져 보세요. 정말 감촉 좋아요."

우린 예나의 말에 쭈뼛거리며 포카니에게 다가갔다. 그리고 죠세프가 먼저 포카니를 한번 만져 보았다. 음… 예나의 말이 맞기는 한데… 그래도 겁난다.

"포카니는 자연계에서 없어서는 안 되는 소중한 존재지요. 포카니들은 낙엽에서 쓰레기, 오염된 흙 등을 먹고 그 흙을 정화시켜 배설해요.

그렇게 해서 자연은 언제나 깨끗하고 건강한 상태를 유지하죠."

자미아는 포카니에 대해 설명하기 시작했다. 그런데 여기까지는 우리 세계의 지렁이와 같은 역할을 하는군.

"그런데 포카니는 호기심이 많아요. 게다가 아까 말했듯이 애교도 많고요. 그래서 처음 보는 사람이 오면 먼저 다가갑니다. 그리고는 몸을 부벼대는 것이죠. 그리고 조금만 더 친해지면 같이 놀려고 하고요."

난 이제야 왜 우릴 따라오는 포카니가 뒤처지지도 우리를 따라잡지도 않았는지 알 수가 있었다. 포카니들은 우리가 달리는 것을 일종의 장난으로 생각했을 것이다. 그런데 그런 사실을 모르는 우린 그저 날카로운 이빨을 보인 포카니에 괜히 겁먹고 도망다닌 것이고.

"음……."

나도 한번 용기를 내어 포카니를 만져 보았다. 예나의 말대로 무척 부드러운 감촉이었다. 그러자 난 곧 이런 생각이 들었다. 포카니의 이런 가죽을 이용하면 어떨까? 그런 생각을 하자 곧 이런 생각도 들었다. 이렇게 순하면 다른 동물한테 잡혀먹히지 않을까? 그래서 난 자미아를 보며 물었다.

"그런데 이 포카니는 너무 순한데 다른 동물한테 잡혀먹히지 않을까?"

그러자 자미아는 웃으며 대답했다.

"그런 일은 없어요. 보기엔 이렇게 부드러워 보여도 아주 질긴 피부거든요. 포카니의 피부는 질길 뿐만 아니라 잘 썩지도 않아요. 그러니 포타니가 죽으면 다른 부분은 다 썩어도 피부는 그대로 남고 결국 온 땅이 그 피부로 덮이겠죠. 원칙적으로 하면요. 하지만 죽은 포카니의 남은 피부는 포카니들이 먹어치워요. 이제 아시겠죠?"

난 포카니를 쓰다듬으며 그 녀석들의 이빨을 보았다. 자미아의 말대로면 포카니의 피부에 상처를 낼 수 있는 건 포카니의 이빨뿐이라는 소린데… 맹수의 이빨처럼 날카롭긴 했지만 특별히 더 날카로운 것 같지는 않아 보였다.

"이빨이 무척 날카로운가?"

"포카니들의 이빨은 생각보다 날카롭진 않아요. 포카니의 이빨이 맹수의 이빨 같은 건 우선 적에게 위험을 주기 위해서죠. 그리고 포카니는 다리가 없기 때문에 먹이를 그냥 입으로만 삼켜서 먹어야 하는데 먹이가 좀 크거나 질길 경우 삼키기가 좀 어렵겠죠? 입 안에서 빠져나오기도 하고요. 그렇게 먹던 먹이가 입 안에서 빠져나오는 것을 막는 역할을 하죠."

별 이상한 동물 다 있다니까. 그런데… 난 자미아를 보았다. 영락없는 페어리와 똑같은 모습. 다만 페어리보다 귀가 좀 더 길고 피부가 갈색이었다. 그리고 이빨이… 송곳니가 저렇게 길다니 역시 차원이 다른 세계인가? 생긴 건 페어린데 육식을 하는 모양이군. 난 그런 자미아를 보며 한 가지 물었다.

"그런데 자미아, 넌 여기 세계에 대해 잘 아니?"

"그럼요. 당신들은 모르시나요?"

자미아는 고개를 갸웃거리며 물었다.

"응. 믿을지 모르겠지만 사실 우린 다른 차원의 세계에서 왔거든."

내 말이 끝나자 자미안은 눈을 크게 떴다.

"다른 세계요? 정말요? 화아… 어쩐지 처음 보는 사람들이라고 생각했어. 입은 옷도 그렇고. 그런데 다른 세계에서 왔구나. 다른 차원에 우리와 비슷한 세계가 무수히 존재한다는 말은 들었지만 내가 실제로 볼 줄은 몰랐어요."

자미아는 우리 주변을 날아다니며 감탄했다.

"그런데 이건 제가 아는 상식이거든요, 차원을 뛰어넘는다는 것은 아주아주아아~주우~ 어려운 일이라고 들었는데 어떻게 온 건가요?"

"맞아, 어렵지. 어려워."

난 우선 그렇게 말하고 잠시 생각해 보았다. 어떻게 설명하면 좋을까… 우린 이곳에 대해 모르기 때문에 자미아와 함께 다니면 많은 도움이 될 것 같았다. 그러려면 말을 잘해야 하는데.

"우린 우리 세계에서 여기로 온 아주 나쁜 녀석을 잡기 위해 왔단다."

내가 고민을 하고 있을 때 죠세프가 한 말이었다.

"나쁜 녀석요?"

"그래, 레포카니라고 하는 벌레인데 아주 무서운 녀석이지. 그 레포카니가 우리가 사는 세계를 파멸시키려고 하잖아. 그래서 온 세계 사람들이 힘을 합쳐 그 녀석을 내몰았지. 그런데 레포카니는 너무 강해서 소멸하지 않고 차원을 뛰어넘었어. 여기로. 우린 그 녀석이 이 세계를 파멸시키기 전에 없애려고 온 거야."

죠세프의 말에 자미아는 다시 놀란 표정이었다.

"그, 그런 일이 있어요? 그런데 그렇게 전 세계 사람들이 힘을 모아야 할 정도로 강한데 겨우 세 명이 와서 없앨 수 있나요?"

자미아의 날카로운 질문이었다. 하지만 죠세프는 조금도 당황하지 않고 말했다.

"물론. 다행히 레포카니는 여기로 오면서 모든 힘을 다 썼거든. 지금은 말 그대로 벌레의 힘밖에 없는 상태지. 그래서 우리만 와도 된 거야. 레포카니가 힘을 되찾기 전에 잡아버리면 되거든. 다행이지. 공간의 문으로 통과할 수 있는 인원은 세 명이 한계였으니까.”

하아… 진실을 아는 나까지 속아 넘어갈 죠세프의 진솔한(?) 거짓말. 죠세프, 역시 네 능력은 살아 있어.

자미아는 순진하게 죠세프의 말에 고개를 끄덕였다.

“그렇게 중요한 일이면 제가 도와드리겠어요. 전 여기 사정을 잘 아니까요.”

일은 이렇게 순조롭게 잘 풀렸다.

“참, 그런데 여러분들 이름은 뭐예요?”

“으응, 우리 이름은…….”

“참, 그전에 제가 도와드리면 뭘 주실 거죠? 난 보석이 좋은데… 오가는 보석 속에 싹트는 신뢰. 아시죠?”

이, 이런… 어쩐지 순조롭다 싶더니만…….

어느덧 원근의 숲에도 밤이 왔다. 원근의 숲은 차원이 다른 세계라 그런지 달이 두 개였다. 동쪽에서 하나 뜨고 서쪽에서 하나 뜨고.

“조심하세요.”

내가 원근의 숲에 뜬 두 개의 달을 감상하고 있을 때 자미아가 경고했다. 난 무슨 일이 있나 싶어 급히 고개를 돌렸는데 자미아가 경고한 사람은 내가 아니라 예나였다. 지금 주위에는 반디나방이라는 곤충이 날아다니고 있었다. 생긴 것은 나비처럼 생겼는데 날개에 발광체의 비늘이 있어서 푸른색, 붉은색, 초록색으로 빛나고 있었다. 그 모습이 예쁘다며 예나는 어린애처럼 반디나방을 따라다니고 있었던 것이다. 그렇게 반디나방을 쫓아다니던 예나는 자미아의 경고에 발을 멈추었다.

"왜?"

"예나가 들어가려던 곳에는 레져크가 있을 거예요."

"레… 져크?"

"예. 레져크란……."

그때였다. 숲에서 갑자기 호두알만한 빛덩이들이 쏟아졌다.

"엎드려요!"

자미아가 소리쳤다. 우린 즉시 엎드렸고 우리 머리 위로 빛덩이들이 지나갔다.

"뭐, 뭐지?"

난 얼이 빠져서 중얼거렸다. 그때 자미아가 몸으로 내 입을 막았다. 그리고 속삭였다.

"말하지 마세요. 저 녀석은 머리에 난 열두 개의 더듬이로 미세한 진동을 느끼는 녀석이거든요."

그, 그래? 무서운 녀석인가 봐. 그런데 몸 전체로 입이 막히다니… 기분이 묘하군.

잠시 후 자미아가 몸을 일으키며 날아올랐다. 우리도 자미아를 따라 일어났다.

"후우아아아아~ 시원해."

자미아가 기지개를 켜며 말했다. 난 그런 자미아를 보고 의문이 들었다.

"그런데 자미아, 아까 그… 아! 레져크. 그 녀석은 열두 개의 더듬이로 진동을 느낀다고 하지 않았어? 그런데 우리가 이렇게 움직여도 되나 몰라."

내 말이 끝나자마자 자미아의 얼굴색이 변했다.

“맞아, 잊었다.”

그 순간이었다. 다시 빛덩이들이 날아왔다.

“저 빛덩이에 맞으면 안 돼요!”

자미아가 소리쳤다. 그러자 죠세프가 나섰다.

“모두 내 뒤로 갓!”

어이, 죠세프. 예나나 자미아만 있는 게 아니라 나도 있는… 으헤헥!
난 급히 죠세프의 뒤로 갔다.

“하앗!”

죠세프는 칼을 빼 들었다. 그 순간 빛덩이들은 죠세프 앞까지 날아
왔다. 그 빛덩이를 향해 죠세프의 칼이 번뜩였다.

팡! 팡! 팡! 팡!

죠세프의 칼이 빛덩이를 쳐냈다. 그럴 때마다 빛은 약한 빛을 내며
팡! 팡! 소리와 함께 터졌다. 죠세프의 칼에 터지면서도 빛덩이들은 계
속 날아왔다. 죠세프는 조금씩 뒤로 밀리기 시작했다.

“앗!”

그때 자미아가 뭔가 놀란 듯했다. 난 자미아의 비명에 급히 고개를
들었다. 그런데 거기에는…

“조심해, 죠세프!”

난 급히 죠세프에게 위험을 경고했다. 지금 죠세프가 상대하는 방향
을 포함해 세 방향에서 빛덩이들이 쏟아지고 있었다. 죠세프는 그것을
보더니 급히 세 걸음 뒤로 물러났다.

“하앗!”

그리고는 기합을 지르더니 칼을 앞으로 내뻗었다. 그 순간 난 내 눈
을 의심했다. 죠세프의 칼이 수십 개로 늘어난 듯이 보였다. 그리고 숲

은 밝은 빛에 휩싸였다. 빛덩이들이 터질 때 약한 빛이 난 것을 생각하면 얼마나 많은 빛덩이들이 거의 같은 시간에 터졌는지 짐작이 갔다.

"후우……."

죠세프는 칼을 앞으로 내민 상태에서 숨을 한번 크게 쉬고는 그 자세를 유지했다. 하지만 더 이상의 빛덩이들은 날아오지 않았다.

"끝났나 봐요."

자미아가 그렇게 말했다. 난 자미아를 돌아보았다.

"대체 저 빛덩이들은 뭐지? 그리고 레져크는 뭐야?"

내 물음에 자미아는 내 머리에 앉으며—이, 이게 안 내려와?—말했다.

"조금 전의 빛은 레져크가 날린 거예요. 레져크는 식물형 곤충이죠."

"식물형 곤충?"

어이가 없었다. 그건 또 뭐냐고.

"레져크는 커다란 곤충이에요. 열 개의 크고 긴 다리를 가지고 있는데 다리는 가슴에 모두 달려 있어요. 머리는 삼각형이고 입엔 긴 흡관이 달려 있지요. 눈은 없고 아까 제가 말한 대로 긴 열두 개의 더듬이가 위로 뻗어 있어요. 가슴은 둥글고 북실거리는 털이 나 있고, 배는 원추형으로 생겼는데 위는 갑각으로 덮여 있지만 배 밑은 부드러운 피부로 싸여 있지요. 그 배 밑에는 스물두 개의 발광 기관이 있어 그 발광 기관으로 빛덩이를 쏘는 것이죠. 그 빛덩이에 맞으면 몸이 마비가 돼요. 그렇게 마비된 몸은 다시는 안 풀리죠. 그리고 마비된 몸은 땅에 쓰러져 썩어갑니다. 한마디로 말하자면 식물이 잘 자랄 수 있게 하는 양분이 되는 거죠."

"설마……."

난 자미아의 말에 느껴지는 것이 있어서 말했다.

"레져크란 곤충이 그 양분을 먹는 것은 아니겠지?"

"맞았어요. 레져크는 마치 식물처럼 흙에서 양분을 빨아 먹어요. 하지만 레져크는 움직임이 크지 않은 식물이 아니라서 식물보다는 많은 양분을 필요로 하죠. 그래서 적극적으로 양분을 만드는 겁니다."

하… 이거… 나 괜히 왔나 봐.

"그럼 레져크가 없는 곳으로만 골라 다니면 되겠군."

죠세프가 엉뚱한 소리를 했다.

"죠세프, 네가 착각을 한 모양인데 자미아의 말을 못 들었어? 레져크는 곤충이라고. 다리도 있다고 했어. 그렇다면 자기가 있던 곳에 양분이 적고 양분을 만들 생물이 적다면 당연히 다른 곳으로 이동을 할 것 아냐."

"란셀 말이 맞아요."

자미아가 내 말을 인정했다.

"그래서 더 무서운 거죠. 언제 저런 빛덩이가 날아올지 모르니까요. 레져크에게 당하지 않는 유일한 생물은 포카니가 유일해요."

"그런데 어떻게 이런 무서운 곳에서 살 수 있지?"

예나의 물음이었다.

"어떤 곳이든 마찬가지죠. 약육강식. 다른 곳으로 간다고 해도 그곳에는 또다른 맹수가 있기 마련이죠. 어디든 말이죠. 다만 그런 맹수들에게 공격당한다고 그 족족 당하는 것도 아니고 다 사는 길이 있으니까 이렇게 사는 것이죠. 저 같은 데파이어의 경우는 위험을 감지하는 특별한 능력이 있고요. 게다가 레져크는 빛덩이를 날릴 때 정확히 조준해 날리는 것이 아니라 대충 진동이 느껴지는 방향으로 날리기 때문에 저같이 작은 경우는 잘 안 맞아요."

자미아의 대답이었다. 우문현답이랄까? 킁킁킁.

"란셀, 설마 내가 어리석은 질문을 했다고 생각하는 건 아니죠?"

예나가 날 쏘아보며 물었다.

"서, 설마… 마나스 신의 이름을 걸고 절대 아니라고 맹세하지."

내 말에 예나는 한숨을 쉬었다.

"후우… 됐어요. 하긴 내 질문이 좀 바보 같은 질문이긴 했지. 그래도 란셀, 그런 생각을 가지면 안 돼죠. 안 그래요?"

"으… 웅. 그, 그, 그런데 어떻게 내 생각을 안 거지?"

"그거야 란셀은 생각하는 게 뻔하니까. 게다가 마나스 신의 이름을 걸고 맹세하는 걸 보면 더 따질 것도 없잖아요."

그랬군. 그럼 다른 신의 이름을 걸까? 엘레아나라든가 페튼이라든가…….

"그런데 란셀."

"왜?"

난 예나를 바라보았다.

"원래 공간의 문으로 차원 이동했을 땐 이렇게 생물을 죽이면 안 되는 건가요? 뭐, 꼭 죽이겠다는 건 아니고 사실 죽이는 것도 싫어요. 하지만 아무리 그렇더라도 좀 족쇄와 같은 제약이네요. 그러다 실수로 죽이면……. 차원을 이동한다는 것이 그렇게 위험한 것인가요?"

예나가 좀 의기소침해서 물었다.

"아니, 그건 아냐. 다만 이 경우에는 처음부터 제약이 있었잖아. 덕분에 페디와 팡도 못 오고. 우리 같은 경우는 특수한 경우야."

내 말에 예나는 고개를 끄덕였다.

"그렇군요. 기왕에 특수한 경우면 좋은 방향이면 어때서. 좋아요,
그럼 가요."

예예. 기운이 넘치시는군요, 예나 양. 난 레져크를 겪은 것만으로도
힘이 빠지는데… 에구, 처음부터 이러면 안 되는데. 힘내자, 힘.

우린 밤새 이동했다. 자미아의 말로는 레져크는 한번 그렇게 빛덩이
를 쏘고 실패하면 다른 곳으로 이동한다고 했지만 그래도 어쩐지 찜찜
해서였다.

"여기가 좋겠어."

난 한 장소를 골랐다. 숲 안의 공터였는데 주위의 나무들 덕분에 찬
바람이 불지 않았다. 우린 여기서 자고 갈 생각이었다.

"앗! 위험해요!"

자미아가 소리쳤다. 난 급히 일어났다.

"뭐야?"

"저거."

난 자미아가 가리킨 곳을 보았다.

"저건 또 뭐야?"

거기에서는 물고기 한 마리가 파닥거리고 있었다.

"근처에 물이 있었나? 강이라든가 연못이라든가……."

난 중얼거렸다. 하지만 자미아는 내 말을 부정했다.

"아뇨, 저건 포홀릭소라는 녀석이에요. 저 녀석 몸 오른쪽은 독이 있
는 점액질로 덮여 있고, 왼쪽은 빨판으로 되어 있어요. 포홀릭소가 한
번 붙으면 뗄 수 없어요. 배가 부를 만큼 피를 빨지 않은 이상에는요."

난 포홀릭소를 보았다. 멀리서 보기에도 내 손바닥 반 정도인데 우

리가 살던 차원의 넙치나 가자미 같은 생김새라고나 할까?

"그런데 물고기야?"

"예. 물고기의 일종인데 땅에서만 살죠. 물에 들어가게 되면 죽어요."

거참, 요상한 놈이네. 그럼 물고기가 아니라 땅고긴가?

"그런데 다행인 건 조그마해서 피를 빨려고 해도 많이는 안 빨리겠군."

난 좀 다행이다 싶어서 말했지만 자미아는 고개를 저었다.

"아뇨, 생각보다 많이 빨아요. 게다가 무서운 건 따로 있어요. 포홀릭소는 피를 빨면서 이상한 물질을 만들어내는데 그 물질은 피의 응고를 막는 역할을 하기도 하지만 피를 빨리는 대상자에게 황홀감을 줘요."

"황홀감?"

"예. 그래서 피를 빨리는 대상은 아픈 것을 못 느끼죠. 하지만 문제는 거기서 안 끝나요. 정작 큰 문제는 그 물질에 강한 중독성이 있다는 거죠. 그래서 포홀릭소에 한번 피를 빨리면 다시 포홀릭소를 찾게 돼요. 쾌락을 맛보려고요. 그건 자신의 피가 다 빨린 후 죽어서야 멈추죠."

난 크게 호흡을 한번 했다. 보기보다 훨씬 무서운 녀석이었다. 그래서 난 다른 사람들을 불렀다.

"죠세프, 예나."

순간 죠세프와 예나가 뛰면서 동시에 말했다.

"알았어요. 빨리 도망가요."

"어어, 같이 가."

귀, 귀신들이다. 어떻게 내가 하려는 것을 미리 알고…….

“후우, 여기서 좀 쉬자…….”
난 다시 근처 풀밭에 털썩 주저앉았다.
“응?”
그런데 밑에 뭔가가…
“이게 뭐지?”
난 밑을 보았다. 그런데…
“이, 이게 뭐야?”
난 급히 일어났다. 거기에는 아무것도 없었다. 다만…
“왜 땅이 이렇게 출렁거려?”
그랬다. 지금 땅이 물처럼 출렁거리고 있었다.
“자미아, 이건 또 왜 이래?”
“그, 글쎄요… 설마…….”
자미아는 말끝을 끌었다. 그때였다. 땅속에서 뭔가가…… 아니, 땅
자체가 일어났다.
“아항, 저건 풀거북이네요.”
“풀거북?”
“예. 땅에 사는 거북이인데 말랑말랑한 껍질을 가지고 있고 등에는
풀과 같은 털이 나 있어요. 보통 때는 땅에 엎드려 있다가 작은 동물이
오면 재빨리 잡아먹죠.”
“그런데 내가 앉으니 놀라서 일어선 것이군.”
내 말에 자미아는 고개를 끄덕였다
“맞아요. 풀거북은 먹이가 될 작은 동물이라면 몰라도 덩치가 더 큰

동물이 자신을 건드리면 저렇게 몸을 부풀려 위협을 하죠."

난 자미아가 가리킨 대로 풀거북을 보았는데…

"저게 웬 공이냐?"

풀거북은 몸을 잔뜩 부풀리고 있었다.

"몸 안에 공기를 잔뜩 넣어서 몸을 커 보이게 하는 거예요. 우리 같은 지능을 가진 존재한테는 우습지도 않지만 대부분 저 방법이 잘 통하거든요."

흠… 갑자기 복어가 생각나는군. 저 거북, 독이 있을까?

"우리가 살던 곳에도 비슷한 동물이 있긴 하지만 그건 물고기였지. 그나저나 거북이 등 껍질이 저렇게 말랑해서 어떻게 해?"

내 말에 자미아는 이상한 표정을 지었다.

"어? 원래 거북이 등은 말랑말랑한데요. 란셀이 살던 세계의 거북이는 껍질이 단단하기라고 한가요?"

에잇! 말 안 할래. 차원이 다른 세계인데 뭘 말하겠어. 장님, 드래곤 만지기지.

"참, 그건 그렇고 여기선 잠 못 자요. 풀거북이 위험한 동물은 아니지만 저렇게 몸을 부풀린 다음에는 고약한 냄새를 풍겨요. 어느 정도 비위가 센 사람이라도 구토를 할 정도죠."

아닌 게 아니라 뭔가 조금씩 고약한 냄새가 풍기기 시작했다.

"그럼 다른 곳으로 가자."

우린 결국 다른 곳을 향해 걸어갔다. 아니, 뛰어갔다. 그렇게 한참을 뛰었더니 아… 졸려.

"여기가 좋겠다."

난 커다란 나무 밑을 잠자리로 정했다. 나무 밑에는 풀이 적당하게 자라 있었고 지대는 평탄했다.

"안 돼요."

그런데 자미아는 내 의견에 반대했다.

"저 나무는 헤피카 나무라고요. 저 나무에는……."

자미아의 말은 더 들을 필요가 없었다.

"죠, 죠세프, 너만 믿는다……."

"믿지 마세요."

지금 우리 앞에 있는 것은 양손에 검은빛이 나는 칼을 든 나무 갑옷을 입은 기사 하나였다. 아니, 정정해야겠다. 방금 다섯 명이 더 나왔다.

"저건 게르퍼라고 하는데 나무갑각류의 일종이라고요."

난 자미아의 말에 그 기사들을 다시 보았다. 하지만 암만 봐도 풀 플레이트 메일을 입고 있는 기사의 모습이었다.

"아무리 봐도 사람 같은데…… 대체 나무갑각류가 뭐지?"

"커다란 벌레예요. 아주 포악한 벌레로 민첩하고 힘도 세요. 문제는 껍질이 너무 약해 쉽게 상처가 난다는 것인데 그것을 보완하기 위해 나무를 이용해 겉껍질을 만들어요."

"그래? 하지만 너무 정교한데? 사람이 만들어도 저것보다는 못하겠어."

"게르퍼는 입에서 이상한 물을 뱉어내는데 유독 헤피카 나무만 그 물에 녹아요. 본래는 다른 나무보다 훨씬 단단한 나무인데 그 물에는 약하죠. 게르퍼들은 그 점을 이용해 헤피카 나무를 녹여 저런 갑각을 만드는 거라고요."

난 자미아의 말에 정말 신기하다는 생각이 들었다. 나도 희한한 일을 많이 겪고 여기에 와서도 참 별난 생물들을 보았지만 나무로 갑각을 만드는 벌레라니…… 상상도 못한 일이었다.

"저기 초록색 더듬이 보이시죠?"

난 자미아가 말한 더듬이를 찾았다. 하지만 더듬이는 안 보이고 투구 이마 부분에 있는 초록색 새털 장식이 눈에 띄었다.

"혹시… 이마에 있는 깃털 장식 같은 거?"

"예. 저걸 깃털 장식이라고 하다니 우습네요. 아무튼 게르퍼는 눈이 별로 안 좋아요. 다만 빛의 양을 보고 낮과 밤을 구분할 정도지요. 하지만 저 더듬이는 매우 민감해서 눈이 하는 역할을 모두 할 수 있어요. 저 더듬이를 미세하게 흔들어 거기서 일어난 진동이 사방으로 퍼졌다가 반사되어 오는 것을 받아 사물을 식별하죠."

황당하군. 박쥐나, 진동을 반사시켜 물체를 식별하게?

"란셀, 빨리 도망가지 않고 뭘 하고 있어요?"

나와 자미아가 게르퍼란 요상한 벌레에 대해 심도있는(?) 대화를 할 때 죠세프가 방해했다.

"어?"

난 죠세프를 바라보았다. 어느새 죠세프와 게르퍼들이 싸우고 있었다. 그런데 죠세프가 밀리다니…….

"죠세프, 왜 그렇게 못 이겨? 그리고 검기는 또 왜 안 쓰는 거야?"

"왜 안 쓰다니요. 그럼 저것들을 죽이라는 건가요? 란셀, 평생 여기서 살고 싶어요?"

그, 그건 안 되지.

"죠세프, 살살 싸워."

난 죠세프에게 그렇게 말하고…… 어이, 예나. 왜 그렇게 한심하다
는 눈빛이지? 어, 자미아까지? 내가 뭘 어쨌다고…….

뻐억!

그때였다. 게르퍼 한 마리가 공중에 떴다가 떨어졌다.

게르퍼들은 양손에 긴 칼 같은 손톱이 있어서 그것으로 죠세프와 싸
우고 있었다. 방금 녀석은 죠세프의 발에 얻어맞고 나가떨어진 것이었
다.

슉슉 소리가 나며 게르퍼들이 손톱으로 죠세프를 찔러갔다. 죠세프
는 한 걸음 옆으로 빗겨 서며 게르퍼들의 손톱을 강하게 내려쳤다.

팍!

게르퍼의 손톱이 잘려 나갔다. 하지만 순식간에 손톱이 자랐다.

"게르퍼들은 열두 개의 손톱을 가지고 있어요. 그래서 손톱이 잘려
도 안에 숨어 있던 손톱이 나와요."

자미아의 설명이었다. 그렇다면 저 게르퍼의 손톱을 모두 자르면 간
단한 일이었다. 하지만 내가 보기에도 게르퍼의 손톱은 단단했다. 죠
세프가 힘껏 내려쳐도 잘 잘라지지 않았던 것이다. 그래서 죠세프는
같은 곳을 두세 번씩 내려치고 있었다. 하지만 말이 쉬워 같은 곳을 두
세 번 내려치는 것이지 서로 빠르게 움직이는 상태에서 친 곳을 또 친
다는 것은 상당히 어려운 일이었다.

"검기를 쓰면 간단할 텐데……."

난 그렇게 중얼거렸지만 안 되는 방법이었다. 자칫 실수로 죽이기라
도 하면 우린 여기에 갇혀야 하기 때문이었다. 그러니 이대로 가다가
는 죠세프가 지치고 말 것이었다.

"저… 자미아, 뭐 좋은 방법 없니?"

"……."

"어, 없을까?"

"후우…… 한 가지 방법이 있어요. 아주 간단한 것이요."

난 자미아의 말에 귀가 확 틔었다.

"뭔데?"

"혹시 저 더듬이를 자르라는 거 아냐?"

예나가 자미아의 말을 기다리지 않고 말했다.

"맞아요. 그렇게 하면 게르퍼들은 순간적으로 모든 감각을 잃어버리죠. 그때 도망가면 돼요. 하지만 게르퍼들의 더듬이는 아주 빨리 재생이 되기 때문에 극히 짧은 시간의 차이로 더듬이를 자르고 재빨리 도망가야 해요."

음…… 방금 아주 간단한 방법이라고 하지 않았나?

"죠세프, 아마에 있는 깃털 장식 같은 더듬이를 한꺼번에 모두 자르면 잠깐 동안 감각을 잃는대. 그때 도망가자."

자미아의 말에 예나가 죠세프에게 크게 말해 주었다.

"그래? 간단하군."

죠세프는 그렇게 말하고는 칼을 가슴께로 끌었다. 그 순간에도 게르퍼들은 죠세프에게 달려들었다. 하지만 죠세프는 정지해 있었다.

"위험해!"

내기 소리친 순간 죠세프는 칼을 힘껏 뻗었다. 그때 난 환상을 보는 듯했다. 죠세프의 칼이 여러 개로 늘어나는 것 같더니 각자의 칼은 빛줄기가 되어 게르퍼들에게 날아갔다. 그리고……

"뛰어!"

죠세프는 예나와 나의 손을 잡고 뛰었다. 난 죠세프에게 끌려가면서 뒤를 돌아보았다. 게르퍼들의 더듬이가 자라는 모습이 보였다. 죠세프에게 더듬이를 잘린 것이 바로 조금 전이었다. 하지만 게르퍼들의 더듬이는 빠르게 자라고 있었다. 내가 잠시 앞을 보고 다시 게르퍼를 보았을 때 게르퍼들은 우릴 쫓아오고 있었다. 게르퍼들은 정말 빨라서 조금만 있으면 우리가 따라잡힐 지경이었다.

"젠장, 벌써…… 제발 미끄러져라, 미끄러져!"

난 화가 나서 그렇게 외쳤다. 그런데 정말 앞서 달려오던 게르퍼 한 마리가 뭔가에 미끄러지더니 뒤따라오던 게르퍼들이 먼저 넘어진 게르퍼에 걸려 넘어졌다. 오오, 감사합니다, 엘렌디아 여신이여. 응? 그런데 엘렌디아 여신이 차원이 다른 것에까지 힘을 미칠 수 있을까? 태초신이라면 몰라도…… 에잇, 상관없어. 산 것이 중요하지.

"여긴 어때?"

난 먼저 자미아에게 물었다. 벌써 세 번이었다. 원래 이 숲이 그런 건지, 아니면 내가 그런 곳만 골랐는지는 몰라도 영 자리가 안 좋았던 것이다.

"안 좋아요. 여기도 뭔가가 있어요. 뭔지 모르지만 제 감각이 위험하다고 하는군요. 그런데 란셀은 재주가 좋군요. 어떻게 이런 잠자기 안 좋은 곳만 찾나요?"

윽. 이, 이것도 재주라면 재주라고 할 수… 없겠지.

"어맛!"

그때 예나가 비명을 질렀다.

"왜 그래?"

"뭐야?"

나와 죠세프는 급히 에나에게 달려갔다.

"방금 뭔가가 제 발 위로 지나갔어요. 꼭… 뱀 같았는데……."

"피해요! 그건 뱀이 아녜요!"

자미아는 그렇게 외치며 급히 날아올랐다. 우린 그런 자미아를 멍하니 보았는데 다시 비명 소리가 들렸다.

"꺄악!"

에나는 비명을 지르고는 급히 죠세프의 뒤로 숨었다. 그리고 에나를 놀라게 한 것은 몸을 꼿꼿이 세웠다.

"뭐야? 그저 뱀이잖아?"

죠세프가 어이없다는 듯이 말했다. 하지만 과연 그저 뱀일까?

"잘 봐, 죠세프. 저 뱀은 꼬리가 위에 있어. 간단히 말하자면 물구나무선 모습이야. 꼬리가 머리처럼 보인 것은 꼬리 끝이 공같이 둥글어서인데 음…… 뭔가 갈고리 같은 것이 있어. 마치 전갈 꼬리 같군. 대체 저 안에 뭐가 들었지? 독?"

"맞아요."

자미아가 내 어깨로 내려오며 말했다.

"저 갈고리에 찔리면 숨을 못 쉬어 질식해 죽게 되죠."

난 뱀을 노려보았다.

"대체 저놈 이름이 뭐야?"

"케코라고 하죠. 보통 때는 뱀처럼 기어다니다가 사냥을 할 때면 꼬리를 높이 세우고 턱에 달린 네 개의 촉수로 걸어다니죠."

지금 자미아의 말로는 우리가 케코의 사냥감이란 소리였다.

"그, 그런데 보통 뱀은 먹이를 삼키잖아. 아무리 뱀의 입이 크게 벌어지더라도 우리는 삼키기에 너무 큰데……."

예나의 말에 자미아는 고개를 저었다.

"저건 뱀이 아니라니까요. 저 녀석은 먹이를 뜯어 먹어요. 아주 날카로운 이빨을 가지고 있거든요."

그, 그렇군. 확실히 뱀은 아닌 것 같았다.

"그럼 어쩌지? 원래대로라면 도망가야 하는데 이상하게 그럴 마음이 안 들어."

난 무심코 그렇게 말했는데 죠세프와 예나 둘 다 고개를 끄덕였다. 나와 같은 느낌이 든 모양이었다.

"맞아요. 케코는 저 상태에서 무척 빨라요. 우리가 움직이는 순간 당장 달려들 거예요. 다만 한 가지 방법이 있다면 움직이지 않는 거예요. 케코의 눈은 움직이는 물체에만 반응하거든요."

결국 자미아의 말에 따라 우린 움직이지 못하고 있었다.

5분.

"저… 몇 시간이나 지났을까?"

"시끄러워요. 그러잖아도 힘든데."

어이, 예나. 그렇다고 그렇게 쏘아댈 필요는 없잖아.

"죠세프."

"왜요?"

"너, 마법으로 저 케콘가 개콘가를 잠재우면 어때?"

"아하, 저보고 케코가 달려들게끔 움직이란 말인가요?"

"그건 아니지만……."

내가 우물쭈물할 때 자미아가 손가락을 흔들며 말했다.

"케코는 일 년에 한 번 자요. 동면을 하죠. 그 외에는 끊임없이 먹이 사냥을 해요. 동면을 위해 준비하는 것이죠."

어이, 자미아. 마법이랬잖아, 마법. 힘 빠지게 엉뚱한 말 하지 말라고.

10분.

난 몸이 가려웠다. 그리고 따가웠다. 답답해서 가슴이 터질 것 같았고 몸 전체가 저려왔다. 그런데 저 케코는 아까의 자세 그대로였다.

"케코는 사냥을 위해 세 시간 정도 저렇게 있는다고 해요."

자미아의 친절한(?) 설명이었다. 세 시간? 으… 날 죽여라. 케코, 저 끓여 먹지도 못할 놈. 제발 잠 좀 자라. 응? 잠 좀 자.

15분.

"대, 대체 며칠이 지난 거야?"

난 몸이 저절로 꼬아지려는 것을 견디며 물었다.

"글쎄요… 한 5분 정도 지났나?"

"죠, 죠세프… 정말이야?"

예나가 신음을 하며 물었다.

"아… 뭐, 그 정도 안 지났을까?"

죠세프의 어설픈 대답. 그리고 보니 죠세프는 별로 힘든 것 같지 않아 보였다.

"죠세프, 넌 안 힘들어?"

"글쎄요, 전 예전에 검 수련을 할 때 한 자세로 오래 있는 수련도 해서… 뭐 시간이 더 지나면 힘들어지겠죠."

난 저절로 한숨이 나왔다. 참 별 수련 다 한다.

20분.

난 정말 신음이 나올 지경이었다.

"으음……."

"저… 란셀, 조금만 참아요."

자미아가 날 위로했다. 하지만… 자미아는 지금 내 어깨 위에서 편안히 앉아 있었다. 그리고 몸도 움직였다. 케코는 자기 같은 작은 생물은 사냥 안 한다나 뭐라나. 어이, 케코. 자미아가 내 어깨에 앉아서 안 건데 자미아, 의외로 살이 많아.

25분.

"으윽… 내가 마법만 할 줄 안다면 당장 슬립……."

풀썩.

"어?"

우린 동시에 소리를 질렀다. 케코가 갑자기 쓰러진 것이다.

"저게 왜 저래?"

"글쎄요…… 설마 작전인가?"

죠세프의 말에 자미아는 케코에게 날아가더니 황당한 얼굴을 하고는 말했다.

"잠이 들었어요."

난 황당한 자미아의 말에 되물었다.

"뭐?"

"잠이 들었다고요. 케코가 여름철에 잠이 들다니……."

자미아는 어이없다는 듯이 중얼거렸다. 그리고 날 바라보았다.

"혹시 란셀이 마법을 건 건가요? 방금 잠재우는 마법을 말한 사람은 란셀이었잖아요."

난 고개를 저었다.

"아니, 난 마법을 못 써. 다만 가능성이 있는 사람은 알지."

난 죠세프를 쳐다보았다. 그런데 죠세프도 고개를 저었다.

“날 보지 말아요. 전 마법을 안 썼다고요. 마법을 쓰려면 손 동작도 필요한데 그랬다간 당장 케코가 달려들었을걸요.”

“하지만 넌 언령 마법이 가능하지 않아?”

내 말에 죠세프는 다시 고개를 저었다.

“아뇨, 아직 언령 마법의 언저리일 뿐이에요. 제 능력으로는 아직도 멀었어요.”

그건 맞는 말이었다. 죠세프가 아무리 천재라도 단 며칠 만에 언령 마법을 쓸 수는 없었다. 그럼 어떻게 된 거지?

“지금 이럴 때가 아니에요. 케코가 잠이 들긴 했지만 결코 깊은 잠은 아녜요. 아마 조금 있으면 깰 거예요. 그전에 빨리 도망가자고요.”

자미아가 우릴 재촉했다. 우린 자미아의 말대로 급히 케코가 있는 곳을 빠져나갔다. 케코가 왜 잠들었는지가 중요한 게 아니었던 것이다.

난 한참을 가다가 풀밭에 몸을 던졌다.

“여기가 좋겠다. 여긴 별 위험 없지?”

“음… 아직까지는요.”

자미아의 미적지근한 말에 난 불안감을 느꼈다. 대체 또 뭐가 나오려는지…….

“그런데 란셀, 저게 뭘까요?”

예나가 내 뒤쪽을 가리키며 물었다. 난 무심코 뒤를 돌아보았다가 놀라서 황급히 일어났다. 거기엔 커다란 악어가 있었다. 아니, 머리는 악어인데 눈은 게눈처럼 위로 솟아 있었다. 몸체는 멧돼지 같았고 뒷다리는 개구리 같았다. 그리고 앞다리는 늑대의 다리 같았다.

"저, 저건 뭐야?"

난 놀라서 뒤로 물러났다. 그때 공중에서 불꽃이 튀었다.

"죠세프……."

죠세프가 어느새 내 앞에 있었다. 죠세프는 긴장한 얼굴을 하고 있었다.

"어이가 없군. 쇠로 된 혀를 가지고 있다니…… 게다가 혀끝에 돌기까지? 이건 혀가 아니라 무긴데?"

난 죠세프가 중얼거리는 말로 무슨 일이 있었는지 알 수가 있었다. 저 이상한 생물이 날 혀로 공격했고 죠세프가 그 혀를 칼로 막은 것이었다.

"자미아, 저건 뭐야? 위험은 없다고 했잖아."

난 우선 자미아에게 따졌다. 자미아는 당황스런 얼굴을 하고 있었다.

"조, 조금 전에 위험이 감지되었거든요……. 아하하하. 음… 그리고 저 녀석은 콜로테라고 하는데 이 숲에서 알아주는 무서운 포식자예요. 혀는 죠세프가 말한 대로 쇠로 되어 있는데 혀로 먹이를 감싸죠. 그때 혀에 난 돌기 때문에 먹이가 빠져나가지 못해요."

난 자미아의 말을 들으며 콜로테를 보았다. 콜로테는 게눈 같은 눈을 빙글빙글 돌리고 있었다.

"자미아, 콜로테도 움직이는 물체에만 반응해?"

"아뇨, 다만 저 행동은… 공격을 하기 위한 행동이에요. 적을 탐지하기 위한."

자미아의 말이 끝나자 죠세프는 방어 자세를 잡았다. 그리고 죠세프가 자세를 잡자마자 콜로테의 혀가 날아왔다.

창! 챙! 청!

순식간의 여러 번의 쇠 부딪치는 소리가 들렸다. 콜로테의 혀는 채찍처럼, 비단천처럼 강하게 또는 부드럽게 움직였다. 그때마다 죠세프는 계속 칼을 움직여 콜로테의 혀를 막았다.

촤앙!

어느 정도 싸운 후 강한 금속 마찰음이 들렸다. 순간 죠세프는 뒤로 물러났다. 콜로테는 혀를 길게 내밀고 있었는데 혀에는 여러 개의 칼자국이 있었다. 그리고 혀를 내민 채 흉포한 눈으로 우리를 쏘아보고 있었다.

"콜로테는 지금처럼 낭패한 경우가 없을걸요. 대부분의 동물은 콜로테의 먹이가 되었을 테니까요."

자미아가 살짝 소곤거렸다. 아무튼 콜로테란 녀석 무척 화가 난 모양이었다. 이거 어떻게 빠져나가지? 지금까지 움직이지 않던 콜로테가 몸을 움직이기 시작했다.

휘익— 쿵!

콜로테의 도약력은 상상 이상이었다. 한순간에 우리의 뒤로 가 있었다. 그리고 곧바로 혀로 공격해 왔다. 바로 나와 예나를.

"으왓!"

"엄마~"

우린 놀라서 몸을 피했지만 콜로테의 공격 범위 안이었다.

쩌엉—

그때 다시 죠세프가 콜로테의 혀를 막았다. 그런데 소리가 이상하네? 난 고개를 돌려보았다. 그런데 지금 죠세프의 검에는 검기가 맺혀 있었고 콜로테의 혀는 중간이 세로로 잘려 있었다.

“죠, 죠세프……”

난 놀라서 죠세프를 불렀지만 죠세프는 태연한 얼굴이었다.

“걱정 마세요. 콜로테의 혀가 두 개로 나뉘어 두 방향에서 공격해도 막을 자신이 있으니까요.”

난 죠세프의 말에 다시 놀랐다. 내 예상과는 달랐던 것이다. 아닌 게 아니라 죠세프의 말대로 두 개의 혀가 따로 움직이고 있었다.

“어, 어쩌지? 자미아, 방법 없어?”

“없어요. 다만 콜로테는 번개를 무척 무서워해요. 왜 그런지는 모르지만……”

죠세프는 그 말을 듣자마자 주문을 외우고 마법을 시전했다.

“라이트닝.”

콰지직—

쿠에엑!

라이트닝 마법이 날아가는 소리. 콜로테가 지명을 지르는 소리가 연이어 들렸다. 그리고 라이트닝의 빛이 사라지자 거기에는 콜로테가 기절해 있었다. 피부는 새카맣게 탔고 매우 큰 충격을 받은 모양이었다. 기절까지 한 것을 보니. 그나마 다행인 것은 겉은 좀 탔어도 나머지는 멀쩡해 보이는 것이었다. 난 콜로테가 기절한 모습을 보고 용기를 내어 콜로테를 만지며 죠세프에게 충고를 했다.

“죠세프, 다음부턴 조심해. 이러다 자칫 죽이면 우린 못 돌아가.”

“예, 조심하죠. 아참, 란셀도 조심하세요. 콜로테에는 아직 라이트닝의 여파가 남아서……”

지리릿—

“조, 좀 일찍 말하지……”

"여긴 괜찮을까?"

난 멍한 정신으로 물었다. 아… 잠을 자고 싶다. 이거 정말 날밤 새네…….

"음… 여긴……."

자미아도 졸린 모양이었다.

"여긴… 아! 란셀, 위험해요!"

그 순간 내 뺨을 스치고 뭔가가 날아왔다.

"이건 또 뭐야?"

"박치기벌이요. 저 벌들은 침으로 공격하는 것이 아니라 단단한 머리로 먹잇감을 박치기해서 기절을 시킨 다음 잡아먹어요."

음… 무서운 벌이군.

"자미아, 대체 머리가 얼마나 단단하기에 그런 짓을 하지?"

예나는 자신의 머리를 만지며 물었다.

"박치기벌은 머리 전체가 뼈예요. 뇌가 가슴에 있죠. 덕분에 그런 박치기 사냥이 가능한 거죠."

가슴에 뇌가 있다…… 참 희한한 녀석이군. 하지만 난 곧 박치기벌이 무서운 놈이라는 것을 인정해야 했다. 방금 박치기벌이 부딪친 것은 돌이었는데 그 돌이 깨져 있었다.

"대체 박치기벌은 뭘 먹고 사는 거야?"

"살이 있는 동물이면 전부 다요. 박치기벌은 소화액을 동물의 몸에 집어넣어서 물처럼 만든 다음 빨아 먹어요."

난 자미아의 말에 섬뜩했다.

"저… 자미아, 박치기벌은 혼자 다녀, 아니면 떼 지어 다녀?"

"그야 보통 때는 혼자 다니지만 먹이를 발견하거나 적에게 공격을 당하면 날개로 이상한 신호음을 내서 동료 박치기벌들을 부르죠."

하… 역시… 난 결심했다.

"이봐, 다른 곳으로 가자고."

난 그렇게 말하고 다른 잠자리를 알아보려고 우리가 안 가본 곳으로 발걸음을 옮겼다. 그때 죠세프가 소리치는 것이 들렸다.

"란셀, 위험해요!"

난 급히 뒤를 바라보았다. 네 마리 정도의 박치기 벌이 나에게 달려들고 있었다. 난 순간 죽었다는 생각만 들었다. 그리고 뭐라고 외쳤는데…….

"란셀, 정신이 들어요?"

"으음……."

난 몸을 일으켰다. 그런데 대체 어떻게 된 거지? 난 죠세프를 바라보았다.

"어떻게 된 건지 궁금하신가요?"

난 고개를 끄덕였다.

"우선 란셀은 기절해 있었어요."

언제? 난 주위를 둘러보았다. 어느새 지평선에 붉은 줄이 간 것이 동이 트려는 모양이었다.

"오래 기절한 것은 아니니까 걱정 마세요. 란셀이 기절한 후 우린 급히 란셀을 데리고 박치기벌이 있는 곳에서 빠져나왔고, 이렇게 자리를 잡자 곧바로 란셀을 깨운 거니까요. 우리가 숲을 많이 헤맨 모양이에요. 벌써 동이 트는 것을 보니."

그렇기도 했다. 잠잘 곳을 찾을 때마다 이상한 녀석들이 방해를 하는 바람에 여기저기 돌아다녔으니……

"그런데 이상한 것이 있어요."

"뭔데?"

"그때 박치기벌이 란셀의 바로 앞에서 뭔가에 부딪친 듯이 가로막혀 떨어졌거든요."

"그런 일이 있었어?"

"예. 더 이상한 것은 그전에 란셀이 이런 말을 했다는 거예요."

내, 내가 이상한 말을? 대체 무슨 말을 한 거지? 설마 말실수?

"실드라는 말을 했어요. 그건 란셀이 더 잘 알 테지만 물리적이거나 마법의 공격을 막기 위한 마법이죠."

"실드라고?"

난 죠세프에게 되물었다. 대체 이게 무슨 소리?

"예. 그 말을 하고는 박치기벌이 중간에 뭔가에 막힌 듯 부딪쳤죠. 하지만 란셀은 그런 막아주는 것이 있어도 박치기벌의 박치기 충격에 날아가 기절을 한 것이었고요. 설마…… 란셀이 실드 마법을 쓴 것인가요?"

"그럴 리가 없잖아."

나야말로 어리둥절할 일이었다. 대체 죠세프의 말을 그대로 믿어야 할지, 말아야 할지…….

"죠세프, 란셀."

그때였다. 멀리서 예나가 달려…

"이 숲 이상해요."

"귀, 귀신이닷!"

난 놀라서 소리쳤다. 멀리 있던 예나가 갑자기 내 눈앞에 나타난 것이었다.

"귀신이라니 무슨 말이에욧!"

예나는 화를 내었다.

"아니, 그게… 멀리 있던 사람이 갑자기 코앞에 나타나니까 그렇지."

내 말에 예나는 뭔가가 생각이 난 듯했다.

"참, 맞아. 이 숲 이상해요. 따라와 봐요. 왜 이상한지 보여줄게요."

나와 죠세프는 예나를 따라갔다. 그리고 예나가 말한 것을 알게 되었다. 지금 내 앞에 펼쳐진 숲은 이상했다. 같은 위치에 있는데 어떤 곳은 멀게, 어떤 곳은 가깝게 느껴졌다.

"이상하죠?"

예나가 다시 물어왔다. 하지만 자미아는 코웃음을 쳤다.

"뭐가 이상해요? 이 숲 이름이 달리 원근의 숲인지 아세요? 숲의 중심에 들어가면 이렇게 멀게, 또는 가깝게 보이기 때문에 그런 이름이 붙었지요."

"앗! 저기!"

내가 신기해서 원근의 숲을 보고 있을 때 예나가 소리쳤다. 저거 혹시…….

난 예나가 가리키는 것을 보았다. 그런데 그것은 확실히 레포카니의 고치였다.

"맞아. 우린 찾았어. 하루 만에 찾다니 역시 우린 대단해."

난 레포카니를 잡으려고 손을 뻗었다. 하지만 레포카니는 잡히지 않았다.

"이거 원근의 숲 덕을 톡톡히 보는군. 손에 안 잡히는데?"

　난 레포카니의 고치를 살폈다. 한 발자국만 움직여도 레포카니의 위치는 바뀌었다. 멀게, 가깝게. 물론 보이는 것이 멀고 가깝게 보여서 그렇지 실제로는 제 위치에서 움직이지 않는다는 것은 알았다. 하지만 그 제 위치가 어딘지 짐작이 안 가고 오히려 원근의 미로에 갇힐 위험이 컸다.

　"제가 하죠."

　그때 자미아가 나섰다.

　"전 여기서 태어나고 자랐어요. 저 정도 환시쯤이야 아무것도 아니죠."

　자미아는 그렇게 말하고는 레포카니를 향해 움직였다. 자미아의 몸이 가깝게, 멀게 느껴졌다. 그걸 레포카니와 함께 보면 계속 방향과 거리와 위치가 서로 달랐다. 그래서 우린 자미아를 걱정했다. 못 나올지도 모르기에. 하지만 그건 우리의 기우였다. 자미아는 곧 나왔다. 레포카니의 고치를 들고.

　"아구, 무거워. 대체 이런 무거운 건 왜 찾는 거죠?"

　음… 암만 들어도 솜덩이 무게인데… 아! 그런데 공간의 문까지 언제 가지? 또 별 희한한 녀석들이 다 달라붙을 텐데……. 하아, 하나를 처리하면 다른 하나가 나타나는군. 골치야…….

　"저도 데려가 주세요."

　우린 좀 난감했다. 지금 자미아는 우리와 같이 가고 싶어했다.

　"전 아까도 보았겠지만 다른 데파이어들보다 감각이 떨어져요. 그래서 여기서 살기 힘들어요. 제가 이렇게 아직까지 살아 있는 것은 기적이라고요."

자미아는 스스로를 깎아가면서까지 우리와 같이 가려고 했다. 하지만 난 뭐라고 대답해 줄 수가 없었다. 우선 우리가 사는 곳이 여기보다 낫다는 보장도 전혀 없었고, 또 그런 것을 생각 안 하고 간다 해도 과연 자미아가 공간의 문을 넘을 수 있느냐가 문제였다. 우리가 넘어온 공간의 문은 제법 긴 시간 공간의 문을 열기 위해 제약을 두었다. 그래서 팽과 페디가 남은 것이었다. 나조차도 걱정이 되었었다. 내 심장은 드래곤 하트. 그래서 못 들어갈 줄 알았는데 다행히 보통 드래곤 하트의 극히 일부분이라 상관이 없었다. 하지만 만약 자미아까지 공간의 문을 건너다가 공간의 문이 파괴되면 큰일이었다.

"하지만……."

자미아의 눈에 눈물이 맺혔다. 에구, 마음 약해져.

"괜찮을 거예요. 전 몸집도 작고 마법도 못하고 정령도 못 다루니까요. 단지 능력만 있을 뿐이라고요. 그러니 괜찮을 거예요."

난 잠시 고민했다. 그리고 결심했다. 에레시스의 능력을 믿어보자고.

"좋아, 같이 간다. 난 에레시스의 능력을 믿으니까."

난 공간의 문에 한 발 집어넣었다. 이제 난 내 집에 가는 것이다. 그리고 내 어깨에 앉은 자미아는 새로운 세상을 향해 나가는 것이었다.

페디와 팡은 공간의 문 앞에서 우리를 기다리고 있었다.

"아무 일 없었어요?"

우리가 나오자마자 페디가 물어본 말이었다. 페디의 말로는 사흘을 기다렸다는 것이다. 우린 그런 페디의 말에 무척 놀랐다. 우리가 있었던 시간은 고작 하루였다. 아마 차원 간의 시간이 달랐던 모양이다. 우린 자미아를 소개시키고 레포카니를 불태웠다. 이제 공주의 병은 고쳐졌을 것이다.

"이제 어쩔 건가요?"

죠세프가 물어왔다. 난 잠시 고민했다. 내 마음대로 하면 그냥 길을 가는 것이지만 죠세프를 위해서라면 다시 황궁에 들러봐야 했다.

"글쎄…… 뭘 할까?"

"그럼 이건 어때요?"

페디가 제안을 해왔다. 우리를 기다리는 사흘 동안 커다란 동굴을 발견했는데 페디의 판단으로는 분명 드래곤 레어일 텐데 드래곤의 기운이 안 느껴졌다는 것이다. 그래서 대체 어떤 동굴인지 탐험 겸 조사를 하자는 것이었다. 페디야, 왜 내가 싫어하는 것만 하려고 하니? 하지만 역시 다수결 원칙으로 동굴 탐험을 하게 되었다.

"음… 이건 드래곤 레어가 아냐. 확실해."

난 전문가(?)로서 확신했다.

"동굴이 크긴 하지만 드래곤이 살기에는 작아. 오히려 다른 몬스터가 서식하면 딱 알맞겠군."

"하지만 여기에 몬스터가 드나든 흔적은 없어요."

동굴 입구를 살피던 죠세프가 한 말이었다. 그렇다면 괜히 겁먹을 필요 없잖아.

"그래? 그럼 들어가 볼까?"

페디가 먼저 동굴 안으로 걸어 들어가고 다음에 내가 들어갔다. 페디는 동굴에 들어서자 자신의 몸에서 빛이 나게 했다. 덕분에 환해진 동굴 안은 초입부터 아름다운 광경이 펼쳐져 있었다. 아름다운 종유석에서 석순, 석주, 마치 커튼을 친 듯한 동굴 벽 등등.

"아아, 멋지다."

내 말을 들은 사람들, 에나와 죠세프가 들어왔다. 그리고 나와 똑같이 감탄을 하였다.

"정말 아름다워요."

"멋지군."

쯧쯧. 죠세프, 좀 더 감정을 실을 순 없나?

"하지만 언제 무슨 일이 있을지 모르니 조심하세요."

죠세프는 그렇게 말하고 먼저 걸어가기 시작했다. 죠세프의 말을 들으니 은근히 긴장이 되었다. 원근의 숲에서 당한 일들이 생각이 나서였다. 하긴 조심해서 나쁠 것은 없었다. 동굴이라는 곳이 어떻게 보면 미지의 세계인지라 아무리 일이 없어도 최소한 박쥐 정도가… 음… 박쥐라… 박쥐…….

"이거 이상한데?"

난 앞서 가던 죠세프를 불러 세우고 말했다.

"이 동굴 말야. 박쥐가 없어. 이상하지 않아? 동굴 밖은 숲이야. 박쥐의 먹잇감이 많지. 이런 박쥐의 낙원 같은 환경에 박쥐가 없다는 것은 말이 안 돼."

죠세프도 동굴을 둘러보더니 말했다.

"그렇다면 뭔가 있다는 뜻이겠죠."

"조심하는 것이 좋겠어."

"예."

우린 조심해서 동굴 안쪽으로 걸어갔다.

"어?"

앞서 가던 죠세프가 우뚝 섰다.

"왜 그래?"

"모르겠어요. 뭔가 이상해요."

난 죠세프의 앞으로 나와서 동굴을 살폈다. 동굴은 두 갈래로 갈라지고 있었다. 하지만 오른쪽의 동굴은 어스름하게 보이긴 했지만 막혀 있는 듯했다.

"페디, 이쪽으로 좀 와서 여기 좀 비춰봐."

페디는 내 말에 곧장 날아왔다. 그리고 난 오른쪽에 있는 동굴이 막혀 있다는 것을 확인했다. 하지만 그래도 이상한 것이 있었다.

"어? 이거 이상한데? 페디, 조금만 들어가 볼래?"

페디는 오른쪽 동굴로 들어갔다. 약 10길드 깊이에서 막혀 있는 동굴은 마치 커튼과 같이 흘러내린 모양이었다.

"이건 누군가 만든 거야."

난 그렇게 판단했다. 동굴의 끝 벽은 동굴 옆의 벽과 천장, 바닥과 맞추어볼 때 저렇게 될 수가 없기 때문이었다.

"누군가 저 뒤쪽에 살고 있나?"

내 말에 죠세프가 동굴 벽으로 가더니 칼자루로 두드려 보았다.

쿵쿵.

"란셀, 그냥 막혀 있는 것 같은데요? 속이 빈 소리가 안 나요."

"아니면 막힌 벽이 아주 두껍든지."

『그렇지 않아요.』

누군가 그렇게 말했다.

"누구?"

『저요, 팡.』

"어? 넌 언제 깨어났니?"

난 황당해서 그렇게 물었다. 지금 무슨 특별한 일이라도 있나?

『조금 전에요.』

"그래? 그런데 뭐가 아니란 거야?"

『이 벽 뒤로 동굴이 없다는 거죠. 여기를 깨고 나가면 산 밖으로 나가요. 동굴의 위치와 산의 위치 등을 따지면 알 수가 있어요. 저기 반대로 있는 동굴 보이시죠? 아래로 향했죠? 저건 진짜 동굴이에요.』

"그래? 그런데 왜 이런 것이 있을까? 이건 마치 굴을 막아놓았다고 보여주는 것 같잖아. 설마 언제 들어올지 모르는 사람 골탕 먹이려고 이런 걸 만든 것은 아닐 텐데."

『그건 몰라요. 하지만 뭔가 기운이 느껴져요. 아주 강한 위대한 느낌이. 그리고 저 막힌 벽에서 그 기운은 더 강해졌어요. 저도 그 기운 때문에 깬 거라고요.』

난 팡이의 말에 긴장이 되었다. 대체 뭐가 문제지?

"팡, 그 기운 위험한 거니?"

『그런 것 같지는 않아요.』

팡은 그렇게 말했지만 그래도 난 불안했다. 그런 내 감정을 알았는지 자미아가 내 볼을 건드리며 말했다.

"걱정 마세요. 제 감각에도 위험한 건 아네요. 저 막대기 말대로요. 상상을 초월한 존재가 있는 것 같긴 하지만요."

난 그 말에 안심을 했다. 위험을 감지하는 것이 생존 무기인 자미아의 말이니 믿을 만했다. 하지만 안심하기에는 일렀다.

『뭐야? 막대기? 어디서 이상한 곤충이 날 가지고 막대기래?』

"뭐? 난 위대한 종족 데파이어의 일족이야. 곤충이라니, 너, 말 다 했어?"

『다 안 했어. 난 영혼을 가진 마법 무구야. 내 몸은 드래곤 하트고 내 머리는 여의주야. 그런 위대한 존재를 보고 막대기라니?』

"흥. 난 그 딴 거 몰라. 막대기면 막대기지 막대기가 재료 따지나?"

『뭐야? 무식한 곤충 같으니, 드래곤 하트와 여의주도 모르다니. 역시 곤충은 어쩔 수 없다니까.』

"무식한 건 너야. 넌 곤충과 다른 생명체를 구별도 못하니? 오호호호. 역시 막대기라 머리가 있을 게 뭐야."

난 둘의 싸움을 말리느라 진땀을 빼야 했다. 차라리 싸우는 건 쉽지 말리는 게 얼마나 어렵다고…….

우린 지금 동굴의 막힌 벽 앞에 앉아 있었다. 반대 편에 동굴이 있기 때문에 그쪽으로 갈 수도 있었지만 막힌 벽에서 나오는 기운에 우린 동굴을 볼 생각이 없었던 것이다.

"꺄하하하."

"그러니까 전에 말야……."

"더 정확히 하면……."

팡이랑 자미아는 지금 언제 싸웠냐 싶게 잘 놀고 있었다. 거기에 페디까지 어울리고 있었다. 음… 그런데 왜 이리 귀가 가렵지?

"답답하군요. 뭔가 있긴 한데 그걸 모르겠으니."

갑자기 죠세프가 몸을 일으키며 말했다.

"차라리 이 벽 어딘가에 기관 장치가 있어서……."

죠세프는 벽을 짚으며 말했다.

"누르면 열리는 장치라도 있었……."

쿠르르르르.

우린 모두 벌떡 일어났다.

"뭐야?"

난 놀라서 소리쳤다.

"죠세프, 뭘 만진 거야?"

"전 그저 벽만……."

[두려워 말라, 인간들이여.]

갑자기 위엄있는 목소리가 들렸다. 그것도 귀에 들리는 것이 아니라

머리 속으로 들리는 것이었다

"대체 당신은 누굽니까?"

죠세프가 나서며 외쳤다.

[네가 대장인가?]

이런, 이러면 내가 나서지 않을 수가 없잖아.

"아니, 대장은 나지만……."

[그러면 왜 네가 나서지 않는 것인가?]

"그거야 아랫사람 내보내는 것도 능력이죠. 그러는 당신은 누구십니까? 왜 우리의 머리 속에 말을 거는 것이죠?"

목소리는 위엄은 있지만 살기나 위협적인 면이 없었기에 난 용기를 내어 물었다.

[벽에 손을 댄 자가 누구냐?]

목소리의 주인공은 내 말을 무시하고 질문을 했다.

"접니다."

죠세프가 대답을 했다.

[그런가? 넌 강한 자로구나. 단순히 외적인 면만이 아니라 내적인 면도 강해. 그대들은 내 손님이 될 자격이 충분하다. 자, 들어와라.]

순간 우리 앞에 있던 벽에 문이 생겼다. 그리고 그 문은 소리없이 열렸다.

[들어와라. 그대들을 초대한다.]

"초대요?"

난 문 안을 살피며 물었다.

[그렇다, 마법사. 그대는 의심을 말라. 내가 그대를 해칠 마음이 있었다면 벌써 해쳤을 것. 난 그대들과 사귀고 싶다. 이제 내 수명도 얼

마 남지 않았다. 죽기 전에 그대들 같은 능력자를 사귀어보는 것도 좋겠지.]

난 이상한 생각이 들었다.

"저… 전 마법사가 아닌데요?"

[그럴 리가. 마법사와 마법 검사, 정령사, 페어리 드래곤, 원근의 숲에서 온 데파이어, 영혼을 지닌 마법구. 마법사와 마법 검사는 사람이고 정령사는 하프 엘프 아가씨. 내가 틀렸나?]

"다 맞는데 두 가지는 틀렸네요. 전 마법사가 아니고, 여기 하프 엘프인 예나도 정령사가 아니거든요."

내 말이 끝나자 잠시 조용해졌다가 다시 목소리가 들렸다.

[내가 틀렸나? 내 능력이 떨어진 건가? 그럴 리가 없을 텐데…… 자세한 것은 그대들을 보면 알겠지. 자, 들어오라. 그대들에게 이득이 될지언정 해가 될 일은 없을 것이다.]

난 자미아를 돌아보았다. 자미아 스스로 자신의 위기 감지 능력이 떨어진다고 했지만 그래도 우리 중에 가장 뛰어난 위기 감지 능력을 가졌기 때문이다.

"들어가요. 위험하지는 않을 것 같아요. 오히려 안 들어가면 호의를 무시했다고 화낼지도 모르죠."

자미아는 그렇게 말하고 문을 향해 날아갔다. 그때 목소리가 들렸다.

[그렇진 않다. 초대에 응하고 안 하고는 당사자들의 자유. 하지만 초대에 응하지 않으면 난 무척 아쉬워하겠지.]

난 그 목소리를 들으며 정말 위험은 없을 거란 확신이 들었다. 그래서 예나와 죠세프를 돌아보았다.

“들어갈까?”

“그러죠.”

“예.”

죠세프와 예나는 흔쾌히 대답했다. 난 문으로 들어가려다 순간 멈칫했다.

“아, 그러고 보니 전 공간 이동이 불가능해요. 전 몸에 직접 마법을 적용시킬 수가 없어서…….”

[걱정 마라. 이건 공간의 문이다. 어떤 존재든 통과가 가능하다.]

난 그 말에 문으로 들어갔다. 무슨 일이 있을지 모르지만 약간 흥분이 되었다.

난 정말 할 말을 잊었다. 대체 얼마나 큰 걸까? 천오백 길드? 아니, 그 이상? 역대 드래곤 중에 가장 크다는 엘카시아나가 칠백 길드였다. 그런데 그 두 배라니…… 그나마 엘카시아나의 경우는 몸이 좀 긴 편이었다. 그래서 길이에 비해 덩치가 그렇게 크지는 않았다. 하지만 내 눈앞에 있는 드래곤은 덩치도 그 길이에 비례해 컸다.

“다, 당신은 누구십니까?”

난 좀 얼이 빠져서 물었다.

[난 드래곤 위의 드래곤. 드래곤과 차원을 달리하는 드래곤. 흔히들 하이퍼 드래곤이라고 하지.]

난 그의 말에 한 가지 사실을 떠올렸다. 예전에 이 세상에서 가장 강했던 생물. 드래곤조차 감히 대적을 할 수 없던 존재가 있었다고 한다. 하지만 그 생물은 무한한 힘을 지녔으면서도 어느 순간 모두 사라졌다고 했다. 드래곤보다 긴 수명과 강대한 마법이 있던 생물이 고작 2만

년 정도 존재하다 사라졌다는 것은 불가사의한 일이었다. 그리고 그 불가사의의 주인공들이 바로 하이퍼 드래곤이라는 것이었다. 드래곤이면서도 그보다 한 차원 높은 생물이라는 하이퍼 드래곤. 난 하이퍼 드래곤을 바라보았다. 머리에 일곱 개의 뿔이 있었다. 날개는 세 쌍인 것 같은데 나머지는 보이지 않았다. 너무 커서.

"당신이 정말 하이퍼 드래곤인가요?"

난 다시 한 번 확인해 보았다.

[그렇다. 난 유일하게 이 세계에 남은 하이퍼 드래곤이다. 내가 볼 때 넌 드래곤도 아니면서 이상하게 드래곤의 존재감이 약간 느껴지는구나. 드래곤과 오랜 기간 동안 교류를 한 모양이지? 아무튼 드래곤과 관계가 있었다면 혹시 듣지 못했는가? 나이가 많은 고룡이면 날 아는 드래곤이 제법 있을 텐데.]

그리고 보니 나도 들은 기억이 있었다. 그때 난 그저 드래곤 사이에서 내려오는 전설이라고 생각했었다. 나도 멍청했었다. 만 년을 사는 드래곤에게 전설이란 것이 있을 리 없었다. 다만 오래된 옛이야기만 있을 뿐인데…… 하지만 내가 전설일 거라고 생각한 데는 이유가 있었다. 그 하이퍼 드래곤의 이름은 마카필라. 그냥 들으면 괜찮은 이름 같지만 사실 좋은 이름은 아니었다. 성질이 좀 더러워 막 나가는 성격이란 뜻으로 동방 대륙 박달민족의 사투리인 막가뻴라에서 비롯된 이름이라고 한다. 원래 이름은 따로 있었는데 그 이름은 완전히 사장되고 별명이 본명이 된 것이었다.

"저… 혹시… 막 나간다는 뜻의 마카필라라는 하이퍼 드래곤이십니까?"

난 조심스럽게 물었다. 하이퍼 드래곤처럼 무지막지하게 강한 존재는 재채기만 해도 위험하기 때문이었다. 괜히 저 하이퍼 드래곤이 열 받아서 숨이라도 크게 몰아쉬면 정말 죽는 일만 남는 것이었다.

[음… 그, 그런 유언비어를 퍼뜨리는 것은 죄악이다.]

내가 제대로 알고 있는 거로군. 성질이 더럽다 이거지? 조심해야겠어.

난 이쯤에서 궁금한 것을 묻기로 했다.

"그런데 왜 우릴 초대했습니까?"

[그렇지. 그걸 먼저 말해야 했는데 이거 실례했군. 아, 우선 내 소개부터 하지. 내 이름은 알다시피 마카필라다. 그리고 이건 예의가 아니지만 내가 너희에게 머리 속에 말을 전하고 내 머리조차 들지 않는 것을 이해해 주기 바란다. 내 몸은 너무 크기 때문에 함부로 입 밖으로 말을 하다 보면 너희들의 고막이 터질지도 모른다. 어쩌면 내 목소리 크기에 너희 고막 이전에 내가 말할 때 나는 입 바람에 날려가 버릴지도 모르지. 내 몸이 정상이면 그럴 일이 없겠지만 난 지금 너무 죽어가는 몸이다. 그 덕분에 내 몸의 제어가 힘들다.]

마카필라의 소개가 끝나자 우리도 모두 자기소개를 했다. 그러자 마카필라는 다시 말을 했다.

[좋은 이름들이군. 특히 너, 마법사의 이름은 정말 특이했다. 각 종족의 이름을 다 가지고 있다니 상당히 대단한 운명을 타고났군. 그럼 본론으로 들어갈까? 난 처음에 죠세프가 벽에 손을 댈 때 너희들의 존재를 알았다. 죠세프는 내가 관심을 가질 정도로 대단한 존재였다. 아니, 지금 내 앞에 있으니 존재이다인가? 아무튼 죠세프는 매우 강한 자다. 하지만 난 단순히 강하다고 너희를 초대한 것은 아니었다. 너희들에게는 뭔가가 있다. 나도 모르는 그 무엇인가가. 그래서 그런 너희들

과 대화를 하고 싶었다. 이게 너희를 초대한 이유 중 하나지. 또 다른 이유가 있는데 그건 나중에 말하겠다.]

난 나머지 이유도 궁금했지만 감히 물어볼 수는 없었다. 그래서 다른 것을 묻기로 했다.

"그런데 왜 아까부터 절 마법사라고 하십니까? 전 마법은 전혀 못하는데요."

[그럴 리가 없다. 네 몸에 흐르는 이 마나의 기운, 그건 마법사만이 가지는 것이다. 흐음… 잠시 기다려라. 내가 널 좀 더 살피겠다.]

마카필라는 그 말을 하더니 침묵했다.

[넌 인간인가?]

"예."

[그렇다면 어떤 멍청한 드래곤이 드래곤 하트로 네 심장을 만들었구나.]

난 대답할 수가 없었다. 마카필라가 말한 멍청한 드래곤이 내 스승이자 드래곤 중에 가장 현명하고 지혜롭다는 카나이드였기 때문이다. 마카필라의 말에 동의를 하자니 나와 전 드래곤을 욕보이는 짓이고, 아니라고 하기엔 마카필라의 존재가 너무 컸다. 내가 말이 없자 다시 마카필라의 말이 들려왔다.

[네 심장이 드래곤 하트로 되었다는 것은 네 심장을 만든 드래곤이 네 생명의 은인일 가능성이 크구나. 그렇다면 내 말이 잘못되었군.]

생각보다는 덜 더러운 성격인 모양이었다.

[하지만 이상하군. 네가 마법사가 아니란 말인가? 드래곤 하트를 심장으로 두었으면서도? 그대는 이미 고위 마법사이다. 아니, 그 이상이다.]

난 마카필라의 말에 놀랐다. 내가 마법사라니… 믿을 수가 없었다. 하지만 하이퍼 드래곤의 말은 무시할 수 있는 게 아니었다. 일반 드래곤과 하이퍼 드래곤을 굳이 비교한다고 하면 일반 엘프와 하이 엘프 정도 될까? 그런 존재가 한 말이니 무게가 이만저만한 것이 아니었다.

"잠깐만요."

그때 죠세프가 끼어들었다.

[무엇인가, 위대한 천재여?]

난 죠세프를 다시 바라보았다. 방금 마카필라가 죠세프를 위대한 천재라고 불렀다. 그렇다면 죠세프는 하이퍼 드래곤이 인정한 사람이라는 소리였다. 하지만 죠세프는 그런 것에 별 관심이 없는 듯했다.

"하이퍼 드래곤님."

죠세프가 마카필라에게 말했다.

[그냥 마카필라라고 해라.]

"예, 마카필라님. 제가 몇 가지 일을 말씀드려도 되겠습니까?"

[좋다, 말하라.]

"예. 이건 여기 있는 란셀의 일인데……."

죠세프는 내게 일어났던 신비한 일들을 말해 주었다. 나도 정신이 없어서 넘어갔던 것들. 그걸 죠세프는 말하고 있었던 것이다.

[그렇군.]

죠세프의 말을 다 듣고 마카필라가 말했다.

[란셀이라고 했나? 넌 역시 보통 마법사가 아니군. 넌 스스로 깨닫지 못했지만 용언을 쓴다.]

"예?"

난 놀랐다. 내가 용언을?

“용언이라니요? 전 인간인데요. 용언은 드래곤만이 가능한 게 아닌 가요?”

[맞다. 그것이 정상이다. 하지만 드래곤의 하트를 심장으로 가지고 있는 넌 그 정상에서 벗어난 예외이다. 느껴라. 깨달아라. 그러면 넌 세상의 그 누구보다 위대한 마법사가 될 것이다.]

난 마카필라의 말을 곱씹어보았다. 내가 과연… 하지만 아무리 머리가 빠개질 정도로 생각을 해도 모르겠다. 마카필라의 말대로 깨달음을 얻어야 하나?

[마법사여, 조급해하지 마라. 비록 자신도 모르게 썼다고 하나 이미 여러 번 용언을 쓴 터, 곧 깨닫게 되리라.]

마카필라의 충고가 들려왔다. 난 마카필라의 말대로 쓸데없는 생각은 포기했다. 더 이상 생각하다가는 마법을 쓸 수 있기 전에 내가 먼저 저승 명부에 도장을 찍을 것 같아서였다. 아무튼 내가 마법을 쓸 수 있다는 것, 내가 마법사가 될 수 있다는 것만으로도 난 충분히 기분이 좋았고 행복했다. 난 내 스스로 마법사는 이미 포기했고 그렇기 때문에 마법사가 안 돼도 상관없다고 생각했는데 그것이 아닌 모양이었다. 아, 갑자기 에레모니카가 생각난다.

“그런데 하이퍼 드래곤은 마카필라님 혼자만 남은 건가요?”

어느 정도 분위기가 풀어지자 페디가 날아오르며 물었다. 음… 꼭 드래곤 앞에 파리 한 마리 있는 것 같군.

[그렇다.]

“아!”

우리는 그렇게 탄성을 냈다. 그는 마지막 하이퍼 드래곤이었던 것이다. 그 강대한 존재들이 어쩌다 이렇게 몰락했을까? 설마 저 덩치를 유지할 먹거리가 없어서? 에이, 그건 아니겠지.

"안되셨네요. 어쩌다 다른 하이퍼 드래곤들이……."

[이사 갔다.]

페디의 말이 끝나기 전에 들려온 말이었다. 우린 전부 눈을 동그랗게 떴다.

"이사요?"

[그렇다. 이사다. 다른 차원으로 이사를 갔지. 너희들도 이미 한 번 다른 차원에 갔다 왔으니 알 것이다. 이 세상에는 수많은 차원이 존재하지. 그 차원들은 하나하나가 무한대로 크다. 상식적으로 볼 때 무한대로 큰 것이 수많이 존재한다는 것은 말도 안 되지만 상식이란 보편적인 지식일 뿐이지.]

"그렇다면 다른 세계로 간 거군요. 하이퍼 드래곤이 살기 좋은 곳으로."

[그렇다.]

내 물음에 마카필라가 대답했다.

[우리 하이퍼 드래곤들은 너무 크다. 이 세계에서 너희는 날 처음 보고 내 크기에 놀랐겠지만 사실 난 하이퍼 드래곤에서 작은 편이다. 내 두 배의 크기를 가진 하이퍼 드래곤들도 다수 있고 하이퍼 드래곤 로드는 인간들 단위로 9천 길드나 되시지. 그런 거대한 우리가 살기에 이 세계는 너무 좁았다. 그래서 우리의 모든 힘을 모아 차원의 문을 열고 우리가 살 수 있는 환경을 만들었다. 그곳에 하이퍼 드래곤이 모두 갔지. 하지만 내 경우는 여기가 좋았다. 그래서 남은 것이다.]

난 그렇겠다고 생각했다. 마카필라만 해도 말이 천오백 길드지 그 크기면 웬만한 범선 스무 배 크기였다. 그런 생물들이 하늘을 날다

닌다? 일반 드래곤들도 커서 야단인 판국에…….

"안됐네요. 그럼 다른 하이퍼 드래곤들이 떠난 후부터 지금까지 혼자 사신 거예요? 외로웠겠네요."

페디가 안됐다는 듯이 말했다. 하지만 마카필라는 별 감흥이 없는 모양이었다.

[난 혼자서도 잘 논다.]

하, 위엄있는 목소리에 어린애 같은 대답이라… 참 혼란스럽군. 난 여기서 한 가지 궁금한 생각이 들었다. 하이퍼 드래곤이 살 만한 세계가 있을까?

"그런데 마카필라님, 하이퍼 드래곤들이 이사 갔다는 곳은 어떤 곳입니까?"

[너희가 사는 세상보다 3만 배가 큰 땅이다.]

난 그 말에 경악을 했다. 그런 땅이 어디에 있어? 하지만 하이퍼 드래곤이 거짓말하지는 않을 테니 믿어야 했다. 난 환산을 한번 해봤다. 만일 그 땅은 우리가 사는 세상의 크기로 맞춘다면…… 하이퍼 드래곤 마카필라를 기준으로 5리스의 크기였다. 이거 풍뎅이 수준이군. 하이퍼 드래곤 로드도 고작 30리스. 이건 강아지 수준이었다.

[놀라지 마라. 그 땅에는 우리만 있는 것이 아니다. 과거 이 세계에 살았던 거대한 크기의 고대 종족들도 같이 있다.]

"그 땅 이야기 좀 해줘요."

마카필라의 말이 끝나자 자미아가 나섰다. 자미아는 생각보다 엄청나게 호기심이 많았다.

[허허, 재미있나 보군. 그러면 좋다. 우선 하이퍼 드래곤이 간 차원은 생겨난 지 얼마 안 되는 작은 차원이었다. 우리 하이퍼 드래곤은 그

차원을 활성화시켰지. 그리고 어느 정도 차원이 자라는 것을 조정했다. 그 차원은 빨리 성장을 했고, 또 빨리 진화했고, 변화했다. 다른 차원보다 30만 배나 시간이 빨랐으니 당연한 일이었다. 그렇게 우리가 살 차원이 탄생했다. 차원 진화의 과정에 우리 하이퍼 드래곤이 참견을 했기 때문에 이 땅의 3만 배의 땅덩이가 생긴 것이다. 그 외에 이 차원에서는 상상도 못할 것들이 그곳에는 많았지. 우리 하이퍼 드래곤은 모두 그곳으로 옮겨갔다. 그렇다고 한꺼번에 모두 간 것은 아니고 소수의 하이퍼 드래곤들은 여기에 있었다. 하지만 그들도 모두 옮겨갔고 2만 년 전부터 나만이 남게 되었다. 그럼 이제부터 하이퍼 드래곤이 간 땅을 말해 줄까? 그 땅은 한홀이라고 부른다. 한홀에 사는 생물 중 1/3은 여기서 갔고, 1/3은 여러 개의 다른 차원에서 왔고, 나머지 1/3은 처음부터 그곳에서 생겨나 진화를 한 것이다. 그들이 조화를 이루며 살고 있는 곳이 바로 한홀이다. 한홀에서 하이퍼 드래곤은 중간 크기의 생물이다. 물론 힘과 능력만으로 보면 최상위급이지만. 한홀에서 가장 큰 동물은 3백만 길드나 되는 예람이란 동물이지. 예람도 힘과 능력은 최상위급이다. 예람은 다른 차원에서 건너와 진화를 한 것이야. 원래는 고작(?) 3십만 길드 정도였지. 식물 중에는 쾨라스라는 나무가 가장 크다. 지름이 120만 길드나 되고 길이는 6백만 길드나 되지. 그건 한홀에서 생겨난 나무다. 그 나무에는 쾨라스크란 아인족이 살고 있지. 키는 너희 인간들의 반 정도인데 고양이와 같은 눈을 가지고 있다. 그 외에는 인간과 똑같이 생긴 종족이다. 나무 한 그루 한 그루가 한 개의 국가다. 그 외에 거인이나 거대한 새 등등 상상으로나 가능한 많은 생물들이 살고 있다. 아, 그리고 한홀에 우리 고대 종족만 간 것은 아니다. 드래곤도 있고 하이 엘프도 있다. 이미 이 세상에서는 멸족한 것으로 알려진 호족들도 그곳에 있다. 호족이 멸족 직전 로드께서 차원 이동을 시킨 것이다. 내가 아는 한 그렇게 이동된 호족 중 일부는 너희 세상에 그대로 있을 것이다. 한홀이 있는 차원이 이름을 부리담이라고 하는데 부리담에는 한홀 같은 땅이 수백 개 있다.]

마카필라의 말이 끝나고 우린 벌어진 입을 다물지 못했다. 특히 마지막 말에서 그랬다. 수백 개?

[후후, 놀랄 건 없다. 이 차원에도 너희들이 몰라서 그렇지 이런 땅덩이는 여러 개 있을 테니까. 다만 부리담은 외부적인 힘이 많이 간섭을 해서 그렇게 된 것이지.]

"그런가요? 아무튼 대단하시군요. 차원을 간섭할 힘이라니."

난 솔직히 놀라웠다. 그 힘이.

[우리 하이퍼 드래곤만의 힘은 아니다. 다른 힘들의 도움도 받았지. 아! 그런데 아느냐, 드래곤들도 자신들만의 세계가 있다는 사실을?]

"예?"

이건 또 무슨 소린가?

[드래곤과 하이 엘프도 자신들만의 세계가 있다고 한다. 여기서는 드래곤과 하이 엘프가 고작 수십만 정도의 소수지만 그곳에서는 수억을 헤아린다고 하더군. 물론 그건 우리처럼 차원을 진화시키고 간섭한 것이 아니라 신들에 의해 주어진 세계다. 거기도 상당히 크다고 들었다. 여기의 5백 배라고 하던가?]

그리고 보니 언젠가 들은 기억이 나는데? 아무튼 너무 큰 단위로 듣다 보니 내가 소인국 사람처럼 느껴질 지경이다.

마카필라의 레어에 들어온 지 사흘이 지났다. 그동안 마카필라와 우리는 많은 대화를 나누며 친분을 쌓았다. 그리고 사흘째 되는 날 마카 필라는 진지한 어조로 우릴 불렀다.

[그동안 즐거웠다. 내 마지막 순간에 너희들과 같은 사람들을 사귀 어서 정말 기분이 좋다. 정말 고맙게 생각한다. 그리고 죠세프.]

"예?"

[이리 오라.]

죠세프는 마카필라에게 다가갔다.

[넌 특별한 인간이다. 강하다. 육체적인 것이 아니라 정신적인 면을 말하는 것이다. 네 내면의 세계가 내 맘에 들었다. 저 하프 엘프도 마 음에 들었다만 어차피 너와는 하나가 될 것 같으니 네게만 말하겠다. 죠세프, 널 내 계승자로 삼겠노라.]

"……?"

우린 무슨 뜻인지 몰라 서로를 쳐다보았다. 그때 마카필라의 말이 들렸다.

[어렵게 생각할 필요 없다. 내 모든 것을 네게 주겠다. 내가 가진 모 든 물건과 내가 죽은 후에 남은 내 육체, 모두 주겠다.]

우린 마카필라의 말에 크게 놀랐다. 하지만 마카필라는 우리의 반응 에 아랑곳 않고 말을 이었다.

[하이퍼 드래곤은 드래곤과 달라서 보석이나 여러 물건을 마구 모으 는 습관이 없다. 그래서 죠세프, 네가 가질 물건은 별로 없을 것이다. 하지만 많지 않은 물건이지만 소홀히 할 것은 없을 것이다. 더구나 내 뼈와 뿔, 이빨, 발톱, 가죽, 힘줄은 제법 쓸 만할 것이다.]

제, 제법이라뇨, 정말 엄청난 건데…… 난 그렇게 속으로 외쳤다. 음… 난 발톱이나 이빨이라도 하나 어떻게 안 될까요?

"그런데 왜 제게 주시려는 겁니까?"

죠세프가 물었다. 난 일순 마카필라가 어떤 말을 할지 궁금했다. 하지만……

[줄 사람이 세상에 너밖에 없으니까.]

의외로 마카필라의 대답은 간단했다. 그리고 계속 말은 이어졌다.

[하지만 지금 주는 것은 아니다. 그리고 네게 주는 것은 아니다.]

마카필라의 말이 이상했다. 죠세프에게 준다면서 죠세프에게 주는 것이 아니라니? 마카필라의 말은 계속 이어졌다.

[내 생명은 이미 거의 끝났다. 하지만 우린 10만 년을 사는 종족. 난 곧 죽을 것이지만 그건 150년 후가 될 것이다. 사람은 그전에 죽게 된다. 그래서 난 말한다. 죠세프의 자손 중 내가 인정한 자가 내가 남긴 것을 가지게 될 것이다. 란셀, 네게는 내가 남긴 것을 가질 죠세프의 자손을 이리로 인도하는 일을 맡기마. 그 보상으로 란셀, 네게는 내 드래곤 하트를 주겠다.]

난 순간 침을 삼켰다. 하이퍼 드래곤의 드래곤 하트? 그건 값으로 따질 수가 없는 것이었다. 난 결국 마카필라의 제안을 받아들였다. 음… 이건 순전히 마카필라의 부탁을 받아들여서지 결코 드래곤 하트 때문이 아니었다. 암, 그렇고말고.

"좋습니다. 내가 손해 볼 일은 아니군요(앗! 이게 아닌데…). 그런데 당신이 선택한 사람을 어떻게 알죠? 죠세프의 후손마다 다 데려올 수는 없는 일이 아닙니까?"

내가 말을 막 끝냈을 때다.

[조용히. 이건 네 머리 속에서만 들릴 것이다. 내가 죠세프에게 내가 남긴 것을 주겠다는 것은 사실이다. 그는 죽어서 환생을 할 것이다. 그

자손의 몸으로. 내가 죠세프에게 주지만 죠세프에게 주는 것이 아니라는 것은 바로 그 뜻이다. 그리고 란셀, 너는 느낄 것이다. 그 환생한 죠세프를 여기로 데리고 오면 되는 것이다. 그가 내가 있는 문을 다시 열 것이다.]

그렇게 말을 한 마카필라는 다시 말을 했다. 아마 이번 것은 모두의 머리에 말을 하는 것이겠지.

[나중에 알게 될 것이다. 그럼 할 일은 모두 끝난 건가? 그대들은 이만 가야 할 것이다. 그대들은 언제고 떠내야 할 것이다. 그럴 바에야 지금 떠나는 것이 좋다. 그럼 잘 가게.]

그 순간이었다. 우린 동굴에 있었다. 그리고 우리 앞에는 예의 그 막힌 동굴 벽이 보였다. 우린 처음 있던 곳으로 온 것이었다.

"대단하군요, 하이퍼 드래곤이란……."

난 죠세프의 말에 공감했다. 내가 용언을 쓰든 뭘 쓰든 내 심장이 드래곤 하트인 것은 변함이 없었고, 여전히 내 몸에 직접 마법을 가할 수는 없었다. 그런데 마카필라는 날 마법으로 공간 이동시킨 것이었다. 그건 내 스승인 카나이드보다 몇 단계 위의 마법력이라는 소리였다. 난 죠세프를 보았다.

"그나저나 죠세프는 좋겠어. 하이퍼 드래곤이 모든 것을 네게 줬으니."

"하하하, 아직은 아녜요. 그걸 가지는 사람은 제 후손이죠. 그런 말은 나중에 제 후손에게나 해주세요."

죠세프는 웃으며 말했다.

그 후손이 바로 죠세프, 너야.

난 속으로 그렇게 말했다.

"그런데 이제 어쩔 거죠?"

예나가 물어온 말이었다.

"여기서 동굴을 계속 구경할 건가요? 아니면 공주님 있는 곳으로 갈까요? 그것도 아니면 우리가 가던 길을 갈까요?"

모두들 날 쳐다보았다. 하… 나도 갈등이 생기는군. 하지만 결정했어.

"그냥 우리가 갈 길로 가자."

내 말에 예나는 희미하게 미소를 지었다. 아마 나와 생각이 같은 모양이었다.

"단! 우선 동굴 구경부터 하자. 동굴 입구부터 이렇게 멋지니 정말 대단한 동굴일 거야."

"란셀."

뒤에서 예나와 죠세프가 따라왔다. 동굴에서 나가려다 내 말에 당황한 표정이었다. 하하핫, 재미있어라.

집으로 간 마법사 란셀

도시는 이제 막 아침 햇살을 받고 있었다. 하얀 건물로 가득 찬 도시. 이제 막 지평선에서 태어나 붉은 옷을 벗은 햇살에 도시의 반은 하얗게, 반은 검게 물들어 있는 도시. 그 대비가 또 하나의 기묘한 아름다운 조화를 이루고 있었다. 도시는 최고의 상업 도시란 명성을 거저 얻은 것이 아니라는 걸 알리듯이 아직 깨어날 시간이 아님에도 제법 많은 사람들이 돌아다녔다.

루미안 시. 내 여행의 실질적인 시작점. 내가 처음 환자를 치료했던 곳. 난 그곳에 다시 왔다. 2년여 만이었다. 레어를 나와 제일 먼저 왔었고, 도시의 아름다움에 내 정신마저 감미로웠던 것이 엊그제 같은데 벌써 2년이란 시간이 지났다. 여기서 트리텔 시장 부부를 만났고 죠세프를 알게 된 계기가 되었었다. 그 당시 10대였던 죠세프는 이미 20대가 되었고……

“란셀, 왜 절 보면서 그런 웃음을 짓죠? 뭔가 안 좋은 생각을 하는
것 같은데…….”

“가만있어. 산만해. 진지하게 옛일을 회상하며 감상에 젖는 데 방해
말고.”

에이, 죠세프 때문에 분위기 망치네. 어디까지 했더라? 그래, 거기까
지였지. 20대가 되었고 난… 변함없는 300대지. 크아아악! 이게 아니
란 말야. 이거 한번 망친 분위기 영 안 살아나네.

“란셀, 무슨 회상인데요?”

예나가 옆에서 물었다. 아, 죠세프가 밉다.

“응, 탈란에서 죠세프가 여장했던 것.”

순간 죠세프의 얼굴빛이 변했다.

“란셀.”

난 죠세프의 말을 막았다.

“아아, 그만 하고. 이제 어디로 가면 될까?”

죠세프가 날 멀뚱히 쳐다보며 말했다.

“어디 긴 어디예요? 우리 고모 집이지.”

아, 잊고 있었다. 죠세프 고모부가 루미안 시 시장이었지. 트리텔 시
장이었던가? 방금 전까지 생각을 하고도 벌써 까먹다니… 이게 다 죠
세프 때문이라니까. 그건 그렇고 탈란에서의 일을 좀 들먹였다고 죠세
프 삐쳤냐?

“란셀, 어서 가요. 지금이 아침나절이긴 하지만 집을 앞에 두고 여관
에서 지낼 이유는 없잖아요?”

죠세프가 앞장을 서려 했다. 하지만 난 고개를 저었다.

“아니, 난 안 가겠어.”

"아니 왜요?"

죠세프가 놀라서 날 쳐다보았다. 하지만 내 이 생각은 마카필라의 레어에서 나온 후 줄곧 생각하던 것이다. 내가 트리텔 시장의 집으로 가면 환대를 받을 것이다. 그리고 라마비스 후작가에도 초대를 받을 것이다. 하지만 그렇게 되면 시간이 너무 흘러갈 것이 뻔했다. 헤어짐은 미적거리게 되고 난 돌아간다는 생각을 잊게 될지도 몰랐다. 아니, 기회를 잃게 될지도 몰랐다.

"우린 어차피 헤어져야 해. 그렇기에 지금이 가장 좋아."

"하지만……."

죠세프는 무슨 말인가 하려고 했다. 하지만 난 죠세프의 말을 막았다.

"내가 지금 너와 같이 가면 아마 우린 쉽게 헤어지지 못할 거야. 죠세프, 이거 알아? 반가운 만남은 아쉬운 헤어짐이 있어야 한다는 것을."

난 뒤로 몇 걸음 가면서 말을 계속했다.

"우린 만나기 위해 헤어지는 거야. 그러니 이렇게 생각을 해. 내가 죠세프, 너를 집 앞까지 바래다준 것이라고. 뭐, 비록 네 집은 아니지만 비슷하잖아. 알겠니? 집 앞까지 바래다주었으면 그 집 앞에서 돌아가야 해."

난 몇 걸음 더 뒤로 물러났다.

"그럼 다음에 또 만나자. 잘 들어가."

내가 말을 끝내자 죠세프가 뭐라고 말을 하려는지 입을 움찔거렸다. 하지만 그런 죠세프를 예나가 말렸다.

"알았어요. 란셀도 조심해서 가세요. 그리고… 자주 놀러 가도 괜찮죠?"

난 예나의 말에 미소를 지었다.

"그럼. 만일 죠세프가 구박하거나 박대하면 언제든지 짐 싸 들고 와."

"그럴게요."

예나도 미소를 지어 보였다.

"그럼 나도 들어갈게."

난 마치 가까운 곳에 사는 것처럼 말했다. 2년 동안 든 정이라 이렇게 하지 않으면 헤어지지 못할 것 같아서였다.

"잘 들어가세요."

죠세프도 그렇게 인사를 했다. 난 뒤돌아 가려고 했다. 그때 예나가 날 불렀다.

"참, 란셀. 나중에 어떻게 연락을 하죠? 우린 란셀의 집도 모르는데."

아차차차, 잊었군.

"그건 내가 연락을 할게. 참, 그리고 아르티닌의 레어에 보낸 물건 말야. 그거 몇 년 후에 찾아야 할 거야. 그리고 칼리타인에게 맡긴 말은 나중에 찾아가. 내 스승이신 카나이드님의 결혼식에 초대할 테니 거기서 칼리타인과 언제 찾을 건지 말을 하자고. 너희들도 카나이드의 딸인 에레시스와 친분이 두터우니 참석할 자격이 충분하지."

난 그렇게 말하고 몸을 돌렸다.

"자미아, 가자."

난 자미아와 함께 전에 내가 루미안에 왔던 길을 따라 걸어갔다.

루미안을 떠난 지 보름째. 비록 2년간이나 같이 있던 죠세프와 에나가 없어서 허전하지만 자미아가 있어서 외롭지는 않았다. 그리고 가는 도중에 틈틈이 마법 연습을 했다. 물론 지금까지 단 한 번도 마법을 성공한 적은 없었다. 어쩌다 한 번, 아니, 몇 번 마법 쓰고 왜 그런 일이 있게 되었는지 알았다며 마법을 자유롭게 쓴다면 그건 소설에서나 나올 법한 이야기다. 깨달음이란 그렇게 쉽게 되는 것이 아니기 때문이다. 나 역시 깨달음을 얻지 못하고 있었다. 내 스스로 용언 마법을 쓸 수 있다는 걸 깨달아야 하는데 난 그저 지식만 있을 뿐이다. 하지만 그래도 이렇게 연습을 하다 보면 언젠가는 용언을 자유롭게 쓰지 않을까 해서 연습을 하는 것이다.

"그런데 란셀, 아직 멀었나요?"

옆에 있던 자미아가 하품을 하며 물었다. 아직 한낮인데 자미아는 낮잠이 오는 모양이었다. 하긴 내 어깨 위에서 편히 앉아 있으니 더 잠이 오는 것일 것이다.

"글쎄, 모르긴 몰라도 아마… 반에 반 정도는 온 것 같아."

"아직 멀었네요? 하암, 참 멀다……."

난 가만히 웃었다. 그러고 보면 자미아는 가만히 있는 성격이 아니었다. 가만히 있을 바에야 잠을 잘 그런 아이였다. 그러니 저렇게 하품이나 하고 있지. 아마 식곤증일지도… 응? 잠깐, 식곤증? 그러고 보니 난 자미아가 밥 먹는 것을 한 번도 못 봤었다. 그냥 자미아의 이빨을 보고 육식을 할 거라고 짐작만 했을 뿐. 하지만 우리가 밥 먹을 때도 자미아는 같이 먹지 않았었다. 고기가 있었음에도. 이거 자미아에 대해 많이… 음… 거의 모르네. 한번 알아봐야겠는걸.

"그런데 자미아."

“하암… 예?”

자미아는 여전히 하품을 하면서 대답했다. 지금이라도 그대로 잠들어 버릴 것같이.

“자미아는 뭘 먹고 살아?”

“응? 그건 왜 물어요?”

“그냥. 난 한 번도 자미아가 뭘 먹는 것을 못 봤으니까.”

내 물음에 자미아는 내 목에 몸을 기대며 말했다.

“응… 전 먹는다는 표현은 좀 그래요. 전 피를 빨아요. 가끔은 균형 있는 영양 섭취를 위해 꿀이나 나무 열매의 즙도 빨고.”

자미아는 태연하게 말했지만 난 너무 놀랐다. 내가 놀라서 흠칫하며 몸을 멈추는 바람에 자미아는 내 어깨에서 떨어졌다. 다행히 급히 날아올랐지만 자미아도 놀란 모양이었다.

“뭐, 뭐예요?”

난 자미아에게 물었다.

“너… 정말 피를 빠는 거야? 그럼 그 이빨이 바로…….”

난 더 말을 잇지 못했다. 갑자기 뱀파이어가 생각났다. 난 말을 더 하지 못했지만 감지력이 생존 능력인 자미아가 내 감정을 눈치 못 챌 리 없었다. 자미아는 금세 눈물을 글썽였다.

“뭐예요? 지금 날 이상한 괴물로 생각하는 거예요? 저도 알아요. 이 세계에 와서 전 이곳 사람들이 피를 빠는 존재를 사악한 존재라 생각해 두려워하며 싫어한다는 것을 알았어요. 그래도 란셀은 다를 줄 알았는데… 흑.”

“자, 자미아…….”

이, 이럴 땐 어떻게 해야 하지?

내가 당황하고 있을 때 자미아는 계속 말을 이어 나갔다.

"하지만 우린 그런 나쁜 존재가 아니에요. 그래요, 피를 빨아요. 우리의 길고 날카로운 이빨로 상대의 피부를 찌르고 핏줄을 뚫어 피를 빨아요. 하지만 우린 그저 피만 빠는 것이 아니에요. 우린 피를 빠는 대상자에게 그만큼 보답을 해요. 우린 피를 빨 때 한 가지 물질을 대상자에게 넣어줘요. 그건 우리의 이빨에 아프지 않게 하고, 상처를 금세 흉터없이 아물게 하고, 새 피가 빨리 생기도록 촉진을 하고, 일시적이지만 면역력을 높여주고, 피를 맑게 해줘요. 이래도 우리가 나쁜가요? 그리고… 그리고 우린 피만 빠는 게 아니에요. 열매의 즙도 먹고, 꿀도 먹도, 나무의 진도 먹는다고요. 홀쩍."

난 뭐라고 할 말이 없었다. 나 조금 전으로 되돌아가고 싶어.

"으음……."

그때였다. 누군가의 신음 소리가 들렸다. 이건 행운이었다. 호오~ 이게 웬 구원의 손길?

난 자미아에게 급히 말했다.

"자미아, 지금의 문제는 나중으로 미루자. 지금은 우리가 할 일이 있어."

난 신음 소리가 들린 곳으로 급히 달려갔다. 거기에 갔을 때 난 놀라운 광경을 보았다. 분명히 사람이었는데 납작했다. 마치…

"홀쩍~ 저 사람 뼈가 없는 사람이잖요. 여긴 이상한 존재들도 많네요. 홀쩍."

마, 맞어. 자미아의 말대로 뼈가 없어. 난 또 큰일이라도… 났지! 말이 돼, 사람이 뼈가 없다는 게?

난 급히 그 사람에게 달려갔다. 그리고 그 사람을 살폈다. 몸이 납작

하게 퍼져 있어서 잘 알 수는 없었지만 마흔 정도 되는 남자였다. 난 다시 한 번 찬찬히 살폈다. 그 남자는 눈을 감고 신음하다가 인기척을 느꼈는지 눈을 떴다. 그리고 뭔가를 말하려는 듯했다.

"훌쩍. 란셀, 저 사람은 두려워하고 있어요. 자신의 상황을 두려워하고 란셀을 두려워해요. 하지만 또한 란셀에게 도움을 청하기도 하고요."

난 자미아의 말에 고개를 끄덕였다. 만일 이 사람과 같은 입장이라면 나라도 이 사람과 같은 생각을 하겠지. 난 우선 그 사람을 안심시켜 주기로 했다.

"걱정 마십시오. 제가 도와드리겠습니다."

난 우선 그 남자를 안심시키고 다시 찬찬히 살피기 시작했다. 그러다 난 그 남자의 머리에 눈길이 머물렀다. 정확히는 머리카락 아래를. 그 남자의 머리카락 색은 바뀌고 있었다. 방금 전에는 검은 머리였지만 지금은 암록색의 머리카락이 자라고 있었다. 머리카락 뿌리 부근이 완전히 암록색으로 변한 것을 보며 난 한 가지 생각나는 것이 있었다.

"이거 요니몸이란 병이군."

"훌쩍. 요니몸이요?"

"응, 뼈가 지방으로 변하는 병이야. 뼈가 지방으로 변하니 몸을 지탱 못하는 것이지."

"그래요? 훌쩍. 응? 그런데 저기에도 사람이 있어요."

난 자미아가 말한 곳으로 고개를 돌렸다. 정말 거기에도 사람이 쓰러져 있었다. 하지만 다행히도 요니몸에 걸린 사람은 아니었다. 난 그 사람에게로 다가갔다. 보아하니 저 요니몸에 걸린 사람과 동료인 것 같아서였다. 그런데…

"이봐요."

내가 불렀지만 그 사람은 꼼짝하지도 않고 가만히 있었다. 난 그 사람을 흔들어보았는데 몸 전체가 같이 움직였다. 난 그 사람을 자세히 살폈다. 그리고 한 가지 발견했다. 그 사람의 머리카락. 요니몸에 걸린 사람과 같았다. 다른 점이라면 그는 암록색이 아니라 주황색이라는 것이 달랐다. 그 순간 난 그것이 뭔지 알았다.

"이건 요니온이야."

"요니온이요?"

"그래, 이건 뼈가 붙어버리는 병이야. 뼈의 연골 부분이 붙으면서 단단하게 되지. 한마디로 말하자면 뼈의 일체화랄까? 보기엔 완전히 달라 보이지만 요니몸과는 뿌리가 같은 병이야."

그랬다. 요니몸과 요니온. 이것들은 마나가 무슨 이유에선지 사람 몸 안에 오래 정류하고 그 정류된 마나가 변질이 되어 생기는 것이었다. 병에 걸리는 원인은 같지만 사람에 따라 어떤 사람은 요니몸으로, 어떤 사람은 요니온으로 발병이 되었다.

"그럼 어떡하나요?"

자미아가 물어왔다.

"방법은 간단해. 저 사람들 몸 안의 변질된 마나를 다시 되돌리면 돼."

"변질된 마나를 제거하나요? 어렵겠다."

"아니, 제거가 아니야. 변질되기 전의 마나를 변질되기 전… 그러니까 순수한 마나의 상태로 되돌리는 거야. 그러면 그 마나의 영향을 받아 다시 정상이 되지. 변질된 마나를 제거하면 저 사람들은 영원히 고칠 수 없어."

내 말이 끝나자 자미아는 고개를 끄덕이더니 아주 어려운 질문을 해 왔다.

"그런데 그 변질된 마나를 어떻게 되돌리나요?"

"글쎄, 그게 문제라니까. 그런 마법이 있기 하지. 문제는 그 마법이 9써클에 9클래스의 마법이라는 것이 문제지. 그러니 우리로서는 불가능에 도전하는 짓이겠지?"

"다른 방법은 없나요? 가령 약초라든가……."

"글쎄……."

자미아의 물음에 난 내가 알고 있는 지식을 말했다.

"초록벌이란 이름을 가진 풀이 있지. 꽃 모양이 꼭 벌과 같거든. 색깔은 초록색이고. 그런데 그 초록벌 밑에 이끼가 자라. 초록벌과는 공생 관계인데 그 이끼를 먹이면 돼. 그건 알그로라 하는 이끼인데 변질된 마나를 원상 복귀하게 하는 능력이 있지. 오래전 마도시대 때에는 워낙 마법이 성행하다 보니 마나가 몸 안에서 오래 정류하다 변질되는 경우가 제법 있었나 봐. 그때 알그로를 이용했지."

"그럼 방법이 없네요."

"응? 무슨 소리야?"

"저 사람들요. 고치고 싶어도 초록벌과 알그로 자체가 없잖아요."

"왜 없어?"

난 소매 안에서 한 가지 물건을 꺼냈다.

"이게 바로 알그로야. 정확히 알그로를 말려서 가루로 낸 것을 다시 환약으로 만든 것이지. 내 스승인 카나이드는 내 심장이 드래곤 하트라는 것에 불안감을 가지고 계셨어. 드래곤 하트 자체가 마나를 모으

는데 그러다 보면 몸 안에 마나가 빠져나가지 못하고 정류할 수도 있
기 때문이지. 그래서 만일의 경우를 대비해 나에게 알그로를 주셨던
거야. 뭐, 확률은 거의 없지만 세상일이란 모르니까. 비상약이라고나
할까? 또 나 말고 다른 사람이 마나가 정류되어 변질될 수도 있지, 지
금처럼. 사실 초록벌과 알그로는 모양이 무척 예쁘거든. 그래서 관상
으로 기르고 계셨지. 덕분에 야생의 것들이 멸종할 때도 무사히 살아
남았고.”

난 이야기를 마치고 두 사람에게 다가가서 알그로 환약을 먹였다.
환약은 입 안에 들어가면 곧바로 녹아버리도록 되어 있어서 먹이기는
쉬웠다. 자미아와 난 그들에게 약을 먹이고 그들이 원상태로 회복하
기를 잠시 기다렸다. 여섯 시간 정도를. 음… 짧은 시간은 아니군. 하
긴 뼈가 변하는데 짧은 시간으론 힘들지. 난 근처 나무 둥치에 앉았
다.

“저 사람들은 다 정상으로 돌아올까요?”

자미아가 물었다.

“예상치 못한 일만 없다면.”

자미아는 내 어깨에 앉았다. 그리고 급히 다시 일어나 내 눈 앞으로
날아왔다.

“참. 란셀, 아까 하던 거 계속 따져야죠. 전 괴물이 아니라고요. 훌
쩍.”

으… 윽. 또, 또 시작이야. 좋아, 이번엔 내가 먼저…

“아니, 누가 우리 예쁜 자미아를 보고 괴물이래?”

좀 닭살이 돋기는 했지만 난 확실한 방법을 택했다. 그리고 예쁜 건
사실이니까.

"예, 예뻐요?"

"그럼, 자미아가 얼마나 예쁜데."

"하지만… 전 피를 빨고… 그, 그래요. 그것 때문에 란셀이 놀라서 절 괴물 보듯 했잖아요."

"아, 아니야. 정말 아냐. 이번 건 엘렌디아 여신께 맹세하지."

자미아는 의심스런 눈초리로 날 보았지만 내 말에 토를 달지는 않았다. 내가 엘렌디아 여신을 들먹였다면 그건 정말 진실이란 것을 알기 때문이었다. 정말 사실이었다. 난 자미아를 괴물 보듯 하지 않았다. 뱀파이어 보듯이 했지. 배, 뱀파이어는 괴물이 아니라 언데드란 말야.

"정말요?"

"그럼. 난 다만 자미아가… 음… 그래, 자미아가 나무 열매의 즙이나 나무의 진도 먹는다고 해서 놀란 거야. 그래, 그거야."

"응… 하지만……."

자미아는 뭔가를 생각하는 듯했다.

"제가 나무진을 먹는다는 것은 나중에 말한 것 같은데요?"

"그, 그거야 같은 식물성 아냐. 그러니 짐작을 한 거지."

"아하, 그렇구나."

자미아는 그제야 눈물을 닦아냈다. 난 그 순간을 놓치지 않고 쐐기를 박았다.

"그런데 자미아, 너희들은 정말 나무 열매의 즙이나 나무진을 먹어도 돼? 괜히 나 때문에 억지로 못 먹는 것 먹지 말고."

"아니에요. 우린 다 먹을 수 있어요 사람이 고기와 야채를 모두 먹을 수 있는 것처럼요. 내가 아는 데파이어 중에는 나무진 같은 것만 먹는 채식주의자도 있는걸요."

“그렇구나.”

난 우선 그렇게 대답하고는 다른 말 할 거리를 찾았다.

“아, 그래. 그런데 피 빼는 데 애로 사항은 없니? 너희 이빨이 길긴 하지만 다른 이빨에 비해서 송곳니만 긴 것이고 실제로 우리가 보기엔 작잖아. 피부나 가죽이 두꺼운 동물은 피를 빨기가 어려울 텐데.”

“괜찮아요. 아무리 피부가 두꺼워도 상관없어요. 우리가 피를 빨 대상자를 물면 우리 이빨에서 피가 있는 곳까지 마나 공간이 생기기 때문에 얼마든지 피를 빨 수가 있어요.”

자미아는 고개를 도리도리 저으며 말했다. 에구, 귀여워라.

“으응, 그렇구나.”

내가 그렇게 말했을 때 자미아는 좀 걱정스런 얼굴을 했다.

“저… 그런데 정말 괜찮아요? 란셀이 원한다면 과일즙만 먹을게요.”

“아냐아냐, 그러다 건강 해치면 어쩌려고. 건강 잃으면 얼굴이 미워지는 법이야. 우리 예쁜 자미아, 건강 해치고 얼굴 망가지면 내가 미안하잖아. 뭐, 난 상관없는걸.”

내 말에 자미아는 해맑게 웃었다. 자미아, 정말 순수하고 착하고 구김살없고… 음… 다른 말로 하자면 왕단순 덜렁이. 하지만 이 말을 하면 또 뒷수습이 감당 안 되겠지? 난 자미아가 웃는 모습을 보며 같이 웃었다. 그리고 이젠 마지막을 장식해야지.

“그런데 자미아.”

“예?”

“그냥 피만 빤다고 해도 배고플 때마다 동물 찾아다니기 힘들 거야. 그러니 배가 고프면 내 팔을 빨아도 돼. 뭐, 아프지도 않고, 빨리 아물고, 좋은 성분도 나온다며? 그럼 오히려 나한테 도움이지. 그러니 내 피를 빨아도 돼. 알았지?"

말은 이렇게 했지만 설마 자미아가 아는 사람 피를 빨겠어?

"어머, 정말요? 고마워요, 란셀. 지금까지 란셀의 피를 빨까 말까 고민했어요. 내가 살던 곳과는 다른 세상 사람이라 기분 나빠할지도 몰라서요. 하지만 그렇게 말하시니 이젠 안심이에요."

어… 어… 자, 잠깐.

"사실 여긴 안 그런지 모르겠지만 우리가 살던 곳에서는 친한 사이끼리 피를 빨게 해주거든요. 이젠 란셀과 더 친한 사이가 될 것 같아요."

이, 이게 아닌데…….

내가 뭐라고 말을 못할 때 자미아가 내 어깨에 살포시 내려앉았다. 그리고 내 목을 껴안으며 말했다.

"란셀, 정말 좋아요."

"그, 그래? 그, 그렇지? 아. 하. 하. 하."

내 목을 껴안았던 자미아는 내 귀를 만지며 말했다.

"하아, 정말 좋은 맛이에요, 란셀."

"그, 그래…….'

응? 잠깐. 맛이 좋아? 이, 이 말은…

"자, 자미아, 너… 혹시… 벌써… 내… 피… 를……."

"예. 사실 아까 우느라 배가 고팠거든요. 헤헷~ 그런데 안 아프죠?"

"으… 응. 하… 나도 안 아팠어……."

정말 하나도 안 아팠다. 대, 대체 어느새 내 피를… 우워어어어~ 이게 아냐… 아니란 말야.

자미아에게 밥을 준(?) 후 난 요니몸과 요니욘에 걸린 두 사람을 보았다. 그러고 보니 저 사람들은 그저 평범한 사람들인데 어쩌다 그런 병에 걸렸지? 요니몸과 요니욘은 소드 마스터나 마법사, 정령사, 소환사같이 마나를 많이 접하는 사람들에게나 생기는 것이었다. 이건 뭔가 있었다. 난 급히 일어나려고 하다가 멈추었다. 내 눈에 이상한 생물이 보였다. 마치 전갈처럼 생겼는데 집게발 대신 장구애비처럼 갈고리 발을 가지고 있었다. 그리고 걸어다니는 것을 목적으로 하는 세 쌍의 다리는 거미 다리와 같았다. 그중에서 가장 특이하고 놀라웠던 것은 이 녀석에게 전갈 같은 꼬리가 있다는 것이었다. 하지만 끝마디는 벌의 배와 똑같았다.

"엉? 저 벌레가 왜 이런 곳에?"

난 이 벌레를 알고 있었다. 머스엄이라고 하는 벌레로 마법을 쓰는 벌레였다. 머스엄의 꼬리 끝에는 벌과 같은 독침이 들어 있는데 그걸로 동물을 쏘면 그 사람은 산송장이 된다. 이름하여 마비 마법 콜레타. 콜레타란 마법사 겸 의사가 머스엄에 당한 사람을 치료하다 그 원인을 알아낸 것으로, 그 연구를 토대로 만든 마법이 콜레타였다. 마법의 이름이 그것을 만든 마법사의 이름과 같은 데에는 다음과 같은 이유가 있었다. 원래 노예 출신인 콜레타는 비록 실력은 있었지만 그 출신 성분으로 천대를 받았다고 해서 이름이나마 남기고자 자신이 만든 마법에 자신의 이름을 붙인 것이었다.

이 콜레타란 마법은 몸 안에 난 종양 등을 제거하는 수술을 할 때 꼭 쓰이는 마법이었다. 피시전자가 콜레타에 걸리면 고통을 못 느끼기 때문이었다. 아무튼 머스엄의 마비 마법은 그것을 따라 마법을 만들 만큼 대단한 것이었다. 게다가 콜레타의 경우 일정 시간이 지니면 마법이 풀리지만 머스엄의 콜레타는 풀리지 않는 마법이었다. 왜 그렇게 지독하냐 하면 먹이도 먹고 알도 낳아야 하니까.

하지만 머스엄은 예전에 사라졌다고 들었다. 다만 단 한 마리 남은 머스엄을 잡아다 키우는 사람의 이름을 들은 적이 있었다. 음… 그걸 사람이라고 해야 하나? 그는 연금술사로 이름이 네온이라고 하는 리치였다. 나도 몇 번 만난 적이 있는데 리치치고는 정감이 가는 리치였다. 하지만 희한한 것이나 희귀한 것만 보면 수집하는 버릇이 있어서 문제였다. 그 버릇 때문에 저 머스엄도 기른다고 가져간 것이고.

"어? 이게 뭐죠?"

그때 자미아가 머스엄에게 다가갔다. 난 급히 자미아를 잡았다.

"꺅!"

"미, 미안."

내가 자미아를 너무 꽉 잡은 모양이었다.

"콜록콜록, 대체 뭔데 그래요?"

"응, 뭐냐 하면……."

난 머스엄에 대해 자미아에게 설명해 주었다. 내 설명을 들은 자미아는 놀란 눈으로 머스엄을 바라보았다.

"마법을 쓰는 벌레라니… 세상에 희한한 벌레도 다 있네요."

"그래, 너도 위험할 뻔했어. 자칫 저 녀석의 침에 쏘이면 나도 구할 수 없을 테니까."

"그, 그랬군요. 란셀이 절 살린 거예요. 그런데 란셀은 공격 안 하네요?"

"당연하지. 머스엄은 일정 마나를 몸 안에 축적시키고 있지. 마치 소드 마스터가 마나를 몸 안에 두고 있듯이 말야. 그런데 머스엄은 그 축적 마나가 자신보다 많은 존재는 절대 공격 안 해. 그래서 나한테 못 덤비는 거야. 그리고 내 눈치만 살피는 거지. 이래 봬도 내 심장은 드래곤 하트. 마나의 양에 대해선 저놈과는 상대가 안 되지.”

그렇게 말하면서 난 머스엄을 노려보았다. 저놈을 놔두면 어떤 피해가 올지 몰랐다. 그래서 반드시 잡아야 하는데 방법이 없었다. 아무리 저놈이 자신보다 마나의 양이 많은 존재에게 못 덤비지만 공격을 당하면 반격은 하기 때문이었다. 불행히도 마나의 양이 머스엄보다 많다고 해서 머스엄의 콜레타에 당하지 않는 것은 아니었다. 1클래스 마법사가 9클래스 마법사에게 마법으로 상처를 줄 수 있는 것과 같은 것이었다. 다만 머스엄이 공격을 안 하는 것은 아무래도 마나의 양이 많다는 것은 그만큼 강적이라는 뜻으로 인식되기 때문일 것이다.

하지만 난 강적이 아니라는 것이 문제였다. 덕분에 난 저 머스엄과 눈싸움하는 꼴이 되었다. 젠장, 이건 너무해. 머스엄은 눈이 여섯 개고 난 두 개란 말야. 너무 불공평하잖아? 대체 3대 1의 싸움이라니…….

자미아? 설명을 듣고는 내 등 뒤로 돌아가서 안 나오고 있었다. 애고, 눈이야. 대체 머스엄을 키운다고 가져간 리치 네온은 죽은 거야? 음… 리치가 죽는다? 말도 안 돼. 그나저나 이러는 사이 저 요니몸과 요니온에 걸렸던 두 사람이 깨어나면 어쩌지?

난 네온을 쏘아보고 있었다.

“애초에 위험한 것을 가지고 가셨으면 잘 보관을 했어야 하는 것이 아닙니까?”

“미, 미안하네.”

나보다 천오백 살이나 많은 그였지만 쥐구멍만 찾고 있었다. 왜? 지은 죄가 있어서.

"내가 그만 한눈을 파는 사이에… 에구, 늙으면 그저 죽어야 하는데."

아니, 죽기 싫어서 리치가 된 양반이 무슨 죽음타령? 난 네온을 보면서 한숨을 쉬었다. 저 능글맞은 성격. 보통 리치는 음산한 맛이 있어야 하는 것 아냐? 하지만 봐라. 여긴 네온의 집인데 분홍색 커튼에 분홍색 식탁보, 벽에는 예쁜 수를 놓은 장식—네온이 만들었다고 한다—탁자 위의 꽃꽂이—역시 네온이…—대체 이게 리치가 살 만한 방이야? 그러면서도 네온이 수집품을 보관하는 창고는 별 기괴한 것이 쌓여 있지. 음… 그곳은 리치와 그나마 어울리는 분위기겠군.

"아니, 왜 한숨을 쉬나? 아, 힘들어? 내가 차라도 타줄까? 무슨 차를 좋아하나? 향이 부드러운 고르쟈 차? 아니면 상쾌한 맛이 나는 레골로 차? 그것도 아니면……."

"관두세요."

애고, 네온과 이런 대화나 나누는 나도 참…….

내가 머스엄과 눈싸움을 한 지 어언 30분. 30분이라고 우습게 볼 게 아닌 것이다. 난 정말 눈이 빠지는 듯했고, 온몸에 힘이 쭉 빠져 갔다. 그나마 자미아의 응원이 아니었으면 좀 더 견딜 만했는데. 왜, 알지? 불난 집에 부채질. 자미아의 응원이 바로 그것이었다. 다행히 내가 쓰러지기 전에 누군가 우리 앞에 나타났다. 바로 여기 있는 리치 레온이. 레온은 머스엄을 당장에 잡고는—머스엄은 네온이 나타나자 당장 다리와 꼬리를 둥글게 말았다. 네온이 무서운 모양이었다—우릴 자신의 집으로 안내했다. 물론 그 두 사람과 함께. 네온은 이 근처에서 살고 있었던 것이다. 하지만 차라리 오지 말걸. 네온의 방을 보고 충격 먹었잖아. 쩝.

"그나저나 저 사람들은 어떻게 된 겁니까? 이건 제 추측인데… 저 머스엄과 관련이 있는 것 같아요. 하지만 머스엄에 대해 저도 알기 때문에 확신은 못합니다만."

"그렇네."

네온은 고개를 끄덕였다.

"자네도 알 걸세. 머스엄은 수명이 고작 5년일세. 그런데 내가 머스엄을 기르기 시작한 것은 벌써 천이백 년 전이야. 그런데 머스엄이 어떻게 살아 있다고 생각하나?"

"설마……."

난 한 가지 가능성이 떠올랐다. 하지만 곧 머리 속에서 지워 버렸다. 네온이 아무리 개성 강한 리치라지만 그런 엽기적인 방법을…….

"난 벌레도 리치로 만드는 것에 성공했다네. 어때, 대단한 성과지? 그리고 그 1호 리치벌레가 바로 저 머스엄이지. 머스엄을 먼저 선택한 것은 마법을 쓰는 벌레이기 때문에 성공 확률이 높아서였지."

움… 엽기리치 네온. 아니, 대체 벌레를 리치로 만들어서 어디에 쓰려는 거야?

"그런데 문제가 발생했다네."

난 그러면 그렇지 하며 네온을 바라보았다.

"머스엄이 리치가 되는 것은 성공했다네, 완벽하게. 그런데 머스엄의 마법이 말일세. 음, 이렇게 설명하는 것이 빠르겠군. 머스엄이 축적하고 있는 마나가 변질이 되었다네. 아니, 머스엄의 몸에 축적이 되면서 변질이 되지. 이제 알겠지?"

결국 저기 요니몸과 요니욘에 걸린 두 사람은 머스엄에게 당해서 그렇게 된 것이었다.

"그렇군요. 그럼 저 두 사람은 네온이 보살피세요. 이미 몸은 다 회복이 되었고 이제 정신만 차리면 되니 적당히 둘러대기만 하면 될 테니까요."

난 그렇게 말하며 일어났다. 그러자 네온이 당황해했다.

"아, 아니, 벌써 가려고? 저기, 내 수집품 좀 안 보겠나? 아니면 과자라도 구워줄까?"

"피, 필요없어요. 나, 집에 빨리 가야 해요."

"하지만… 저기 자미아라고 했나? 저 데파이어 아가씨는 여기가 좋은 모양인데? 저것 보게, 여기저기 구경하는 것을. 어떤가, 자미아를 여기서 살게 하는 것이……."

"시, 시끄러워요. 그놈의 수집벽은 어째 나아지질 않아."

그때였다.

"란셀."

자미아가 날 불렀다.

"이 사람들 깨어나고 있어요. 어? 저 사람은 벌써 눈을 뜨고 일어나네?"

난 두 사람이 누워 있는 곳으로 고개를 돌렸다. 정말 그들은 깨어나 있었다. 자미아는 그런 그들이 희한했는지 가까이 갔다. 그때였다.

"얏호! 페어리다."

그 둘 중 한 명이 자미아를 힘껏 내려쳤다.

"아악!!"

자미아는 그대로 바닥으로 떨어졌다.

“자미아!!”

난 놀라서 뛰어갔다. 그때 자미아를 때린 사람이 자미아를 향해 손을 뻗고 있었다.

“흐흐, 요것만 먹으면.”

난 그자의 손을 걷어차고 자미아를 보호했다.

“이게 무슨 짓이요?”

난 그들을 보며 외쳤다.

“무슨 짓이라니. 페어리를 잡았잖아. 자네도 페어리 좋은 걸 아는 모양이군. 그 페어리는 내가 잡았는데?”

난 그자의 말에 어리둥절했다. 페어리가 좋은 거?

“페어리를 잡아서 어디에 쓰게?”

갑자기 음산한 음성이 들렸다. 네온이었다. 네온도 리치인지라 저런 음성이 가능했다. 단 화가 났을 때만.

“아, 예. 페어리를 고아 먹으면 정력에 좋다고 해서요. 하하, 요즘 정력이 달려 보신 좀 하려고 여기에 왔죠. 아, 그런데 이런 행운이 어디 있습니까? 허허허.”

그자는 군침을 흘리며 말했다. 그러자 네온이 더욱 음산한 음성으로 말했다.

“그런가? 하지만 자네들을 구한 게 이 페어리인데?”

“그게 무슨 상관입니까? 그거야 저희들이 알 바가 아니죠. 저 페어리가 우리를 구한 것을 본 것도 아니고. 어이, 이보게 청년. 그 페어리 내놓으라니까.”

난 그자의 말을 들으며 분노가 치밀어 올랐다. 주먹이 저절로 쥐어졌다. 그때 누군가 내 어깨를 잡았다. 네온이었다.

“분노는 조금 있다가 하게. 자미아를 살핀 후에.”

난 네온의 말에 화들짝 놀라서 자미아를 살펴보았다. 지금 자미아는 숨을 헐떡이고 있었다. 뼈가 부러진 모양이었다. 머리과 다리에는 피가 흐르고 있었다. 그리고 입에서도 피가 흐르고 있었다. 내장이라도 다친 모양이었다.

“이, 이런… 죽기 일보 직전이군. 방법이 없어. 내가 마법이라도 할 줄 알았다면 어떻게 할 텐데……..”

네온은 안타까운 듯이 말했다. 그 말은 내 머리 속에 맴돌았다. 마법. 마법. 마법. 난 분명 마법이 가능했다. 그것도 드래곤만이 가능한 용언이. 지금까지 나도 모르게 쓴 적이 몇 번 있지만 의식을 하고 성공한 적은 없었다. 하지만 이번만은 성공해야 했다. 반드시. 반드시.

“리, 리커버리.”

난 마음속에 염원을 담아 마법을 시전했다. 그리고 눈을 감았다. 성공을 못한다면… 난 그 생각에 자미아를 볼 수가 없었다. 그때 누군가 내 얼굴을 만졌다.

“라… 안… 셀.”

갸날픈 목소리. 자미아였다. 난 눈을 떴다. 거기엔 자미아가 있었다. 몸에 힘이 없는 듯했지만 멀쩡한 몸으로.

“란셀, 드디어 마법에 성공했군요. 기뻐요.”

자미아는 내게 미소를 지어 보였다.

“호오~ 란셀, 자네가 마법을? 게다가 그 마법… 보통의 것은 아니군. 이거 축하하네. 자네가 마법을 썼어.”

네온도 감탄을 했다. 하지만 난 아무래도 좋았다. 자미아가 살았으면 그만이지. 난 두 남자를 쳐다보았다. 그들도 놀란 얼굴이었다.

"마법사셨군. 그런데 그 페어리를 왜 살렸지?"

"그러게 말야."

이런, 저 두 사람을 살리지 말았어야 했는데. 난 다시 주먹에 힘이 들어갔다. 내 주먹에 검기를 응용해 마나의 장갑을 씌우면 내 주먹은 상당한 힘을 낼 것이다. 내가 검기를 응용한 마나덩어리를 만드는 것을 보고 죠세프가 개발한 것인데 나같이 주먹이 약한 사람들에게 특히 유용했다. 그걸 저 녀석들에게 한 방씩 먹여? 그때 네온이 또다시 내 어깨를 잡았다.

"그만, 란셀. 자네는 아무래도 그만 가는 것이 좋겠어. 이제 자네도 내가 사는 곳을 아니 가끔 올 수 있겠지?"

"하지만……."

난 네온의 말을 들으면서 두 남자를 쏘아보았다. 그때 네온은 내 어깨를 두드리며 말했다.

"이보게, 란셀. 아무리 화가 난다고 저 사람들을 어쩔 셈인가? 죽일 건가? 그럴 수는 없잖은가. 기왕에 저 사람들에게 은혜를 베풀었으니 그냥 저들을 용서해 주세. 그리고 좀 더 은혜를 베풀어 저들을 완치시켜 주세. 그것이 진정 옳은 일이네."

"은혜를 베풀어요? 네온은 정말 그럴 셈인가요? 저런 쓰레기들한테?"

난 힘없이 물었다.

"그렇다네. 난 저들에게 나와구사를 써서 완치를 시킬 참이네. 기왕에 은혜를 베풀 바에야 좋은 약을 써야지."

"알겠습니다. 네온이 정 그러시겠다면 어쩔 수 없죠."

난 결국 네온의 말에 따르기로 했다.

네온과 작별을 하고 그의 집을 나섰다. 어느 정도 네온의 집에서 멀어질 때쯤 자미아는 네온의 집을 한번 돌아보고는 말했다.

"좋은 분이에요. 원수를 사랑할 줄 아는 분이세요."

난 자미아의 말에 피식 웃음이 나왔다.

"자미아, 나와구사가 뭔 줄 아니?"

"응? 약 아니에요? 좋은 약이라고 들었는데."

"맞아, 정말 좋은 약이지. 그 약은 요니몸과 요니욘으로 피폐해진 그들의 몸을 추슬러 보호하고 활성화시켜 건강을 찾아줄 거야. 하지만 그 약에는 한 가지 문제점이 있지."

자미아가 눈만 깜빡이며 날 보았다. 난 유쾌하게 대답했다.

"그 약을 쓰면 중성이 돼버려. 남자는 여성화되고 여성은 남성화되지. 정력? 이젠 쓸 일이 없을걸? 생각해 봐라. 널 해치려고 한 녀석들을 내가 왜 가만두었겠냐? 다 그런 이유가 있어서지. 후훗. 얼굴도 지저분하니 못생긴 것들이 중성화되면 얼마나 꼴 보기 싫을까? 하하하."

내가 웃자 자미아는 다시 뒤돌아보며 말했다.

"네온이란 분… 은근히 사악하네요."

물론이지. 사악하지 않은 리치가 어디 있던가? 하하하.

"저기야."

난 자미아에게 말했다.

"저기가 내 집이야."

"화아~ 저렇게 큰 동굴, 아니, 레어가요? 란셀, 정말 대단하군요."

자미아는 감탄했다. 하지만…

"아니, 거긴 내 스승이신 카나이드의 레어고 내 레어는 바로 옆에."

"저 쥐구멍 같은 게요?"

쥐… 난 졸지에 쥐가 됐다. 그래, 자미아. 넌 쥐한테 꼬박꼬박 존댓말하는구나. 흥.

난 레어 근처로 갔다. 그런데…

"란셀, 원래 이렇게 사람들이 많아요?"

자미아가 이상하다는 듯이 물었다.

"자미아, 저들은 사람이 아니라 마족이랑 드래곤이 폴리모프한 것이랑 하이 엘프들이야. 에이, 귀찮다. 그래, 사람들이다. 그런데 정말 이상하네? 정말 사람들이 왜 이리 많지? 그것도 내 레어 앞에?"

난 내 레어 가까이 갔다. 그때 누군가 날 발견한 모양이었다.

"란셀이다!"

"어? 정말? 란셀이야, 란셀이 돌아왔어!"

지금 내 이름을 부르며 난리가 났다. 음, 저들이 내 레어를 습격하는 건 아니고. 그렇다고 환영 분위기도 아니고. 왜들 저러지?

"이놈!"

그때 누군가 내 멱살을 잡았다.

"캑캑!"

난 숨이 막혔다.

"이거 뭐야? 당신들 뭐예요?"

옆에서 자미아가 항의했지만 아무런 반응도 없었다. 다만 내 멱살이 좀 더 세게 쥐어질 뿐.

"이노옴! 네 녀석 덕분에 내 딸이 죽게 생겼어!"

"캐캑?"

순간 숨이 확 트였다. 내 멱살을 잡은 자가 날 놓은 것이었다. 눈을 들어 보니 에레모니카의 아버지인 하르간이었다.

"어? 아버님, 그게 무슨 소리입니까?"

난 목을 쓰다듬으며 물었다. 솔직히 아닌 밤중에 파이어 볼이라고 이게 뭔지 모르겠다. 집에 돌아오자마자 이 무슨 봉변인지.

"후우… 그렇지, 자넨 모르겠지. 허어… 미안하게 됐네. 내가 그만 엉뚱한 데 화풀이했어. 자네 잘못이 아닌데. 모든 것이 그 애가 선택한 것인데……."

이거 정말 무슨 소린지 모르겠다. 제대로 말을 해줘야 할 것 아냐.

"아니, 아버님, 대체 무슨 소릴 하시는 겁니까? 대체 왜 이러세요? 뭣이 그 애가 선택한 것이라는 겁니까?"

"내가 말해 주지."

내가 하르간에게 그렇게 물어보고 있을 때 누군가 다가오며 말했다. 화려한 금발을 가진 청년. 비록 폴리모프했어도 난 그가 누군지 알 수가 있었다.

"카나이드 스승님."

"훗, 여전히 그냥 카나이드라고는 못 부르는구나. 아니지, 지금은 그런 것을 말할 때가 아니지. 사실은 에레모니카가 죽어가고 있단다."

"예에?!"

난 충격을 받은 느낌이었다. 머리가 멍해졌다. 죽다니? 누가? 에레모니카가?

난 급히 정신을 가다듬었다.

"그, 그게 무슨 소린가요? 농담을 해도 그런 농담을 하시면 안 되죠."

하르간이 내 어깨에 손을 얹으며 말했다.

"농담이 아닐세. 그 아이는 지금 소멸해 가고 있다네. 자네도 마족의 맹약을 알지? 그 아이는 약속을 못 지켰어. 자네를 마법사로 만들지 못했네. 그래서 그 아이는 소멸하고 있어."

난 순간 눈앞이 깜깜해졌다. 드래곤, 마족. 모두 거짓말을 안 하는 존재들이었다. 하지만 나는 그들의 말을 거짓말이라 생각하고, 아니, 거짓말일 거라고 생각했다. 아무리 거짓말을 안 하는 종족이지만 농담으로 할 수는 있었으니까. 선의의 거짓말도 하니까. 아니, 그들도 언제 어느 때 거짓말을 할 수 있지만 다만 자존심 때문에 안 하는 것이지 못하는 것이 아니니까. 그들은 나와 자존심 내세우는 사이가 아니니까.

"정말이지… 그런 악질적인 농담은 그만 하세요. 에레모니카는… 어린애가 아니에요. 약속을 어겨서 받게 되는 벌? 이미 그녀는 그 구속을 벗어났잖아요."

하르간은 내 말에 고개를 저었다.

"그건 사실이다. 약속을 어긴 대가쯤 우린 그냥 넘길 힘이 있지. 하지만 그렇다고 약속을 어기고 소멸하지 않은 마족이 있었나? 없었다. 마족의 힘을 가진 존재로서의 자긍심과 자존심이 그것을 허락하지 않아. 에레모니카도 마족의 힘있는 존재로서의 책임과 의무를 깨달은 거지."

"말도 안 돼요!"

나도 모르게 큰 소리가 나왔다.

"그깟 자긍심이, 자존심이 얼마나 중요하다고……."

내 어깨에 놓인 하르간의 손에 힘이 들어갔다.

"그것들 덕분에 우리의 영혼이 타락하지 않는 것이다. 의무도 없고 책임도 지지 않는 힘은 영혼을 타락시킬 뿐이야."

난 고개를 떨구었다.

"하지만… 에레모니카는 나를 기다리기로 했어요. 그런데 소멸이라고요? 그건 약속을 어긴 것이 아닌가요?"

목소리가 나도 모르게 떨려 나왔다.

"그래서 그 아이는 네 레어에서 널 기다리고 있다. 천천히 소멸되며. 차라리 한순간에 소멸되면 고통이나 없을 텐데."

난 하르간의 말을 듣자마자 나도 모르게 레어로 뛰어들어 갔다. 그리고 레어에 들어선 순간 침대 위에 누워 있는 에레모니카를 보았다. 그녀의 몸은 거의 투명해져 희미해진 상태였다.

"에레모니카!"

난 크게 에레모니카를 불렀다. 에레모니카는 날 바라보며 미소를 지었다. 뭐라고 말을 하는 듯이 입을 벙긋거리는데 소리는 들리지 않았다. 하지만 입 모양을 보니 날 부르는 것 같았다.

"가보게."

어느새 왔는지 하르간이 날 에레모니카 쪽으로 밀었다.

"에레모니카."

난 그녀의 옆에 서서 그녀를 불러보았다. 에레모니카는 다시 내게 미소를 지어 보였다. 난 에레모니카를 살리고 싶었다. 그런데 대체 어떻게… 이미 거의 사라져 가는 에레모니카를 어떻게 살리지? 난 어찌할 바를 몰랐다. 그 순간 에레모니카가 좀 더 희미해졌다. 순간 나도 모르게 소리쳤다.

"안 돼, 에레모니카. 넌 소멸하면 안 돼. 아니, 소멸 안 해도 돼. 난 마법사란 말야."

난 파이어 볼을 만들어 힘껏 던졌다. 내 주먹만한 파이어 볼이 공중을 날아갔다.

콰앙—!!

파이어 볼은 터졌다. 크기는 좀 작았지만 나무랄 데 없는 마법. 하지만 에레모니카의 소멸로 이미 빛이 바래 버린 마법. 난 파이어 볼이 터진 곳을 보았다. 거기엔 하르간이 있었다. 파이어 볼에 머리카락과 눈썹, 수염이 온통 타버린 하르간이.

"죄송합니다, 아버님."

난 우선 그렇게 사과하고 에레모니카를 향해 고개를 돌렸다. 그녀의 마지막이라도 보아야 했기 때문이었다. 하지만 그녀는 없었다. 벌써 소멸이 된 건가? 순간 내 마음 한구석은… 난 고개를 들어 하늘을 보려 했다.

뻐억—

"크악!"

하지만 난 고개를 돌리기 전에 눈앞에 별이 반짝거렸다.

"으윽, 뭐야?"

난 고개를 들었다. 그때 맑은 목소리가 들려왔다.

"란셀, 네 죄를 네가 알지? 우선 감히 날 고통스럽게 했고… 좋아, 그건 내가 선택한 거니까. 그런데 우리 아빠한테 파이어 볼을 던지다니. 너, 죽고 싶어?"

난 낯익은 목소리에 급히 소리가 나는 곳을 보았다. 그랬더니…

"에, 에레모니카."

거기엔 멀쩡한 모습의 에레모니카가 웃으며 서 있었다.

"너, 괜찮니? 소멸되지 않았어?"

난 떨리는 목소리로 물었다.

"흥, 넌 꼭 내가 소멸됐으면 하는 말투네?"

"아, 아냐. 난 다만……."

에레모니카는 날 안으며 말했다.

"거의 소멸 직전까지 갔어.'조금만 더 있었으면 정말 난 소멸했을 거야. 하지만 네가 마법사가 되었는데 내가 왜 소멸해?"

"다행이다."

난 에레모니카의 품에 안긴 채 말했다.

"그래, 다행이야, 란셀. 너를 다시 봐서. 그런데 너, 어떻게 마법을 쓴 거야?"

"후훗, 설명하자면 길고도 짧아. 다만 난 세상에 하나밖에 없는 용언 마법사야. 마법 주문을 외우는 것이 아니라 용언으로 마법을 쓰지."

내 말에 주위에서는 감탄 소리가 났다. 그리고 축하의 인사말이 들렸다. 하아… 에레모니카에게 안겨 있지, 주위에서 축하를 해오지 정말 황홀 그 자체였다.

"란셀, 인기가 많은가 봐요."

그때 자미아가 내 어깨에 앉으며 말했다. 그런 자미아를 보고 에레모니카가 약간 떨어졌다. 에구, 아쉬워라.

"애는 뭐야, 란셀?

"어, 애는……."

"전 데파이어 족으로 자미아라고 해요. 란셀의 애인이죠."

순간 사방이 쥐 죽은 듯 조용해졌다. 허억! 자, 자미아. 그, 그런 유언비어를… 그건 죄악이야!

"애인?"

에레모니카의 몸이 약간 더 떨어졌고 눈이 가늘어졌다. 앗! 갑자기 위험한 기운이 감지되는데. 하지만 자미아는 그걸 아는지 모르는지 말을 했다.

"예, 처음 만났을 때부터 호감이 있었는데 거의 다 죽게 된 절 살리려고 자신의 의지로 마법을 쓴 순간부터 정말 사랑하게 됐어요. 그건 그만큼 절 아낀다는 뜻이 아닌가요?"

자, 자미아, 왜 나를 죽이려고 하는 거야? 난 에레모니카를 보았다. 윽, 저 날카로워진 눈매.

"그으래? 그러니까 자신의 의지로 쓴 첫 마법이 날 위해 쓴 게 아니라 다른 곳이었다 이거지?"

에레모니카는 날 힐끔 보았다. 윽!

"에, 에레모니카. 내, 내가 말야. 오랜만에 돌아왔잖아. 그러니까 카나이드 스승님 좀 뵈러 가볼게."

"난 여기 있다, 바람둥이 제자야."

카나이드 스승님의 말이 들렸다. 눈치없으신 스승님. 스승님의 눈치 없으심에 흑, 제자 오늘 죽습니다. 흑.

"에라, 이 웬수야."

에레모니카가 날 베개로 내려쳤다.

"크헉!"

"죽어라, 죽어. 넌 맞아야 해. 날 고통스럽게 했지? 그리고 우리 아빠한테 파이어 볼을 던지고. 그러니 넌 맞아야 해."

"에… 컥! 에레. 큽! 모니. 캑! 카. 큭!"

그 이유로 날 때리는 것 같지 않은데? 그, 그래도 다행이야. 저 베개가 나무 베개였어 봐. 상상만 해도 끔찍해. 그리고… 날 때리는 사람이

에레모니카라는 것도 다행이었다. 그녀가 소멸하지 않았고 살아 있다
는 뜻이니까. 그걸 생각하니 난 맞으면서도 웃음이 나왔다.

"킥. 하하. 하하하. 하하하하하."

"어쭈, 웃어?"

그날 난 에레모니카에게 곱배기로 맞고 덤까지 더 맞았다. 그리고
난 별명이 하나 생겼다. '미' 자로 시작하는 별명이. 응? 그게 뭐냐고?
너무 알려고 하지 마. 다쳐.

　내 스승이신 카나이드의 레어 안이 북적거렸다. 오늘이 바로 카나이드와 세리아의 결혼식이었다. 원래 드래곤이나 엘프는 결혼식이란 것이 없었다. 아니, 결혼식이란 자체가 원래 형식을 좋아하는 인간들이 만들어내서 허례허식과 허영심이 키운 것이었다. 그걸 형식에 맞춰 살지는 않지만 허영심 하나는 많은 드래곤들이 모방하는 것이었다. 드래곤 로드가 주례를 서고 하객으로는 많은 수의 드래곤과 하이 엘프, 마족, 신족 등이 참석을 했다. 참석한 하객 중에는 반가운 얼굴도 많았다.

　"어이, 아르티닌, 이브린."

　난 손을 흘들었다. 그들도 내게 손을 흔들었다.

　"란셀."

　"어이, 오랜만이야."

아르티린과 이브린도 날 보았는지 손을 흔들었다.

"이브린, 이제 드래곤 수업은 끝났어?"

"응. 로드의 승인까지 받았는걸."

응? 그런데 이브린 말투가… 전에는 말을 올린 것으로 기억하는데.

"저기 이브린, 뭔가 변한 것 같은데."

난 조심스럽게 물었다. 그러자 이브린이 웃었다.

"아하하하, 그게 로드의 설명인데 난 이미 성룡이라는 거야. 성룡이 된 시점인 천 살에서 인간일 때의 나이를 합하면 내 나이가 된다고 하더라고. 그래서 생각해 봤지. 내 나이는 이미 천 살이 넘었고, 하지만 란셀은 이제 겨우 삼백 살 좀 넘었지? 그럼 내가 위지 않겠어?"

으윽, 로드는 왜 그런 쓸데없는 말을…

"미안하네. 이브린의 성격이 드래곤보다 더 드래곤다울 줄은 몰랐다네."

내 뒤를 스쳐 가던 엘프가 한 말이었다. 로드가 폴리모프한 모습이었다. 난 로드를 돌아보았다.

"로드……."

난 항의하듯이 불렀다. 하지만 로드는 뒤도 안 돌아보고 걸어갔다. 단 한 마디만 하고.

"어허, 그래서 미안하다고 했잖나. 거참, 드래곤 무안하게… 나중에 자루 하나 들고 내 레어로 찾아오게."

음, 그 정도면 좋아. 엄청나게 큰 자루를 가져가 있는 물건 다 쓸어 오지.

난 다시 아르티닌과 이브린을 바라보았다.

"근데 이브린은 어디에 레어를 만들었어?"

이브린은 어리둥절한 표정이었다.

"레어? 왜 내가 레어를 만들어?"

"너 드래곤이잖아. 그럼 레어가 있어야지. 대체 어디서 살 거야? 나중에 생기는 물건들은 어디에 두고. 설마 사람의 집을 짓고 거기에서 산다는 것을 아니겠지?"

내 말에 이브린은 피식 웃으며 말했다.

"집을 짓는다? 그것도 멋지네. 왜 그런 생각을 못했지? 고작 2년 전까지만 해도 인간이었으면서. 아, 그건 그렇고 난 레어가 필요없잖아. 어차피 아르티닌과 결혼할 건데 뭐. 다음 달에 결혼할 거야. 와줄 거지?"

순간 주위가 조용해졌다. 드래곤들이 조용해지니 다른 종족들도 덩달아 조용해진 것이었다. 그리고 드래곤들이 뭔가 계산을 하는 모습이 보였다. 아마 아르티닌과 이브린에게 줄 축의금을 계산하고 있는 모양이었다. 이브린은 몰라도 아르티닌은 드래곤 사이에서도 꽤 유명한 데다 둘 다 에레시스와 친분이 두터우니 무시할 수가 없을 것이다.

"이, 이런… 어떻게 한 달 만에 결혼식이 두 번이나……."

"자네는 그래도 낫지. 난 저번 달에 친분이 있던 인간이 결혼을 했다네."

"이봐, 둘 다 형편이 좋군. 난 친구를 너무 많이 사귄 모양이야. 일 년 내내 결혼식이잖아. 요즘 매일 결혼식에 참석하느라 바빠. 오늘도 두 탕이야. 카니이드님 결혼 피로연도 참석 못한다니까. 정말 배 곯아가며 결혼식 쫓아다니게 될 줄은 상상도 못했다고."

이런 말들이 들렸다. 쯧쯧, 불쌍한 드래곤들. 피 좀 보겠군. 난… 좀 늦게 해야지. 드래곤들 재물 좀 다시 모은 다음에.

"아, 그런데 너, 내 레어에 둔 물건은 언제 찾아갈 거냐?"

아르티닌이 물었다.

"응? 아, 나도 레어를 옮길 작정이야. 내 레어는 세리아의 개인 집으로 삼게 하고 난 저기 산 하나 너머에 새로 레어를 마련했거든. 지금까지 살던 레어보다 훨씬 크고 좋아. 좀 더 안 쪽으로 들어가면 온천에 아름다운 종유동도 있어. 어때, 좋지? 거기로 이사하면 가지고 갈게."

"그럼 그렇게 해. 그런데 죠세프와 예나의 물건은 어떻게 하나?"

"그건 마카필라님의 동굴에 넣어주세요."

옆에서 말소리가 들려왔다.

"죠세프, 예나."

두 사람을 보니 반가웠다. 1년 만에 보는 얼굴들이었다.

"란셀, 반가워요. 아르티닌, 이브린, 오랜만이네요."

예나가 웃으며 말했다.

"호호호. 예나, 결혼했다며? 미안. 나 그때 일이 있어서 못 갔어."

죠세프와 예나는 1년 전에 결혼했었다. 하지만 그때는 이브린이 드래곤 수업을 받고 있었기에 아르티닌과 이브린이 참석을 못했다.

"아니에요. 우리가 결혼한 시기가 나빴죠. 하지만 결혼이 남녀 둘만의 문제가 아니라 어쩔 수가 없었어요. 그런데 참, 이브린 언니는 승인을 받았다고요?"

"응."

우린 한참을 서서 이야기를 나누었다. 죠세프와 예나의 결혼 생활도 듣고 아르티닌과 이브린의 이야기도 듣고.

"그런데… 자미아는 어디 있어요?"

"자미아?"

아르티닌과 이브린은 고개를 갸웃거렸다. 못 들어본 이름이어서일 거다. 난 둘한테 자미아에 대해 간단히 설명해 주었다. 그리고…

"자미아는 신부한테 가 있어. 자미아와 세리아, 참 죽이 잘 맞더라고. 만나자마자 언니 동생 하며 잘 지내던걸."

에나는 내 이야기를 듣더니 고개를 끄덕였다.

"그럴 거예요. 자미아는 성격이 워낙 좋으니까. 착하고 순수하고……."

그런 자미아 때문에 내가 얼마나 당했는데.

"오래만이군요."

우리가 그렇게 이야기꽃을 피우고 있을 때 누군가 우리를 아는 체했다. 갈색 머리를 한 평범한 용모의 남자.

"누구시죠?"

난 그렇게 물어보았다. 바보같이.

"다리온?"

나만 빼고 모두의 합창이었다.

"하하하, 맞습니다."

그는 그 말과 함께 황금빛 빛에 휩싸였다. 그리고 빛이 걷히자 정말 정말, 아주 정말 아름다운 용모의 아가씨가 서 있었다. 금속 광채가 나는 금빛 머리카락에 밤하늘의 별을 보는 듯한 금빛 눈동자. 바로 에레시스였다.

"역시 란셀이야. 내 다리온일 때의 모습을 모르다니. 다른 사람은 다 알아보는데."

에레시스는 가볍게 말했다. 하지만 윽… 난 돌을 맞는 기분이었다.

"모, 모를 수도 있지. 그것 가지고 그래? 그, 그건 그렇고 왜 너 혼자 왔냐? 네 신랑은(이, 이게 무슨 불경을… 만일 마나스 신을 모시는 신관이 이 꼴을 보면 난 맞아 죽을 것이다)? 장인 결혼식인데 왜 혼자 와?"

에레시스는 내 말에 손가락만 까닥거리며 말했다.

"아, 그이는 업무가 많아서. 그런데 페디가 안 보이네?"

"페디는 나중에 따로 와요. 뭐, 페어리 드래곤 대표라나?"

"출세했군."

난 페디의 처지를 생각하면서 말했다. 사실 페디는 어떻게 보면 페어리 드래곤에서 못난이나 다름없었다. 페어리 드래곤 규칙이 그렇다지만 정말 사람을, 아니, 하프 엘프를 주인으로 모시다니. 그런 페디가 페어리 드래곤의 대표가 되어 축하객으로 참석하러 오는 것이었다.

"음… 이건 비밀인데… 페어리 드래곤들은 카나이드님을 굉장히 무서워한다고 해요. 페어리 드래곤의 사회에서는 무척 괴팍하고 포악하며 변덕스러운 드래곤으로 소문이 나 있다네요. 그래서 조금이라도 연줄이 있는 페디를 보내는 것이라고 해요. 페디는 카나이드님의 제자인 란셀과 딸인 에레시스와 친분이 있으니까요."

"스승님이 괴팍?"

"아빠가 포악?"

나와 에레시스는 서로 쳐다보았다. 사실 카나이드가 변덕이 좀 있긴 하지만 애교로 봐줄 만한 정도였고 괴팍하지도 않았다. 더군다나 포악하지도 않았다. 화가 나면 정말 무섭지만 그건 포악과는 완전히 다른 것이니 제외하고.

"어쩌다 스승님이 그런 소문이 났을까?"

"글쎄… 전에 아빠가 다른 종족들이 귀찮게 구는 것이 싫다며 말도 안 되는 유언비어를 퍼뜨린 적이 있는데 그것 때문이 아닐까? 페어리 드래곤은 우리 드래곤들과 별로 교류를 안 하니까 그 말을 액면 그대로 믿었을 수도 있지."

난 황당해서 에레시스를 보았다. '정말이야?' 하는 뜻을 가지고 하지만 에레시스의 눈빛은 '우씨. 믿어라, 인간아' 하는 뜻을 담고 있었다. 흠… 에레시스의 말은 진실이군. 난 한 가지 확신했다. 내 스승이신 카나이드님, 포악하지는 않지만 괴팍한 건 맞군.

"아, 깜빡했다. 아까 이 말을 하고 있었지. 죠세프, 너희 물건 언제 가져갈 거지?"

아르티닌이 죠세프에게 물었다.

"그거요? 아까 말한 대로 마카필라님께서 계신 곳으로 보내주세요. 아, 저도 잊었어요. 마카필라님에 대해 모르시죠?"

죠세프는 아르티닌, 이브린, 에레시스에게 마카필라에 대해 말해 주었다. 모두들 고개를 끄덕였다. 근처에 있던 드래곤들까지 귀를 기울일 정도였다.

"나도 말로만 듣던 하이퍼 드래곤인데 너희는 정말 행운아구나."

아르티닌이 감탄하며 말했다. 주위의 드래곤들도 감탄하는 소리가 들렸다. 하지만 에레시스는 가볍게 웃으며 말했다.

"한홀? 난 벌써 갔다 왔지. 신혼 여행으로. 정말 좋은 곳이었어. 가는 곳마다 경치가 다르고… 정말 장관이었어. 또 이곳의 3만 배의 크기라 그런지 온갖 보석도 엄청나게 많았지. 다시 가보고 싶어."

에레시스의 말을 들은 다른 드래곤들은 부러운 눈빛이었다. 그건 아르티닌과 이브린도 마찬가지였다. 그런 그들의 눈빛을 받으며 에레시스는 말을 이었다.

"그런데 그이가 너무 업무가 많으니 내가 심심하잖아. 그래서 나도 부업을 하나 하려고 해. 여행사를 하나 차릴 건데 이름하여 차원 여행사. 다른 차원으로 여행을 하는 상품이지. 한홀은 기본이고 우리 드래곤만의 세계인 드래고니아나 엘프의 차원인 엘피리아 등등을 갈 수가 있어. 그리고 이건 나만이 할 수가 있어. 내 남편의 신력을 이용하면 식은 죽 먹기지만 다른 드래곤들은 힘든 일이니까. 나도 페디 등은 못 통과시켰잖아. 그러니 다른 드래곤들이 어려운 것은 당연하거든. 하지만 항상 언제나 저렴한 가격으로 모시지."

에레시스의 광고였다. 그리고 곧 에레시스는 여러 드래곤에 파묻혔다. 정말 장사 한번 잘하는군. 회사도 차리기 전에 벌써 예약이라니…….

"죠세프."

아르티닌이 죠세프를 불렀다. 죠세프는 한숨을 쉬며 말했다.

"아무튼 그 마카필라님이 있던 동굴에 넣어두세요."

"그러지. 그럼 거기에 덤으로 도난 방지 마법도 걸어주지."

"고마워요, 아르티닌."

"고맙긴."

아르티닌은 죠세프의 말에 미소를 지으며 대답했다. 그리고는 부리나케 에레시스가 있는 곳으로 갔다. 예약하러. 어이, 아르티닌. 내 것도 예약 부탁해.

"여어, 란셀."

"아니, 네온이 아니십니까?"

난 에레시스 등에게서 떨어져 다른 사람들을 보며 다녔다. 그러다 만난 사람, 아니, 리치.

"그래, 나야. 어? 그런데 자미아 아가씨가 안 보이네? 설마 자네가… 그럼 안 되지. 그런 가여운 아가씨를 쫓아내다니. 차라리 내게 보내지."

흠… 이 리치가 지금 무슨 소리야?

"자미아요? 자미아는 내 스승이신 카나이드의 신부와 언니 동생 하는 사이라 신부한테 가 있어요."

"아… 그러냐? 그럼 란셀, 자미아에게 이 말 좀 전해주겠니? 우리 집에 안 와도 된다고……."

"그러죠."

난 네온에게 심드렁하게 말했다. 그때였다. 하늘이 어두워졌다.

"엉? 지금은 아직 낮인데… 일식인가?"

난 하늘을 보았다. 그런데 일식은 아니었다. 어떤 거대한 것이 하늘을 가리고 있었던 것이다.

"엘카시아나!"

누군가 그 검은 것을 보고 외쳤다. 난 그제야 그것이 무엇인가를 알았다. 700길드에 달하는 엄청난 드래곤. 사실 엘카시아나는 돌연변이 드래곤이었다. 다른 전격계 드래곤과는 달리 검은색의 전격 브레스를 쓰는 드래곤. 다른 이들은 암흑의 번개라고 했다. 하지만 말만 그렇게 붙였지 엘카시아나는 착한 드래곤이었다. 그리고 어떤 사람들에게는 은인이기도 했다. 나는 그 어떤 사람들의 후손인 죠세프에게로 달려갔다. 그리고 죠세프에게 말했다.

"죠세프, 저 드래곤이 어떤 드래곤인지 알아?"

"아, 아뇨. 하지만 방금 들으니 엘카시아나란 이름을 가진 드래곤이
라는데⋯⋯."

역시 죠세프도 저 드래곤의 정체를 확실히 몰랐다.

"죠세프, 저 드래곤이 바로 카샤니안의 수호 드래곤인 카샤야."

죠세프는 놀라는 눈치였다.

"예? 하지만 이름이 다른데요?"

"그거? 그건 카샤니안을 건국한 사람들이 이름을 잘못 알아서 그래.
원래 이름이 엘카시아나고 보통 우린 카시아라고 부르지. 아, 그리고
보니 카시아란 이름이 와전돼서 카샤가 되었을 수도 있겠다."

"그, 그럼⋯⋯."

죠세프는 내 말을 듣고 감격한 얼굴이었다. 하긴 자신의 나라 수호
드래곤의 위용을 실제로 보았으니 당연한 일이었다. 그때 엘카시아나
는 검은 빛에 휩싸이더니 폴리모프를 했다. 검은 생머리에 밤하늘 같
은 눈동자를 지닌 여자. 그녀가 엘카시아나였다. 힘만 따지면 드래곤
중에 최고로 강한 드래곤. 그녀는 곧바로 우리에게 다가왔다. 그리고
죠세프 앞에 섰다.

"그대는 카샤니안의 사람인가요?"

"예? 예옛!"

죠세프는 잠시 멍하다가 급히 대답했다.

"그렇군요. 카샤니안은 내게 특별한 나라죠. 그런데 인간이 이런 자
리까지 오다니, 그대는 특별하군요?"

"예, 카나이드님의 제자이신 란셀과 아는 사이라⋯⋯."

"그리고 그 딸인 에레시스와도 친분이 두텁지."

내 보충 설명에 엘카시아나는 고개를 끄덕였다.

"그분 에레시스님은 아무하고나 사귀지를 않아요. 그걸 볼 때 당신은 대단한 사람이에요. 나의 영광이 언제나 그대와 함께 있기를."

엘카시아나는 그 말을 하고는 몸을 돌려 걸어갔다. 카나이드에게 인사를 하러 가는 모양이었다. 그런 그녀를 보며 죠세프는 한쪽 무릎을 꿇었다. 한 국가의 수호 드래곤의 축복을 받는다는 것은 보통 영광이 아니었기 때문이다.

시간이 흘렀다. 페디도 왔고 이제 조금만 있으면 결혼식을 할 것이었다. 결혼식은 음양이 조화를 이루는 저녁에 할 예정이었다. 저녁놀을 맞으며 하는 결혼식이라… 흠, 낭만적이군.

"하하핫. 카나이드님, 제가 늦은 것은 아니죠?"

그때 누군가의 말소리가 크게 들렸다. 우린 모두 말소리가 들린 곳을 보았다. 거긴 하늘이었는데 거기엔 오색구름이 떠 있었다. 그리고 그 오색구름엔 한 사람이 서 있었다.

"오오, 미르인가?"

카나이드님은 기분이 좋은 듯 말했다. 그런데 미르?

"저… 스승님."

"카나이드."

"저… 카나이드."

"어머? 란셀 오빠, 스승님이라고 불러."

옆에서 세리아가 말했다. 난 카나이드를 바라보았다.

"흠흠, 세리아의 말대로 해라."

쳇, 벌써 공처가 되셨군. 난 속으로 투덜거리며 카나이드에게 물었다.

“스승님, 미르라면 혹시……."

카나이드는 고개를 끄덕였다.

“그래, 저 사람은 사람이 아니라 한 자루의 칼이다. 바로 최고의 에고 소드 미르."

난 미르를 쳐다보았다. 잘생긴 청년. 이곳의 복장과는 확연히 다른 옷을 입고 있었다.

“저 옷이 바로 동방 대륙의 전통 복장이지."

“아.”

난 카나이드의 말에 그 사람을 자세히 봤다. 그런데 그는 옷차림과는 어울리지 않는 칼을 차고 있었다. 난 그 칼을 보자 드는 생각이 있었다.

“그럼 저 칼은 카르나리안이겠군요."

“그렇지. 저 미르가 으뜸가는 에고 소드라면 저 카르나리안은 버금가는 에고 소드지. 하지만 미르처럼 변신은 못하지."

난 그 설명에 그들을 다시 보게 되었다. 그때 내 품에서 뭔가가 뛰쳐나갔다.

“팡.”

난 그 뛰쳐나간 것을 불렀다. 팡이었다. 하지만 팡은 내 말을 무시하고 그대로 미르 앞에 섰다.

“무슨 일이지?”

미르는 팡을 보고 물었다.

“……."

“말을 않는구나. 하지만 내 앞에 나서는 것을 보니 무언가 말을 하고 싶은 것일 텐데… 말을 하렴. 내 능력에 닿는 것이라면 반드시 들어주지."

『그래요. 전 당신에게 부탁하고 싶은 것이 있어요. 그런데 저는 그렇다고 쳐도 당신은 왜 저에게 그렇게 친절히 말을 거시죠? 제가 당신 앞에 나섰다고 해도 제게 관심을 가질 이유는 없잖아요?』

팡이 물었다.

"그야 너는 우리와 같으니까. 다만 넌 마법 지팡이고 우린 칼일 뿐."

미르에 대답에 팡은 공중을 한 바퀴 돌았다.

『맞아요. 우린 같죠. 특히 우린 다른 에고들과는 달라요. 안 그래요?』

미르는 고개를 끄덕였다.

"맞다. 그런데 왜 날 막은 거지?"

미르의 물음에 팡은 잠시 침묵을 지키다 말했다.

『우린 특별해요. 우리와 같은 존재는 없어요. 그래서 외로워요. 아무리 우리를 이해해 주고 아껴주는 존재가 있더라도 그들은 우리가 아니니까요.』

미르도 팡의 말에 동의하는지 고개를 끄덕였다. 그러자 팡이 말했다.

『그래서 부탁이에요. 절 입양해 주세요.』

그 말을 듣고 놀란 사람은 미르가 아니라 나였다. 대체 팡이가 무슨 말을… 미르는 놀라지도 않고 입을 열었다.

"그것도 좋겠지. 난 방금 널 본 순간부터 뭔가 끌리는 것을 느꼈다. 그건 내 아내 카르나리안도 마찬가지. 너같이 특별한 아이가 우리의 아이가 되면 우린 기쁠 거야. 하지만 네 주인이 그걸을 용납할지 의문이구나."

미르의 말에 팡은 내 앞으로 날아왔다. 팡이는 비록 얼굴이 없었지만 자신의 마음을 이해해 달라는 듯했다. 그런 표정을 본 느낌이었다.

"조, 좋아⋯⋯."

난 나도 모르게 허락을 해버렸다. 그러자 팡이는 내 가슴에 한번 안기더니 미르에게 날아갔다.

『고마워요, 란셀 오빠. 저 행복하게 잘살게요.』

난 팡이를 망연히 바라보았다. 하아⋯ 매일 잠만 잔다고 구박했는데 이렇게 정이 들었던가?

『아빠, 엄마, 잘 부탁드려요.』

팡이가 미르와 카르나리안에게 인사를 하는 것이 보였다. 난 왠지 눈물이 나올 것 같았다. 그런 나를 보며 미르가 품에서 뭔가를 꺼내 던져 주었다.

"미안하오, 란셀. 란셀 맞지요? 당신에게서 팡을 뺏어간 사과의 뜻으로 드리는 것이오. 부디 옳은 일에 써주기를 바라오."

난 미르가 준 것을 보았다. 그건 황금빛을 한 마법 지팡이였다. 크기는 팡이보다 조금 클까? 난 그 지팡이를 천천히 살폈다. 그 지팡이는 황금빛이 나긴 했지만 금은 아니었다. 바로 바스디윰이었다. 그리고 그 바스디윰 지팡이 끝에는 보석 하나가 달려 있었다. 루베나 석이었다. 또 다른 드래곤 하트라는 별명을 가진 루베나 석. 루베나 석은 마나를 상당량 축적할 수 있을 뿐더러 마법을 쓸 때 엄청난 증폭을 시켰다. 루베나 석은 루베나란 열매의 씨가 땅속에서 오랜 세월 묻혀 있다가 석화한 것이다.

루베나는 강한 독을 가진 열매로 그 어떤 동물도 먹지 않지만 단 한 가지 마나생명체의 일종인 우베라 균은 그 루베나 열매에서 번식을 했

다. 그 과정에서 루베나와 우베라는 반응을 일으켜 루베나가 변화하게
되는 것이었다. 과육은 모두 썩어 없어지고 단단한 씨만 남는데 대략
만 년 정도 그렇게 땅속에서 루베나 씨와 우베라 균이 반응하면 루베
나 석으로 변화가 되는 것이었다.

따라서 루베나 석은 상당히 희귀한 것이었다. 그런 루베나 석을 이
렇게 손쉽게 주다니… 미르의 별명 중에 보물 창고라는 별명이 있다는
말을 듣긴 했지만 이건 보통 통이 크지 않으면 못할 행동이었다. 루베
나 석은 드래곤 중에서도 로드만이 가지고 있는 물건이었다.

"이런 귀한 것을 제게 주서도 되겠습니까?"

난 미르에게 물었다. 미르는 고개를 끄덕였다.

"물론입니다. 루베나 석이 아무리 귀한 것이라 한들 제 아이보다 가
치가 높지는 않습니다. 란셀, 당신은 팡이를 제 딸이 되도록 허락하신
분입니다. 그러니 루베나 석쯤 아깝지 않습니다."

난 미르의 말을 듣고 루베나 석이 박힌 마법 지팡이를 보았다. 루베
나 석과 바스디윰의 환상적이며 이상적인 조화. 하지만 그런 마법 지
팡이지만 영혼은 없었다. 말도 못하고 생각은 있을 수가 없고… 미르
의 말이 맞았다. 아무리 귀하고 비싼 것이라도 영혼보다 가치가 높은
것이 있을 수는 없었다. 거기까지 생각하자 내가 꼭 팡이를 판 것 같은
기분이 들었다. 하지만 난 그 생각을 떨쳐 버렸다. 미르의 뜻을 순수하
게 받아들이기로 한 것이다.

"고맙습니다. 이 지팡이를 팡이가 남기는 선물로 알고 이 지팡이를
볼 때마다 팡이를 생각하겠습니다."

미르는 내 말을 듣더니 미소를 지었다. 그런데… 애고~ 어이, 미르
씨. 좀 내려오면 안 되나? 거참, 올려다보려니 목 아프네. 애고애고, 목

디스크야…….

"아, 그리고 그 마법 지팡이는 디스린 기능도 있습니다. 자그마한 창고 크기지만요."

난 마법 지팡이를 살폈다. 정말 디스린의 기능이 있었다. 하지만 크기는 미르가 말한 대로가 아니었다. 자그마한 범선 하나를 넣을 수 있는 크기였다.

"정말 그렇군요. 그럼 전 여기에 팡과의 추억도 함께 담겠습니다."

내 말에 다시 미소 짓는 미르였다.

"카르나리안."

나와 미르의 일이 끝나자 이번엔 엘카시아나가 나섰다. 그런데 카르나리안이라면 미르가 차고 있는 바스타드 소드인데? 아, 그렇군. 자신의 드래곤 하트를 써서 카르나리안을 만든 드래곤이 엘카시아나랬지. 그런데 엘카시아나가 카르나리안을 부르자 미르가 내려왔다. 앗! 이건 종족 차별 아냐?

"오랜만이군요, 처형."

미르가 엘카시아나에게 말했다.

"엘카시아나는 카르나리안을 만든 후 동생으로 삼았지."

내 옆에서 에레시스가 설명해 주었다. 그, 그랬나? 그건 몰랐었군. 그렇다면 저건 종족 차별이 아니라 서열 차별이군. 역시 서열은 높고 봐야 한다니까. 지금 엘카시아나와 미르, 카르나리안, 팡은 가족 모임을 하고 있었다. 어쩐지… 부럽군.

결혼식은 끝났다. 뭐, 사람의 결혼식을 베낀 것이긴 하지만 사람의 결혼식만큼 형식적이고 쓸데없이 오래 끌지는 않았다. 축사도 없었고 주례사도 없었다. 단지 하객들이 증인이 되고 로드가 선언자가 되어 카나이드와 세리아가 부부가 되었음을 공표한 것에 지나지 않았다.

하지만 나름대로 엄숙함은 있었다. 로드가 두 부부의 탄생을 알리는 말을 할 때만큼은 모두들 조용해졌었다. 그리고 로드의 말이 끝나자 온갖 화려한 마법이 공중에 펼쳐졌었다. 땅거미가 진 어스름한 저녁에 하늘에 수놓아져 펼쳐지는 마법의 꽃들은 보는 이들의 가슴을 벅차게 할 정도였다. 그 마법들은 두 부부의 탄생을 기뻐해 주는 모두의 마음의 표시였다. 그리고 하객들은 밤새워 먹고 마시고 춤추며 놀았다. 물론 그동안 하객들은 선물을 카나이드와 세리아에게 전해주었다.

"후후, 드래곤들은 다르군요. 우리 사람들은 이런 상황에 신랑신부에게 노래를 하라고 할 텐데."

죠세프는 웃으며 말했다.

"뭐, 드래곤이라고 다른가? 드래곤도 마찬가지야. 다만 누가 감히 드래곤 로드조차 함부로 못하는 카나이드한테 노래를 시키겠냐? 간이 없는 녀석이나 그런 짓을 하겠지. 그리고 그게 아니더라도 잘 봐라. 지금 선물받느라 눈코 뜰 새가 없잖아."

선물에 파묻힌 카나이드와 세리아. 아마 세리아가 갖기로 한 내 레어는 저 선물 넣는 창고가 되지 않을까 싶다.

"참, 너희에게 드래곤들을 소개시켜 줄게. 하이 엘프들과 드워프들도. 아마 나중에 너희에게 큰 도움이 될 거야."

난 죠세프와 예나를 이끌고 드래곤들과 하이 엘프, 드워프들이 있는 곳으로 갔다. 음… 솔직히 인사 소개는 시키기 싫었다. 왜냐하면 만나는 이들마다 꼭 나한테 '란셀, 그럼 악토푸케시움은 찾은 거구나? 어떻게 찾았어? 하고 물었기 때문이다. 그래서 내가 악토푸케시움이 뭐냐고 물으면 다들 날 한심하다는 듯이 쳐다보았다. 그런데 대체 악토푸케시움이 뭐냐고요. 저들의 반응을 보면 내가 그것을 알고 있었다는 것인데… 뭐 잊을 수도 있는 것 아니겠어? 대체 왜 저러냐고. 에이, 이럴 줄 알았으면 램퍼에 저장을 시켜두는 건데. 난 꼭 내 귀 안에 램퍼가 있다는 것을 까먹어서…….

하지만 이건 내 사정이었다. 내 사정 때문에 죠세프를 버려둘 수는 없는 일. 난 그런 이유로 죠세프와 예나를 소개시켜 주려고 데리고 가는 것이었다. 그러면서 난 카나이드와 세리아가 있는 곳을 보았다. 이젠 선물에 막혀 둘의 모습이 보이지도 않았다. 흠… 오죽하면 자미아가 선물 위에서 선물 주러온 하객들을 정리하고 있을까. 지금 위대한 존재인 드래곤과 고귀한 존재인 하이 엘프가 데파이어 소녀의 지시에 움직이고 있었다. 캬하하하, 정말 재미있는 광경이야. 조금이라도 더 봐둬야지.

"자, 모이세요."

놀 것 다 놀고 줄 것 다 주고 난 어스름히 동이 트는 새벽. 우린 카나이드와 세리아의 앞으로 모였다. 이제 마지막 행사만이 남았다. 부케 던지기. 드워프의 장인이 심혈을 기울여 만든 것으로 금으로 꽃잎을 만들고 청동으로 줄기를 만들었으며 갖은 보석으로 꽃술을 만든 부케였다. 거기에 경량화 마법을 걸었다. 아까 결혼식 전에 세리아를 보러 갔다가 한번 들어봤는데 솜털처럼 가벼웠었다. 이제 그 부케를 여기 온 하객들에게 던지는 것이었다. 그것을 받기 위해 모든 하객들이 모여들었다.

난 그 하객들에게 말하고 싶었다. 어이, 결혼한 유부남, 유부녀는 빠지세요라고. 참 양심도 없어요. 이미 결혼을 했으면서 부케 던진다니까 모여들다니…….

"자아, 모여요, 모여."

하지만 이미 결혼해서 유부녀가 된 세리아는 그런 것을 인식하지 못한 채… 아니, 결혼 안 한 총각 처녀의 마음을 모른 채 부케를 던지려하고 있었다. 어이, 죠세프, 예나. 너희라도 좀 빠지면 안 돼? 에레시스, 넌 또 왜 받으려는 건데?

"아웅… 뭐예요?"

그때 페디가 날아올랐다. 좀 전부터 안 보인다 생각했는데 어느새 잠이 들었던 모양이다.

"페디? 지금 부케를 던질 거야."

"부케? 그게 뭔가요?"

페디는 아직 그런 것들을 잘 몰랐다. 우리와 여행을 다닐 때도 돌아다니기에 바빴지 사람 사는 모습을 관찰할 기회가 없었던 것이다.

"응. 그건…….."

난 페디에게 부케가 어떤 건지 설명하려고 했다. 하지만 그때 세리아가 외쳤다.

"그럼 던져요. 얏!"

세리아가 부케를 던졌다. 부케는 크게 호선을 그리며 날았다. 엇! 저거 내 쪽으로 오잖아? 그때 난 보았다. 세리아가 내게 눈을 찡긋거리는 것을. 고맙다, 세리아. 잘 받을게…

"이게 뭐야?"

그때였다. 페디가 부케를 낚아챘다.

"으악!"

난 비명을 질렀다. 페디가… 페디가… 모두들 웅성거렸다. 하지만 페디는 아주 태연한 날개짓으로 세리아에게 갔다. 그리고 말했다.

"저, 이거 떨어뜨리셨는데요."

순간 모두들 조용해졌다. 황당해서… 페디가 부케를 잡은 것은 오직 주인에게 돌려주기 위해서였다. 하지만 대체 그걸 어떻게 떨어뜨린 거라 보는 거냐고. 그리고 꼭 주인에게 줘야겠다면 나한테 줘야지.

"잠깐. 부케는 날아서 잡으면 안 돼. 왜 우리가 여기에 서서 받는데."

그때 누군가 이렇게 외쳤다. 그리고 뒤이어 계속 말들이 나왔다.

"맞아. 그래서 마법도 안 쓰지."

"우리 드래곤은 본체로 돌아가지도 않고."

그렇게 말이 나온 후에도 누군가가 소리쳤다.

"이봐, 꼬마 드래곤. 그 부케를 나에게 주지 않겠니?"

요는 페디가 방금 말한 녀석에게 부케를 주면 그 녀석은 부케를 받은 것과 같이 되는 것이었다. 하긴 부케는 날고(?) 있는 중이므로. 그리고 뒤이어 같은 말들이 나왔다.

"아냐, 나에게 줘!"

"아냐, 이 녀석들은 모두 결혼해서 애들이 백 명이 넘어. 나에게 줘!"

"무슨 소리! 나야, 나!"

그들은 페디에게 서로 부케를 달라며 소리치고 있었다. 나? 난 빠졌다. 목소리가 작아서…….

페디은 어찌할 바를 모르는 듯했다. 하긴 부케는 하나인데 달라는 손이 너무 많았다. 이건 꽃잎 하나하나, 꽃술 하나하나, 이파리 하나하나 떼어서 줘도 모자랄 판이었다. 난 그렇게 난장판이 되는 줄 알았다. 누군가 이 말을 꺼내기 전까지는…….

"부케 주면 천 길드."

순간 조용해졌다. 그리고 짧은 시간이 지난 후 다시 소란스러워졌다.

"난 2천 길드."

"3천 길드."

"만 길드."

"만 길드에 금덩이 하나."

"만 길드에 금덩이 하나에 하나 더."

"만 길드에 금덩이 하나에 하나 더에 루비 하나."

잠시 후…

"자, 2만 길드 나왔습니다. 더 없습니까?"

자미아가 외쳤다.

"2만 천 길드."

"예, 2만 천 길드 나왔습니다. 더 없으십니까?"

상황은 이랬다. 다시 돈 액수를 올리며 부케를 달라는 소란을 자미아가 가볍게 잠재운 것이었다. 선물 들어오는 줄을 정리한 실력으로 하객들을 정렬시키고 소란스럽게 돈 액수를 말하는 대신 차례차례 말하게 한 것이었다. 물론 그 사회는 자미아가 보았다. 이걸 간단히 하자면…

카나이드 부부 레어 경매장.

물건 소유주 페디.

장소 제공자 카나이드 부부.

사회자 자미아.

경매자 카나이드 부부 결혼식 축하 하객들.

그랬다. 어느덧 경매가 된 것이었다. 멀쩡한 결혼식이 경매장이 되다니… 하지만 카나이드나 세리아는 별로 개의치 않는 듯했다. 아니, 오히려 적극적 지원까지 해주었다. 왜냐하면 입찰가의 15%를 장소 제공료로 받기로 한 것이었다. 자미아는 입찰가의 사회자로서 15%를 받기로 했고 나머지 70%는 페디가 갖는 것이었다. 물론 자미아가 받는 돈은 내 주머니로, 페디가 받는 돈은 예나에게로 가지만 말이다. 큭큭큭. 어이, 에레시스. 잘 쳐줄 테니 바람 좀 잘 잡아봐. 조금씩밖에 안 오르잖아.

드래곤의 결혼식엔 뭔가 특별한 일이 있다.

아름다운 밤이야. 밤하늘에는 별들이 총총하고 둥근 보름달은 휘영청 밝고, 그리고 밤하늘에 날아다니는 저것들. 빨간색, 파란색, 초록색, 흰색, 노란색의 작지만 아름다운 빛덩이들. 모르는 사람이 보면 참 형형색색의 반딧불도 다 있다고 놀라워하겠지만 저것들은 반딧불이 아니야. 바로 란셀이 만들어낸 마법의 구슬들이지. 난 지금 글을 쓰던 것을 잠시 멈추고 그것들을 감상하고 있어. 화려한 빛을 내면서 날아다니던 마법의 구슬들이 한순간 그 빛이 사그라지는 모습을. 그리고 그 구슬들 중 일부는 내게 날아오고 있어. 내 손에 닿아 탁 하고 사라지는 모습도 멋져.

호홋, 주변에 왔다가 내게 닿아서 사라지는 느낌은 뭐랄까… 어떤 구슬은 따뜻한 것도 있고 어떤 구슬은 차가운 것도 있는데 정말 말로 표현을 못하겠어. 이걸 어떻게 말과 글로 표현하느냐고. 이런 건 직접 겪어야 해. 이런 광경을 보고 아무런 감정을 못 느낀다면 그건 인간이 아니라니까. 아니지, 생명체가 아닐 거야. 언데드라도 자기만의 감상에 폭 빠질 그런 광경이라니까.

게다가 이런 광경을 만들어낸 사람이 내 약혼자인 란셀이라니 더 황홀하잖아? 아마 란셀은 우리 결혼식 때 보여주려고 저런 연습을 하는 모양이야. 그걸 생각하면 너무너무 행복해. 그러고 보니 옛날 생각이 나는군. 처음 란셀이 마법사가 되겠다고 했을 때 얼마나 당황하고 황당하고 눈앞이 캄캄했는데. 그런데 정말 마법사가 될 거라고 누가 생각이나 했겠어? 그것도 용언을 쓰는 마법사로 말야. 세상에 과거와 현재를 모두 살펴도 용언을 쓰는 마법사는 란셀이 유일하다는 거야. 아, 그러고 보니 내 이야기를 좀 할까? 어차피 내 회고록에 쓸 내용이니 말해도 괜찮을 거야. 단, 보더라도 불법 유통은 시키지 마.

처음 란셀을 만난 후에 난 정말 고생했었지. 5살짜리 꼬마를 겨우 달래고 난 온갖 마법서를 비롯한 여러 종류의 책을 읽었어. 그것만인 줄 알아? 마족의 현자들과 인간의 현자들, 안 찾아다닌 사람이 없었다니까. 오죽했으면 우리와는 그리 친하지 않은 신족까지 찾아갔겠어. 엘프에 하이 엘프까지 찾아다녔다고. 그러다 보니 란셀이 마법사가 될 수 있게 하는 방법은 못 구했지만 엉뚱하게 내 마법 실력이 늘어나더군. 우리 부모님도 얼마나 기뻐하시던지… 마족치고 나처럼 열심히 공부하는 마족은 없었다나?

게다가 그뿐이야? 난 특히 마법의 생물이라는 드래곤과 란셀이 일반 마법이 안 된다면 정령 마법사라도 되게 하기 위해 타고난 정령사들인 하이 엘프와 교류를 많이 했거든. 그러니 인맥도 넓어져 우리 부모님은 더 좋아하시고. 하지만 난 애가 탔지. 지식이 아무리 많이 쌓이고 뛰어난 존재들을 아무리 많이 알게 되었어도 내가 원하는 것은 찾지 못했거든. 그러다 한 드래곤을 만났지. 카나이드라고 하는 골드 드래곤인데 내 소문—뭐, 소문이래 봤자 공부 열심히 하는 마족이라는 거지만—을 듣고는 날 유심히 살폈던 거야. 그리고 나를 만났고.

난 드래곤 중에 가장 지혜롭다는 카나이드에게 내 모든 사정을 털어놓았지. 그랬더니 그는 란셸이 계속 마법사가 되기를 원한다면 자신에게 데려오라고 하더군. 또 이런 말도 했어. 그것이 아니더라도 한번 자신이 란셸을 찾아보고 싶다고. 이상한 일이지? 카나이드는 란셸이란 아이에게 관심이 많았던 것 같아.

난 란셸과 약속한 10년이 흐르자 다시 란셸에게로 갔어. 흠… 녀석, 제법 컸군. 5살 때의 귀여운 모습은 사라졌지만 그런대로 볼 만하군. 순진하고 순수한 모습이야. 난 란셸에게 물었지, 계속 마법사가 되겠냐고. 란셸은 그렇다고 했고 난 란셸에게 여행을 제안했어. 왜냐하면 란셸이 사는 곳과 카나이드가 사는 곳은 멀리 떨어져 있었거든. 두 달은 걸려야 하는 거리였어. 란셸은 마법으로 하는 공간 이동이 안 되기 때문에 방법이 없었지. 그래서 여행을 하게 된 거야. 그런데 카나이드에게 가는 데 어째서 2년이나 걸렸는지 모르겠단 말야.

란셸을 볼 때마다 괜히 열이 나고 심장이 뛰고 기분이 이상해지는 것이 평온한 마음을 가질 수도 없었는데 지금 생각해 보면 내가 일부러 멀리 돌아간 것 같기도 해. 오해는 말아줘. 그래도 처음 몇 달은 일부러 돌아간 것이 아니라 길을 잃었던 것이니까. 여행을 떠나기 전에 지도를 구했어야 하는데, 엉뚱하게 반대로 갔지 뭐야. 인간의 세상을 마법이 아닌 도보로 가려니 그런 실수를 한 거지. 그런데 나중에 잘못을 알고 지도를 구했는데도 돌아갔으니… 뭐, 할 말은 없네.

아! 지금 란셸이 돌아온다.

"뭐 해?"

란셀이 내게 물어왔다. 후훗, 옛날 생각하다 보니 이런 것도 생각이 나는군. 처음에는 날보고 꼬박꼬박 누나라고 부르더니 언제부터 우리가 이름을 부르며 지내게 됐을까?

"에레모니카, 뭘 생각해?"

란셀이 물었다.

"으응? 아, 아니. 참, 아까. 그 빛의 구슬들 잘 봤어. 정말 예뻤어."

응? 란셀의 얼굴이 왜 저래?

"빛의 구슬들이라니… 뭐가?"

"조금 전에 날아다니던 빨간 빛이 나는 콩알만한…….."

"그건 파이어 볼이야."

엉? 파… 이어 볼? 그럼 그 따뜻했던 건…….

"그럼 초록색은?"

"라이트닝 볼."

"파란색."

"워터 볼."

"하얀색."

"아이스 볼."

"……."

"……."

나, 나 죽을 것 같아. 왜냐고? 이런 상황에 웃음이 안 나오겠어? 그 웃음을 참으려니… 난 란셀의 얼굴을 보았는데… 괜히 봤다. 저 진지한 표정. 지금의 상황이랑 너무 안 맞아 더 웃음이 나와. 오호호호훗.

"에레모니카."

어머, 란셀이 진지하게 말하네? 저, 정말 못 참겠어. 어디 웃음 멈추는 마법 없어? 아, 안 되겠어. 슬픈 생각, 슬픈 생각.

난 겨우 웃음을 멈추고 란셀에게 물었어.

"뭐야, 그것들 전부 공격 마법이잖아. 그런데 그렇게 작아? 게다가 따뜻하고 시원하고. 그게 뭐야? 혹시 장난친 거야?"

그런데 란셀은 정말 진지한 거 있지?

"아니."

"그럼… 진짜 공격 마법?"

란셀은 고개를 끄덕였어. 하지만 난 갑자기 한심한 생각이 들더군.

"란셀, 그게 공격 마법이야? 무슨 파이어 볼 같은 것들이 콩알만해? 란셀의 용언이 드래곤에 비해 약하다고는 하지만 이거 전보다 더하잖아."

"하, 하지만… 난 그래도 최선을 다했는걸."

"뭐야? 전에 우리 아빠한테 던진 파이어 볼만 해도 이것보다는 훨씬 컸어. 그리고 또 자미아가 죽기 일보 직전에 리커버리로 살렸다며. 그런데 이게 뭐냐고. 오히려 마법이 약해지다니 말이 돼?"

"난 몰라. 내가 알 수 있어? 뭐, 마법이 약해질 수도 있나 하고 생각하는 거지."

란셀은 내 말에 진지함을 잊어버렸어. 역시나… 난 갑자기 카나이드의 말이 떠올랐어.

"깨달음만으로는 안 된다. 스스로 마법사라는 자각이 있어야 해. 여기서의 자각이란 깨달음과는 다른 것이다. 마법을 쓸 때 마법사의 역할을 란셀 스스로 알아야 한다는 것이지. 오랜 기간 마법을 알면서도 마법사가 아닌 길을 가던 란셀은 마법을 할 때의 마법사 역할을 알면서도 스스로가 그 역할을 못하는 것

이야. 만일 란셀이 그 역할을 하게 된다면 그는 그 어떤 마법사도 따라올 수 없
는 위대한 마법사가 될 것이다. 비록 란셀의 용언이 드래곤보다 약하다고 하지
만 그건 드래곤과 비교할 때지 인간과 비교할 수 없는 것이기 때문이다."

  "후우……."
  난 한숨이 났어. 카나이드는 시간이 약이라고 했지만 이런 말이 있
잖아. 약 좋다고 남용 말고 약 모르고 오용 말자는 말. 에휴~
  "어? 근데 에레모니카, 그건 뭐야?"
  난 화들짝 놀랐어. 깜빡했던 거야, 내가 쓰던 회고록을 그대로 펼쳐
두고 있었다는 것을.
  "앗! 읽지 마."
  "뭔데? 음… 에레모니카의… 네 회고록이네?"
  "읽지 말라니까. 이리 줘."
  "왜? 내가 못 볼 내용이라도… 엉?"
  윽… 읽었다…….
  "에레모니카, 이게 뭐야? 내가 왜 이렇게 나와?"
  "그, 그거야… 그거야 란셀 잘못이지. 난 어디까지나 진실과 사실에
입각해서 쓴 거라고."
  "이게 무슨 사실이야? 이러면 내가 우스꽝스럽잖아. 당장 못 바꿔?"
  "못 바꿔. 역사는 바꿀 수 없다. 진실은 언젠가 밝혀진다. 그거 몰라?"
  "난 네 남편이 될 사람이라고! 그런데 이렇게 표현해? 이러면 너한
테도 욕이라고!"
  "흥이다. 어찌 역사에 사사로운 개인 감정을 집어넣을 수 있겠어?"
  "이게 무슨 역사야. 이건 그냥 회고록이잖아. 역사서가 아니라고."

"무슨 소리. 이런 글이 모여 나중에 역사를 이룬다는 거 몰라? 오히려 정식으로 편찬된 역사서보다 이런 글이 더 정확하다는 것 잘 알잖아. 정식으로 편찬된 역사서야 정치 논리 때문에 오히려 왜곡이 되잖아."

"그거야… 그래도 이런 글은 사사로운 감정이 들어가잖아."

"어머, 그러서? 사사로운 감정이 들어갔다면 이렇게 안 쓰지. 난 이렇게 란셀을 좋아하는걸."

쪽.

호호, 이러면 조금은 누그러지겠지?

"그, 그래도… 좀 바꿔줘라… 응?"

킥, 역시 자미아만큼이나 단순한 란셀이야.

"안 된다니까."

"에레모니카아…….'

"글쎄 안 돼."

후훗, 우리 잘살 것 같지 않아? 아무튼 이것으로 나와 란셀의 이야기는 일단 끝이야. 이제부터 난 란셀의 이야기를 적을 거야. 란셀이 카나이드를 떠난 후부터 겪은 이야기를 말야. 음… 제목을 뭘로 할까… 그래, 그의 직업이 마도의사였으니 제목을 그의 직업 그대로 마도의사로 하는 것이 좋겠어. 기왕이면 란셀의 시점으로 쓸까? 어차피 란셀과 결혼할 거 아냐. 부부는 일심동체. 그러니 상관없는 것 아냐? 아… 앞으로 할 일이 많아. 란셀과 여행도 하고 모험도 하고… 이 글도 여기서 끝을 내야겠네. 그럼 이만.

—마녀 에레모니카의 '나의 인생에서 일어난 일' 에서 발췌.

〈죠세프가 란셀에게

란셀, 오랜만이죠? 별일없죠?

제가 이번에 이렇게 편지를 쓰는 것은 란셀의 축하를 받기 위해서입니다. 제가 이번에 공작이 되었거든요. 전에 공주마마 일도 있고 제 능력을 인정해 주어서죠. 란셀, 꼭 축하해 주실 거죠? 축하 선물도 많이 부탁해요. 전 란셀의 재산을 믿어요. 하하하. 물론 농담입니다. 아무튼 제가 공작이 되니 예나는 이제 공작 부인이 되나요? 그걸 보고 하프 엘프가 인간 사회에서 얻은 가장 높은 지위라고 하더군요. 이것이 예나에게 좋은 선물이 되었으면 하는 바람입니다. 물론 예나는 원체 신분에 대한 것에 무덤덤하잖아요. 신분적으로 낮은 사람이라도 나이가 많으면 무조건 말을 높여주는 바람에 존대를 받는 당사자는 당황을 하곤 한답니다. 덕분에 예나가 자신들의 처신을 어렵게 한다는 불평이 들려올 지경이랍니다. 예나답죠?

참, 이번에 제 아들 슈엘이 가정교사를 두고 공부를 하게 되었습니다. 이제 겨우 다섯 살인데 너무 빨리 공부를 시키는 것이 아닌가 걱정이 되었는데 그것은 기우였더군요. 저도 몰랐는데 슈엘은 벌써 글자를 익혔다네요. 그걸 보고 다들 놀라더군요. 예나를 닮아서 똑똑한가 봅니다. 그러고 보니 집사가 말하기를 슈엘 주변에 불꽃으로 이루어진 새와 작고 투명한 사람들이 날아다녔다고 하더라고요. 그것을 슈엘의 가정교사인 칼리타인님은 정령일 거라고 하시더군요. 슈엘이 매우 정령 친화력이 강하다나요? 물론 엄마인 예나보다는 훨씬 못하지만요. 알잖아요, 예나의 정령 친화력. 오히려 다행이지요, 능력이 엄마보다 떨어져서. 아무튼 칼리타인님만 바쁘게 되었죠. 애 공부 가르치랴 정령술 가르치랴. 게다가 마법력도 강하다네요. 덕분에 처음에 생각한 것보다 더 많이 가르쳐야 할 판입니다.

참, 제가 가정교사에 대해 말 안 했죠? 위에 썼듯이 슈엘의 가정교사는 칼리타인님이십니다. 에레시스님께서 소개해 주셨죠. 드래곤 중에 칼리타인님만큼 사려 깊고 차분한 드래곤도 없다면서요. 저희로서는 행운이었어요. 세상에 드래곤을 가정교사로 두는 집이 어디 있겠어요. 물론 드래곤이 유희 중일 때 할 수도 있겠지만 처음부터 드래곤임을 알리면서 교육시키는 경우는 우리가 처음일 거예요. 아, 란셀의 경우는 예외죠.

특히나 제가 기분이 좋은 것은 칼리타인님의 말씀 때문이었어요. 왜 에레시스님께서 자기를 추천했는지 알겠다며 들려주신 말인데, 슈엘은 내 능력을 넘어선다고 하더라고요. 저보다 더 천재라고요. 아직 어린데도 마나를 느끼고 기를 느끼고, 게다가 제게는 없는 정령 친화력도 있으니까요. 정령을 불러서 놀 정도면 더 말할 게 없잖아요. 칼리타인님도 아이 가르치는 맛이 난다고 하시더군요. 후훗. 정말 기분이 좋아요. 다만 걱정인 것은 그 아이가 너무 천재라는 것이에요. 나중에 그 능력을 남용이나 안 했으면 좋겠는데… 제대로 인성 교육을 시켜야 할 것 같아요.

하하, 제가 너무 저와 제 아들에 관해서만 말했네요.

란셀은 어떻게 지내시나요? 에레모니카님과는 언제 결혼하시나요? 말만 하시지 말고 빨리 하세요. 저도 란셀의 결혼 피로연 음식 좀 먹어야겠어요. 그래서 전에 제 피로연에서 란셀이 한 말을 그대로 하죠. 음식이 빈약하다느니 맛이 없다느니 피로연 음식의 양과 맛은 신부의 몸매, 미모와 비례한다고 했던 말을요. 치사하다고 생각 마세요. 다 주는 대로 받는 것이니까요. 그러니 빨리 하세요. 제 나이 벌써 스물여덟이라고요. 설마 제가 죽은 다음에 하려는 것은 아니겠지요? 아무리 수명이 길더라도 너무하는 것 아녜요? 그렇게 질질 끌다니. 하객 생각도 좀 해주셔야죠.

참, 전 사흘 후면 전투에 나갑니다. 아마 소식을 들으셨을 겁니다. 마도사 케브란이 만든 골렘들 말입니다. 작년에 궁정 마법사인 마도사 케브란이 급히 도움을 청했죠, 자신이 만든 농업용 클레이 골렘들이 이상하다고. 그때 그 골렘들을 다 처치했는데 어이없는 일이 일어났어요. 그 골렘들이 다시 나타난 것이죠. 그래서 케브란을 비롯해서 많은 마법사들이 조사단을 만들어 무슨 이유 때문인지 조사를 했어요. 그 조사단에 영광스럽게도 제가 끼었죠. 란셀과 여행을 다니면서 익히고 배운 것들이 많은 도움이 되었답니다.

애! 말이 빗나갔군요. 우린 처음에 나타났던 골렘을 가지고 연구를 했었습니다. 혹시나 해서 잡아두고 연구하던 골렘인데 좀 시들해지다가 이번 골렘 사태가 일어나서 다시 제대로 연구한 거죠. 거기서 우린 놀라운 사실을 알게 되었어요. 골렘들은 하나의 진흙판을 심장으로 가지고 있었죠. 보통 진흙판이 아니라 마법진이 그려진 진흙판이었죠. 그 마법진을 통해 이계의 힘을 받은 것이더군요. 이계의 어두운 힘이 골렘에게 의지를 주고 파괴 본능을 부여했던 겁니다. 이계의 힘이 골렘을 조종하는 것인지, 아니면 단순히 골렘이 이계의 힘을 받음으로써 저렇게 움직이는 것인지는 아직 모르겠지만요. 그리고 골렘이 다시 나타난 것은 이전에 우연히 한 골렘이 도망쳐서였어요. 그 골렘이 다른 골렘들을 만든 것이죠. 진흙으로 판을 만들고 마법진을 그리고 몸을 만들고… 아마 본능이었을 테니까요. 진흙만 있으면 얼마든지 만드는 것이 가능했겠지요. 이번엔 그 골렘들을 모두 없애기 위해 병력을 모으고 저도 출전하게 된 겁니다.

아, 그리고 전 골렘을 보고 이런 생각을 했답니다. 지금은 좋지 않은 모습으로 우리 앞에 나타난 것이지만 이걸 잘 이용하면 새로운 골렘의 시대를 열 수도 있겠다고요. 그래서 이 편지와 함께 마법진이 그려진 진흙판을 보냅니다. 란셀의 능력이면 얼마든지 연구가 가능할 것이라고 봅니다.

그럼 이만 줄입니다. 지금 슈엘이 놀아달라고 조르고 있거든요. 그럼 안녕하…….〉

〈예나가 란셀에게

란셀, 잘 지내시는가요?

어제 란셀의 청첩장을 받았습니다. 죠세프, 그 사람과 란셀의 결혼식에 참석하고 싶었지만 그럴 수가 없게 되었어요. 그는…

아마 그 사람이 있었으면 란셀의 편지를 받고 이렇게 말했을 거예요.

"무슨 청첩장을 결혼식 하기 3년 전에 보내? 란셀, 너무하네. 자꾸 이러면 축의금 까먹는데 말야."

이렇게요. 하지만 그런 그이의 너스레를 들을 수가 없게 되었어요. 골렘의 숫자와 능력은 조사한 것과는 전혀 달랐던 모양이에요. 살아 온 사람들에 따르면 골렘들은 강철보다 단단했고 엄청난 힘을 가졌다고 하더군요. 게다가 끊임없이 재생이 되었다고 해요. 연구에 사용했던 골렘과는 그 힘과 강도가 달랐던 거예요. 오직 죠세프의 검기와 마법만이 골렘들을 처치했다고 합니다. 골렘들은 그 심장을 한 번에 부수지 않으면 절대 죽지 않으니까요. 연구할 때의 골렘은 일반 골렘과 같았기에 몇 명의 소수 소드 마스터와 기사, 일반 병사와 마법사를 중심으로 병력을 짰는데 막상

전투가 벌어지자 일반 병사들과 마법사들은 힘을 쓰지 못했어요. 기사와 병사들의 무기는 제대로 먹히지도 않고 소드 마스터가 상처를 줘도 금방 재생하는 데다 마법사들의 공격은 7클래스의 마법이 아니면 소용이 없었다고 해요. 결국 2천이 넘는 골렘들을 죠세프 혼자 싸우다시피 했다고 해요. 나중에 급히 연락을 받고 구원병이 달려왔지만 그때 이미 죠세프는… 죠세프는 집으로 실려왔죠. 그리고 단 한 마디도 못하고 제 손을 한 번 쥐는 것을 끝으로 그렇게 갔어요.

이젠 더 못 쓰겠어요. 이해해 주실 거죠? 그리고 아마 전 어쩌면 란셀의 결혼식에 못 갈지도 몰라요. 그것도 이해를 해주세요. 그럼……

예나가.)

난 편지를 들고 할 말이 없었다. 대체 이 일을 어떻게 해야 할까… 아무 생각을 할 수가 없었다. 난 고개를 들어 칼리타인을 바라보았다.

"이게… 정말이야? 이게?"

칼리타인은 고개를 끄덕였다.

"맞아요. 그런데 편지가 좀 늦게 도착한 것 같군요. 전 다른 소식을 전하러 왔어요."

언제나 미소가 떠나지 않던 칼리타인의 얼굴이 굳어 있었다.

"대체 무슨 일이지? 또 무슨 일이야?"

칼리타인은 고개를 숙였다.

"예나가… 예나가 죠세프를 따라갔어요."

난 심장이 얼어붙는 느낌이었다.

"무, 무슨 소리야?"

"예나는… 보기보다 여린 성격이었죠. 죠세프의 죽음 이후 힘을 내지 못하다가 몸이 약해져 병이 났어요. 그리고 결국 병을 이기지 못하고……."

칼리타인의 말끝이 흐려졌다. 난 멍하니 하늘을 보았다. 죠세프와 에나가 나보다 일찍 죽으리란 것은 알고 있었다. 하지만 이렇게 일찍 죽을 줄은 정말 생각도 못했었다. 죠세프, 에나와 같이 다니던 때가 생각이 났다.

"죄송해요. 이런 소식을 전해 드려서요."

난 간신히 정신을 차렸다.

"네, 네 탓이 아니지. 그런데 골렘들은 잡았어?"

"예. 구원병이 갔을 때 이미 죠세프에 의해 골렘들은 거의 파괴가 된 상태였어요. 고작 대여섯의 골렘만이 남았다고 하더군요. 아무리 골렘이 강해도 최정예 기사와 고위 마법사로 이루어진 군대에는 당할 수가 없었던 거죠."

"하아……."

난 한숨이 저절로 나왔다. 대체 이런 일이… 난 그 생각만 났다. 그러다 문득 생각나는 것이 있어서 물었다.

"참, 슈엘은? 아직 어릴 텐데……."

"슈엘은 성인이 될 때까지 제가 기를 겁니다."

칼리타인의 말이었다.

"처음 부탁을 받았을 때부터 최고의 교육을 해주기로 한 겁니다. 그러니 전 친분을 떠나서 의무로라도 슈엘을 돌봐야 하죠."

난 그나마 다행이라는 생각이 들었다.

"그럼 나도 나중에 만나봐야겠군."

"그러면 슈엘에게도 좋은 일일 겁니다."

난 칼리타인이 돌아가고 나서 잠을 잘 수가 없었다. 죠세프가, 그리고 예나가 죽다니. 일이 참 공교로웠다. 그때 페디라도 있었으면 그런 결과는 없었을 것이다. 하지만 페디가 잠시 페어리 드래곤의 세계로 들어간 사이에 벌어진 일이었다. 나중에 페디에게 뭐라고 해야 할지. 아니, 어떻게 페디를 위로하고 달래야 할지도 감감했다.

난 그렇게 잠을 못 이루며 뒤척거렸다. 꿈에서라도 만났으면 좋으련만……

난 자리에서 일어났다. 밤새 못 잘 것 같더니 어느새 잠이 들었던 모양이다. 그런데 난 이상한 기분이 들었다. 뭔가 반가운 듯하면서도 이상한… 난 주위를 두리번거리다 탁자 위를 보게 되었다.

"저건 뭐지?"

한 장의 종이가 탁자 위에 있었다.

"이런 게 있었나?"

난 그렇게 중얼거리며 종이를 보다 크게 놀라고 말았다. 이건…

〈영혼의 편지.

란셀, 놀라셨죠? 죠세프입니다. 잘 지내시죠? 저희도 잘 지냅니다. 아, 제 옆에 있는 예나도 란셀의 안부를 묻는군요. 설마 저희 때문에 잠을 설치는 건 아니시죠?

저와 예나는 이렇게 잘 지냅니다. 슈엘이 마음에 걸리긴 하지만 칼리타인님이 있어서 안심이 됩니다. 란셀도 슈엘 좀 잘 보살펴 주세요.

란셀, 슬퍼하지 마세요. 전 란셀이 슬퍼하는 모습은 상상을 못하겠습니다. 아마 상상을 하기 싫어서일지도 모르죠. 하하하, 그만큼 흉측할까요? 농담입니다. 화내지 마세요. 제 농담에 웃을 수 없다면 제가 란셀이 기분 좋아질 이야기를 하죠. 저희는 란셀을 만날 겁니다. 물론 환생을 해서죠. 저희가 저희 맘대로 그럴 수 있는 것은 능력이 뛰어나서입니다. 영혼이 아주 강하게 단련이 된 거죠. 하지만 저희가 환생하면 아마 란셀을 몰라보겠지요. 그리고 모습도 바뀌겠지요. 그래도 미워하지 마시고 잘 이끌어주세요. 전에처럼요. 저희가 언제 환생이 될지는 모르겠습니다만 란셀이 살아 있는 동안에 할 것은 확실해요. 하지만 일찍은 아닐 것 같아요. 저희도 마음에 드는 육체를 찾아야 하니까요. 아까 썼듯이 저희의 능력이 뛰어나다 보니 환생할 사람도 저희 맘대로 정할 수 있고 좋네요.

아! 시간이 없군요. 이만 줄여야겠어요. 그럼 저희가 다시 태어난 다음에 만나기로 해요. 그럼 그때까지 건강하시고요.

죠세프, 예나의 영혼이 란셀에게.

추신:참, 다시 한 번 부탁하는데 슈엘 잘 보살펴 주세요. 그리고 예나도 한 글자 적겠다고 하는군요.

란셀, 저 예나예요. 쓸 말은 제 남편이 다 적어서 따로 쓸 건 없네요. 그저 몸 건강하시고 나중에 다시 만나요. 참, 이걸 잊었군요. 이이가 이미 말하긴 했지만 슈엘 정말 잘 돌봐주세요. 저까지 이렇게 되는 바람에‥ 슈엘에게 미안할 뿐이에요. 그럼 잘 부탁해요.〉

난 편지를 읽고 마음이 상쾌해졌다. 그리고 저절로 웃음이 나왔다.
"하하하하하하!"

정말 마음껏 웃는 웃음이었다. 이 편지? 물론 정말 죠세프와 예나가 쓴 편지가 맞았다. 난 알 수 있었다. 종이에 써진 글은 잉크로 쓴 것이 아니었다. 아니, 그 무엇으로도 쓰지 않았다. 태운 것이었다. 마법의 불로 정교하게 살짝, 그리고 세밀하고 섬세하게 태운 것. 난 그 글자에서 마법 외에도 영혼의 기운을 느꼈다. 하지만 그 정도 가지고 죠세프와 예나라고 확신한 것은 아니었다. 다른 무언가, 설명할 수 없는 그 무언가가 확신을 주는 것이었다. 그리고 마카필라의 예언도 내 확신에 한몫을 했다.

"그래, 나중에 만나자."

난 그렇게 크게 소리쳤다. 언제, 어디서, 누구에게 태어날지는 모르지만 죠세프와 예나는 태어날 것이다. 난 편지를 잘 접어 보관했다. 이 편지는 아마 죠세프와 예나의 영혼의 힘으로 쓴 것일 테니 앞으로 그 둘을 찾아내는 데 도움이 될 것이었다. 물론 그렇게 이용하기에는 내 능력이 부족했다. 도움을 줄 사람들을 찾아봐야지. 아니, 사람이 아니군. 우선 카나이드 스승님부터 찾을까? 아냐, 에레시스가 좋겠군. 명색이 마나스 신의 아내가 될 드래곤이니까.

난 에레시스의 레어로 가기 위해 길을 나섰다. 공간 이동을 하면 좋겠지만 내 마법으로는 10길드 이내의 최단근거리밖에 못하니 걸어가야지.

"급할 건 없어. 죠세프와 예나, 너희 둘은 모르지? 너희가 얼마나 눈이 높고 까다로운지. 아마 백 년 안에는 환생을 못할 거야."

난 확신했다. 세상이 아무리 넓더라도 죠세프와 예나 정도 되는 능력자는 찾아볼 수가 없을 것이다. 한마디로 백 년에 한 번 태어날 천재들. 그런 그들이니 환생할 몸도 비슷한 능력을 찾을 것이 분명했다. 따라서 난 느긋한 마음이었다.

"그럼 슈엘이나 보러 갈까? 전에 돌잔치 때 보고 못 봤군. 아, 선물은 뭘 사다 주지? 그리고 칼리타인도 편지를 보면 무척 기뻐할 거야."

죠세프와 예나가 마지막으로 보낸 편지는 단순히 소식만 전해준 것이 아니라 희망도 함께 보내주었다. 앞으로 난 오랫동안 그 희망 때문에 행복할 것 같다.

제1화 **제라스 1**

내 나이 벌써 15살. 내 또래의 아이들은 학교를 간다. 하지만 난 고아다. 그래서 가고 싶어도 못 간다. 5살부터 15살까지는 나라에서 의무적으로 교육을 받도록 법으로 되어 있고, 또 가난한 사람을 위해 무료로 교육을 시켜주지만 나 같은 고아에게 그런 혜택은 돌아오지 않았다. 게다가 내가 있던 고아원 원장은 자기 욕심만 차리는 인간이었다.

허름한 건물, 넓은 야채 밭. 이것이 내가 있던 고아원의 모습이었다. 물론 길 건너로 으리으리한 원장의 저택이 있었다. 난 거기서 노동을 해야 했다. 그때 난 어려서 그저 심부름 수준이었지만 더운 날씨에 오래 일을 하다 쓰러진 형과 누나들을 여러 명 보았었다. 그러다 내가

10살이 되었을 때 원장의 악행이 알려지게 되었다. 원장은 잡혀갔고 고아원에 있던 우리들은 뿔뿔이 흩어졌다. 대부분 다른 고아원으로 갔고 개중에는 입양된 아이도 있었지만 둘 다 해당이 되지 않고 떠돌이가 된 아이들도 제법 있었다.

뭐, 말이 좋아 떠돌이지 한마디로 거지였다. 그것도 다른 거지 패에 항상 쫓기는. 거지 패가 자선 단체가 아닌 이상 자신들 먹을 것도 부족한데 우리 같은 어린 고아까지 받아줄 수는 없기 때문이었다. 우리가 좀 더 커서 제대로 동냥할 나이가 되면 모를까. 그런데 이런 걸 어떻게 알고 있냐고? 짐작했겠지만 내가 바로 그런 떠돌이였다. 아, 그리고 내가 방금 거지 운운했다고 날 거지라 생각하면 곤란하다. 난 어디까지나 떠돌이다. 뭐, 빌어먹는 거야 부업이자 취미이자 특기 정도고 내 본업은 어디까지나 떠돌이인 것이다. 더 좋은 말로 모험가나 여행자가 있긴 하지만 나도 양심은 있어서 그렇게는 말을 못하겠다. 그건 그렇고 아… 오늘도 날이 밝는구나. 내 부업을 시작해야지.

"넌 앞으로 어떻게 할 거야?"

휠러 아저씨는 내게 물어왔다. 휠러 아저씨는 내게 무척 고마운 분이셨다. 한때 제국의 병사였다는데 그만 사고를 당하는 바람에 팔과 눈을 각각 하나씩 잃었다. 그 바람에 병사도 그만두어야 했는데 집에 불까지 나는 바람에 말 그대로 알거지가 된 사람이었다. 그래도 나보다 경력이… 아, 난 떠돌이니까 나와 비교하는 것을 옳지 않군. 아무튼 휠러 아저씨는 거지 경력만 20년이 넘어서는 사람이었다. 그런 사람으로 내게 잘해주시는 분이었다. 내가 굶어 죽지 않은 것도 휠러 아저씨 덕분이었다. 그런데 휠러 아저씨는 얼마 전부터 내게 계속 내 앞일에 대해 물어왔다.

"글쎄요……."

하지만 난 별로 할 말이 없었다. 고아 출신 떠돌이가 뭘 할 수 있겠는가? 그것도 이제 겨우 15살 된 성년식도 치르지 않은 미성년자가.

"글쎄요라니. 난 네가 부럽다. 넌 머리가 좋잖아. 그 좋은 머리를 가지고 뭘 못하겠어."

"하하… 제가 머리가 좋나요?"

휠러 아저씨는 한숨을 쉬더니 날 보았다.

"넌 네 머리가 좋지 않다고 생각하니? 하지만 그 어떤 사람을 붙잡고 물어봐라. 독학으로… 아니, 독학도 최소한의 기초가 필요하니 그것도 아니다. 아무도 가르치지 않았는데 스스로 거리의 광고나 방문을 보고, 주위의 사람들이 말하는 것을 듣는 것만으로 글을 깨우친다는 것이 쉬운가를. 그 머리면 넌 마법사도 가능해. 그런데 왜 그 머리를 썩히려는 것이지? 잘 들어라. 넌 지금이 중요할 때야. 아니, 전부터 중요했지. 하지만 그건 어쩔 수 없는 상황이었고 지금의 넌 어른은 아니지만 그래도 네 스스로 생각하고 판단할 나이가 아니냐? 그런 네게 지금은 마지막 기회야. 이 기회를 놓치면 네가 아무리 천재라도 크게 발전을 못해."

"그런데 글을 배우는 것이 뭐 어려운가요? 왜 대륙 공용 문자가 카샤니안의 글이 되었는데요. 글자 자체가 모든 발음을 표기할 수도 있어서지만 우선 쉽게 배울 수 있는 글이라 그렇잖아요. 우둔한 사람이라도 열흘이면 배우고 똑똑한 사람이면 한나절이면 다 배운다는 글자인데 그걸 쓸 수 있다는 것이 뭐가 대단해서요? 모르는 사람이 바보지."

순간 난 아차 했다.

"그래, 나 바보다. 됐냐? 애고애고, 글을 모르니 요렇게 새파란 녀석한테도 무시당하고… 사람은 무식하면 그저 죽어야 해. 꺼이꺼이……."

"저… 휘, 휠러 아저씨……."

하~ 한두 번 겪는 일은 아니지만 정말 이럴 땐 난감했다. 분명 거짓 울음인데도 곡소리가 너무 사실적이라 알면서도 내 마음이 약해지는 것이었다.

"그, 그만 우세요… 진정하시라고요."

"너 같으면 진정이 되겠냐? 난 그래도 네 앞날을 위해 진지하게 충고를 하는데 넌 나를 바보라고 놀리니. 흑흑."

이럴 땐 피하는 것이 상책이었다.

"앗차! 잊었다. 약속이 있었는데……."

난 부리나케 도망쳤다.

닷새 후 난 여행 물품을 챙기고 있었다. 떠돌이는 떠돌아다녀야 떠돌이니까… 는 핑계고 한 무리의 거지 패들이 날보고 자신이 무리로 들어오라고 했다. 잘 대우해 준다나? 그런 선심을 쓸 사람들이 절대 아니란 것을 아는데. 그들이 날 끌어들이려는 이유는 그 거지 패에서 몇 명이 죽었기 때문이다. 아무리 그들이 다른 사람들이 들어오는 것을 막아도 최소한의 인원은 필요했기 때문에. 하지만 난 그들 패거리에 들어가기 싫었다. 한번 들어가면 특별한 일이 생기지 않는 이상 계속 거지 노릇을 해야 하기 때문이었다.

거지 패는 무리로 몰려다니며 행패도 저질렀기 때문에 이미 사람들

눈 밖에 나 있었다. 특하나 사지가 멀쩡한 젊은 거지의 경우는 사람들이 멀찍이 피해 갔다. 무리 중 젊은 거지는 늙은 거지를 감시하고 범죄를 저지르는 데 이용되었다. 그러니 나중에 거지 패에 벗어나 일자리를 구하려 해도 누구도 일자리를 안 주었다. 오히려 나중에 보복을 당하지 않으면 신께 두고 두고 감사할 일이었다. 그러니 함부로 거지 패에서 벗어나지도 못하고, 또 늙으면 힘이 없어져서 구걸을 해야 했다. 난 그런 일을 이미 여러 번 보았다. 나 어렸을 때 기세등등하던 거지가 크게 다치자 곧바로 구걸에 나서야 했고 사람들에게 침과 돌멩이 세례를 당하는 것을. 난 그런 인생을 살기는 싫었다. 그래서 그들을 피해 떠나려는 것이었다. 아마 한 3년 전에만 날 불렀어도 어쩌면 난 그들 무리에 들어갔을지도 모른다. 하지만 지금은 아니다. 나도 최소한 생각할 줄 알기 때문에.

"그래, 잘 생각했다. 무슨 이유로 떠나든 넌 여기서 떠나는 것이 너를 위해서도 좋아."

내가 짐 싸는 것을 도와주면서 휠러 아저씨가 말했다.

"네가 여기 있어봐야 넌 어쩔 수 없이 거지가 되고 만다. 하지만 어차피 지금 넌 빈털터리 인생이다. 하지만 그걸 반대로 뒤집으면 어디에도 얽매이지 않는 자유로운 몸이고 미련을 가질 물건이 없다는 소리지. 그렇다면 한 번쯤 과감히 세상을 구경하는 것도 좋지 않을까? 같은 빈털터리라도 궁색하게 구걸이나 하느니 힘들고 고생스럽더라도 한 번쯤 세상을 경험하는 것이 보람된 일이지."

하하, 지금까지 듣던 말 중 가장 세련된 말이군.

"예, 저도 그렇게 생각해요."

전에는 귓전으로 흘려들었던 휠러 아저씨의 말이 지금은 생생히 와

닿는 느낌이었다. 아마 거지 패가 날 부른 것에 대한 경계로 그런 모양이었다.

"그런데 네 물건은 이게 다냐?"

물건을 챙겨주던 휠러 아저씨가 물었다. 난 내가 싼 물건들을 보았다. 여름옷은 지금 입고 있고, 신도 지금 신고 있고… 겨울옷 한 벌, 춘추복 한 벌, 겨울에 신을 양말 한 켤레, 잠잘 때 덮을 망토 하나, 구멍이 뚫리긴 했지만 그래도 제 구실은 그럭저럭하는 모자. 에… 그리고… 없군. 하지만 이 정도면 대충 준비가 된 것 아닌가?

휠러 아저씨는 그런 날 한심하다는 듯이 보면서 말했다.

"이건 준비가 아니지. 하긴 네가 언제 먼 길을 떠나보기라도 했겠냐마는… 그래도 이건 너무했다. 넌 주워들은 것도 없냐?"

내가 아무 말 없이 가만있으니 휠러 아저씨는 입맛을 한번 다시고 말했다.

"여행을 하기 위해서는 말이다, 최소한의 것이 필요한데… 음, 보자. 옷은 그럭저럭 좋아. 여벌이 더 있으면 좋겠지만 구할 곳도 없으니 우선 넘어가고. 망토와 양말과 모자는 어디서 구했는지는 모르지만 잘 구했다. 낡기는 했지만 없는 것보다는 나으니까. 문제는 네가 준비 못한 것이다. 우선 간단한 의약품이 없어. 다쳤을 때 상처에 바를 약과 소화제와 구토제. 아, 구토제의 경우는 독이 든 걸 먹었을 때 급히 토하기 위해 필요하지. 해독제가 있으면 좋겠지만 상당히 고가의 약이기 때문에 돈이 없는 사람들은 구토제를 사용하지. 이것도 잘만 쓰면 효과는 좋으니까. 흠… 그리고 빠진 것이 비상 식량이군. 잘 말린 육포나 호도, 밤 같은 견과류, 또는 잘 말린 과일이나 야채가 있으면 좋겠군. 그리고 미숫가루가 있으면 더 좋겠고. 에… 그리고 지도도 없네? 여행

할 때는 간단한 지도라도 가지고 다녀야 해.”

난 휠러 아저씨의 말에 한숨이 나왔다. 뭘 모르는 사람은 휠러 아저씨였다.

“좋아요, 좋아. 그런데 돈이 없잖아요.”

순간 휠러 아저씨가 흠칫하는 것이 보였다. 아무튼 돈이 문제였다. 사실 내가 모르고 준비를 못하긴 했지만 알았어도 돈이 없어서 준비를 못했을 거다.

“흠… 돈이 없군. 그래, 내가 방금 말한 것 외에도 비상금이 필요하지. 그리고 무기도… 응? 무기?”

순간 휠러 아저씨는 급히 일어났다. 그리고…

“제라르, 잠시만 기다려라.”

그렇게 말하고는 어디론가 갔다. 그리고 잠시 후 무언가를 가지고 돌아오셨다.

“이거 봐라.”

휠러 아저씨는 내 앞에 가지고 온 큼직한 보따리를 내려놓았다.

“이건…….”

“제라르, 내가 한때 제국의 병사였다는 것은 알고 있지?”

“예.”

“그때 내가 쓰던 물건이다.”

휠러 아저씨는 그렇게 말하면서 물건을 풀었다. 거기에는 칼 한 자루와 갑옷, 그리고 여러 가지 잡동사니들이 보였다.

“잘 봐라. 이건 내가 쓰던 칼이야. 바스타드 소드지. 네겐 아직 무겁겠지만 앞으로 힘이 세지면 그런대로 무리없이 휘두를 수 있을 거야. 넌 체력이 좋으니까. 음… 싸움을 못하는 것이 문제이긴 하지만 뭐, 배우면 되는 거고… 그리고 이건 가죽 갑옷. 하지만 이건 네게 별로 권하고 싶지 않아. 우선 낡은 데다 또 무엇보다도 네 체격과 다르기 때문에 입을 수가 없어. 오히려 이걸 가지고 다니면 쓸데없는 짐만 가지고 다니는 꼴이 되지. 차라리 팔아버리는 것이 더 낫지. 아하, 그렇군. 이걸 팔아서 물건을 장만하면 되겠군. 그리고 이건… 그래, 이건 지도야."

휠러 아저씨는 종이 더미를 꺼내면서 말했다.

"난 지도를 항상 중요하게 생각해 왔지. 만약의 사태, 그러니까 길을 잃거나 하면 지도가 생명줄이거든. 그래서 난 지도를 항상 기름종이에 싸놓지. 상하지 말라고. 음… 이거, 손이 하나 부족하군. 제라르, 네가 풀어봐라."

난 휠러 아저씨가 준 종이를 받았다. 정말 뭔가를 싼 듯이 둘둘 말린 종이 뭉치였다. 난 그 종이를 풀어보았다. 그 안에는 휠러 아저씨 말대로 지도가 들어 있었다.

"좀 오래된 지도이긴 하지만 아직 유용하게 쓸 수 있을 거야. 주요 간선도로는 변하지 않았을 테니."

난 휠러 아저씨의 말을 듣고 지도를 살폈는데 지도를 처음 보는 나도 대충 알아볼 수가 있었다.

"그리고… 아직까지 약이 있었군. 이건 오래된 거니 버려야겠어. 단도 하나가 있고……."

휠러 아저씨가 가져온 보따리 속에 있는 것들은 이랬다. 바스타드 소드 하나, 지도, 가죽 갑옷, 의약품, 육포, 단도, 혁대, 가죽 장갑, 바지 한 벌, 반짇고리, 장화, 배낭. 이중에서 휠러 아저씨가 가져가라고 한 것은 바스타드 소드와 지도, 단도, 반짇고리, 혁대, 배낭이었다. 나머지

가죽 갑옷이나 가죽 장갑은 나한테 맞지 않았기 때문에 팔기로 했고 의약품이나 육포는 이미 예전에 변질된 것들이었다. 그리고 바지는 휠러 아저씨가 입기로 했다. 어차피 나에게 맞지도 않고 낡아서 팔 수도 없었기 때문이다.

난 처음에 내 물건들을 커다란 천에 보따리처럼 쌌지만 다시 풀어서 배낭에 집어넣었다. 그리고 혁대를 허리에 둘렀다. 혁대에는 칼을 걸 수 있는 고리와 작은 주머니들이 달려 있어서 여행할 때 편리한 물건 이었다.

"자, 그럼 됐구나. 이젠 넓은 세상으로 날아가거라."

난 휠러 아저씨의 말을 들으며 눈물을 흘릴 뻔했다. 난 아무것도 해 드린 것 없이 받기만 했었다. 휠러 아저씨는 내게는 은인이었다.

"아저씨……."

"하하핫! 그래그래. 아쉽니? 나도 너와 헤어지는 것이 아쉽구나. 하 지만 누구나 만나면 헤어져야 하는 법이란다. 하지만 헤어지면 또 만 나는 법이야. 우리도 언젠가는 다시 만날 테니 이렇게 아쉬워할 필요 는 없을 거야. 그리고 지금의 이런 헤어짐이 있어야 다음에 만날 때 더 반갑지 않겠니? 우린 이렇게 한 번 헤어짐으로써 서로의 소중함을 더 많이 느낄 테니까."

난 휠러 아저씨를 보았다. 휠러 아저씨는 미소를 지으며 날 살짝 밀 었다.

"자자, 어서 가거라. 거지 패들이 오면 골치가 아파진다. 어서."

난 그대로 길을 떠날 수밖에 없었다. 난 마지막으로 휠러 아저씨를 보려고 고개를 돌리려 할 때 휠러 아저씨의 말이 들렸다.

"돌아보지 말고 떠나라. 미련을 가지면 안 돼. 미련이란 족쇄와 같

은 것. 마음과 몸을 묶어버린단다. 그리고 다시 돌아올 곳은 돌아보는
법이 아니야."

난 휠러 아저씨의 말에 고개도 돌려보지 못하고 길을 떠났다.

지금 내 눈앞의 정경. 놀라웠다. 말로만 듣던 카샤니안 최고, 최대의
상업 도시인 루미안 시. 모든 건물은 하얗게 빛나고 있었고 발 밑에 스
치는 풀들은 내 발목을 간지럽혔다. 도시의 역사가 200년이 넘었는데
도 이렇게 깨끗하다니… 내가 살던 곳과 너무 비교가 되었다. 내가 더
놀라는 것은 내가 살던 곳과 여기와 겨우 사흘 거리였다는 것이다. 난
길을 떠난 지 사흘 만에 완전히 다른 세상에 온 느낌이었다.

"…니까?"

"예?"

누군가 나에게 뭔가를 물어왔다. 난 황급히 정신을 차리고 나에게
말을 건 사람을 바라보았다. 넉넉한 인상의 중년 신사였다.

"직업을 원하십니까?"

그 사람은 내게 이렇게 물어왔다. 난 그 사람의 말을 곰곰이 생각했
다. 직업을 원하냐고? 그건 날 취직시켜 준다는 말? 난 지난날을 돌아
보았다. 돈이 없어 굶은 날이 얼마고 또 길을 떠나 여기까지 온 사흘간
노숙하느라 얼마나 고생을 했던가. 역시 사람은 직업이 필요해. 직업
이 있어야 돈을 벌지. 난 마음을 정하곤 말을 하려고…

"이놈, 거기 서랏!"

누군가 그렇게 외치며 달려왔다. 아니, 여러 사람들이 그렇게 외치
며 달려오고 있었다. 그 사람들은 모두 푸른색 옷에 검은 조끼 같은 것
을 입고 있었다. 음… 무슨 조직인가? 그런데 그 중년 신사는 그들으로

보자 안색이 변하며 황급히 도망쳤다. 이게…

"하아, 큰일 날 뻔하셨습니다."

달려온 사람 중의 한 사람이 내게 말을 했다.

"저 사람은 인신매매범입니다. 이런 대도시에 처음 온 사람들에게 접근해서 직업을 준다고 속이고는 외국으로 팔아버리죠. 전에는 이렇지 않았는데 요 몇 년 사이에 저런 인간들이 기승을 부린답니다. 앞으로 저런 사람을 만나면 조심하시고 직업을 구하려거든 정식 직업 소개소에서 소개를 받으십시오. 저기 보이는 푸른 간판에 흰 글씨로 쓴 곳이 직업 소개소입니다. 그리고 만일 저런 사람을 다시 만나거든 저와 같은 옷을 입은 사람에게 신고해 주십시오. 저희는 루미안 시 치안대원입니다. 그럼."

그는 이렇게 말을 하고는 곧바로 달려갔다. 그런데 아까 그 중년 남자가 인신매매범? 이거 말로만 들었지 내가 당할 뻔하리라고는 생각도 못했다. 아… 무서운 세상이야.

난 루미안 시를 빨리 빠져나가기로 했다. 돈도 없는 내가 여관에 묵을 수도 없었고 노숙할 곳도 없었기 때문이다. 직업 소개소에도 가봤지만 기술이 없다고 안 되고 힘쓰는 일은 성인이 되어야 한다고 안 된다고 했다. 도시가 발달해 좋긴 한데 내게는 오히려 더 힘든 곳이었다. 차라리 산골 마을을 찾아가 황무지를 개척하는 것이 더 나을 것 같았다. 물론 그러고 싶은 생각은 없었지만.

루미안 시는 컸다. 정말 컸다. 내가 여기서 길을 잃을 줄이야… 전에 들기로 루미안 시는 계속 성장을 거듭해서 근처 작은 마을과 영지들을 흡수해서 처음 만들어졌을 때보다 몇 배가 커졌다고 하던데 정말인 모양이었다. 갈수록 건물들이 커지는 것이…….

그러고 보니 길을 잃은 것이 아니라 아직 통과를 못한 것? 하하하. 그렇다면 난 지금 루미안 외곽에서 중심부로 가는 것이군. 루미안을 빠져나가기는커녕 반도 못 온 셈이야. 어떻게 하루 종일 걸었는데 반도 못 오냐? 대체 이런 도시를 누가 만든 거야? 정말 존경하고 싶다.

난 어둑해질 때쯤 커다란 광장에 다다랐다. 흠… 트리텔 광장이라… 그 광장 한 켠에는 동상이 서 있었다. 루미안 시 초대 시장인 트리텔과 그의 부인이라는 안내문이 보였다. 그런데 별로 대단한 인물은 아닌 것 같았다. 광장 한가운데도 아니고 한구석에 서 있는 것을 보면.

꼬르륵.

에구에구, 지금 남의 동상이나 보며 감상할 때가 아니군. 그러고 보니 하루 종일 굶었더니 동상이 흐릿하게 보이네. 전에 마을에 있을 때는 사흘을 굶고도 견뎠는데 지금은 계속 움직여서 그런지 하루만 못 먹어도 배고파 쓰러질 지경이었다. 난 주머니를 뒤졌다. 지금까지는 떠나올 때 준비한 말린 빵과 산과 들에 자라는 열매들을 먹었지만 지금은 말린 빵도 떨어졌고 이런 도시에서 야생 열매를 구할 수는 없기 때문에 음식을 사 먹어야 했다. 그래서 난 휠러 아저씨가 준 돈을 꺼냈다. 얼마 안 되는 돈이지만 내 생명줄이나 다름이 없었다. 아껴 써야지. 여기서 제일 싼 게 뭐냐? 이런 대도시에서도 통밀빵을 팔려나?

팍!

"어쿠."

그때였다. 누군가 내게 부딪쳐 왔다. 난 순간 비틀거리긴 했지만 쓰러지지는 않았다. 난 누가 내게 부딪쳤는지 보았다. 그런데… 귀가…

"야! 너 길 좀 똑바로 보고 다녀."

어라? 적반하장도 유분수지. 자기가 부딪쳐 놓고는 되려 큰소리네? 흠… 나이는 고작 열한 살? 두 살? 이런 어린애랑 말다툼할 수도 없고…….

"알았다. 미안하다, 꼬마야."

난 우선 사과를 했다. 여기서 말다툼하면 나만 손해이기 때문이다. 난 여기 루미안에서 이방인이니까. 내가 살던 마을에서도 많이 본 일이었다. 팔은 안으로 굽는다고 결국 같은 동네 사람의 말을 신빙성있게 들어주는 것이 당연한 일인 것이다. 그런데 내가 사과를 했는데도 이 꼬마는 날 째려보았다.

"왜, 왜 그래?"

"꼬마는 누가 꼬마야? 너야말로 어린 녀석이 그런 말이나 하다니!"

이런, 내가 작기는 좀 작다. 하지만 워낙 못 먹어서 그런 거지 원래 작은 키는 아니란 말이다. 그런데 이런 아이한테 어린애란 말을 듣다니… 흠. 그러고 보니 이 녀석 귀가 뾰족한 것을 보니 엘프군. 하지만 엘프가 이런 도시에 살 이유는 없을 테니 하프 엘프인가? 하프 엘프는 좀 어려 보이는 용모를 가졌다고 하니 어쩌면 내 생각보다 더 들었을 수도 있지. 그럼 나보다 연상일지도… 에잇, 아무튼 사람이든 하프 엘프든 나보다 연상이든 연하든 말썽이라도 나면 나만 손해지. 그래, 참자. 참아야 하느니라.

"아, 그래. 미안미안. 난 하프 엘프인 줄 몰랐어."

난 다시 사과를 했다.

"흥. 좋아, 봐주지. 앞으로 조심해."

하프 엘프는 그렇게 말을 하고는 그대로 뛰어갔다. 하아… 내참, 마지막까지 내 속을 긁고 가는군. 정말 내 성질… 이 없어서 다행이지. 왜냐, 난 싸움을 못하거든. 오죽하면 휠러 아저씨가 준 이 바스타드 소드. 이걸 이렇게 천으로 둘둘 싸 가지고 다니겠어.

"이봐요."

그때였다. 누군가 날 불렀다.

"……?"

"헉헉! 이봐, 혹시… 엉?"

난 내게 말을 건 사람을 보았다. 아! 나도 기억이 났다. 아까 인신매매범에게 속을 뺀 것을 구해준 사람. 아니, 치안대원. 세상은 참 넓고도 좁군. 이 큰 도시에서 같은 사람을 두 번이나 만나다니.

"아, 아까 그 아이로군. 이봐요, 혹시 여기 하프 엘프 한 명 지나가는 것 못 봤나요? 그러니까 푸른 웃옷에 흰 바지를 입었는데 여기로 왔을 겁니다."

난 곰곰이 생각…

"봤어요."

하면 바보지. 방금 봤는데. 그러고 보니 그 하프 엘프, 바지는 모르지만 푸른 웃옷을 입고 있긴 했었다.

"어디로 갔는지 아나요?"

난 하프 엘프가 사라진 방향을 가리켰다.

"저기로요. 뭔가 급한 일이 있는지 막 뛰어가던데요. 글쎄 저와 부딪치기까지 하더라고요."

그때였다. 내 말에 그 치안대원은 뛰어가려던 발걸음을 멈추고 날 보았다.

"저… 혹시 잃어버린 것이 없나요?"

난 치안대원을 바라보았다. 왜 저런 말을 하지?

"방금 그 하프 엘프는 소매치기거든요."

음… 소매치기라… 소매치기… 소매치… 응? 소매치기? 그러고 보니 뭔가 허전…

"으악!"

난 비명을 지를 수밖에 없었다. 내 돈! 내가 들고 있던 돈주머니. 내 생명줄이 없어진 것이었다. 이럴 수가… 이럴 수가… 휠러 아저씨한테 받고 아직 단 한 푼도, 아니, 주머니조차 열어보지 않은 건데!

그 치안대원은 날 안됐다는 눈으로 보더니 이렇게 말했다.

"우선 도난 신고를 해두시죠. 도난당한 돈의 액수를 신고하시면 범인이 잡힌 후 어느 정도는 보상받을 겁니다."

난 치안대원의 말대로 신고를 했다. 신고액은 100루니안. 잃어버린 돈의 액수는 90루니안이지만 정신적 충격에 대한 보상은 받아야 하니까. 그리고 나도 루미안을 돌아다니기로 했다. 치안대원을 따라간 치안대 본부에는 여러 벽보가 있었는데 그중에 현상금 벽보도 있었기 때문이다. 그리고 그 벽보에는 내 돈주머니를 가져간 그 파렴치한 놈…

"옷을 저렇게 입어서 그렇지 여자입니다."

아, 그, 그렇습니까? 아무튼 그 파렴치한 가스나이도 있었다. 내 손으로 꼭 잡아야지. 흠… 남자라면 몰라도 여자라면 내가 잡을 수 있겠지. 내가 암만 싸움은 못해도 난 남자잖아. 설마 여자한테 지겠어? 게다가 난 칼까지 있는데. 반드시 잡아야지. 현상금도 꽤 많던데. 현상금이… 500루니안? 휘유우~ 내 가진 돈의 5배다. 아니, 가졌던 돈의 5배가 넘는 금액이었다. 흠… 저 수배 붙은 하프 엘프 이름이 제르카라고? 좋아, 내 손으로 잡아주마.

“아참.”

내가 벽보를 보고 있을 때 누군가 다가왔다.

“흠흠, 난 여기 루미안 시의 치안대장인 아이흠 아이텔이라고 한다네.”

“아… 예… 저, 전… 제라르라고…….”

“알고 있네. 아까 도난 신고서에 자네 이름 쓴 것을 보았지. 그런데 우리 도시까지 와서 이런 일을 당하니 내가 미안하군. 그래서 말인데 우선 우리가 자네 돈 100루니안을 보상해 주겠네. 자, 받게.”

난 얼떨결에 치안대장이 주는 100루니안을 받았다. 그리고 감격했다. 아, 이런 사람들도 있구나. 루미안이란 도시 정말 살 만한 곳이야. 그리고 더 좋은 건 10루니안이나 벌었다. 하하핫!

난 며칠간 루미안에서 머물기로 했다. 치안대 사람에게 들은 건데 루미안에는 나같이 가난한 사람들이 머물 수 있는 곳이 있다고 했다. 하루에 1루니안이면 하루 세 끼 해결에 잠까지 잘 수가 있다고 한다. 보통 여관이 아무리 싸도 하룻밤 묵는 데만 2루니안인 것을 감안하면 무척 싼 것이었다. 물론 그 제공되는 밥이 물과 빵 하나, 감자 한 알, 토마토 한 개에 불과하지만 나한테 이 정도면 잔칫날 음식이지 뭐. 공돈으로 생긴 10루니안의 반을 없는 셈치고 현상범도 잡고 루미안 구경도 하고. 드래곤 잡고 레어 털고. 좋아좋아.

“어이, 꼬마야. 이것 좀 사라.”

“꼬마야, 이것 맛있어.”

내가 시장을 지날 때 흔히 듣는 말이었다. 루미안에서 머문 지 어언 이틀. 난 한 가지 생각 못한 것이 있음을 알았다. 바로 내가 돈이 없다는 사실. 물론 돈은 있었지만 이건 비상금이고 내가 루미안에서 쓰려고 큰맘먹고 준비한 돈에는 여유가 없었다. 그나마 다행이라면 다행인 것이 날 꼬마라고 부르는 바람에 정나미가 떨어져 쳐다보지도 않았다는 것일까? 에이, 여기는 왜 이리 끌리는 것이 많은 건지… 게다가 내가 돈이 많아 보이나? 왜 나한테만 자꾸 물건을 사라는 거냐고.

"어이, 꼬마 아가씨. 이거 예쁘지 않아요?"

"이봐요. 내가 어딜 봐서 꼬마란 말예욧!"

그때였다. 내 귀에는 어디선가 들어본 목소리가 들렸다. 이 목소리는…

"헛!"

거기 있었다. 내 돈덩이가 될 하프 엘프가. 난 그 하프 엘프… 제르카라고 했나? 제르카를 뒤쫓기로 했다. 지금 덮쳐도 되겠지만 여기서는 너무 걸리적거리는 것들이 많았다. 그래서 난 초인적인 인내심을 발휘해서 당장 잡고 싶은 마음을 억눌렀다. 그렇게 마음을 다스리고 있자니 제르카가 움직이기 시작했다. 난 재빨리 제르카 뒤를 따라갔다. 다행스럽게(?)도 제르카는 잠시 번잡거리는 곳을 돌아다니는 듯하더니 골목으로 들어섰다. 나도 재빨리 골목으로 들어갔다. 골목은 그리 어둡지 않았기 때문에 골목 안에 제르카가 서 있는 모습이 보였다.

"훗, 쫓아오느라 수고했어."

어? 누구한테 하는 말이지?

"너 말야."

난 잠시 사방을 두리번거리다가 제르카가 날 보며 웃고 있는 것을 보았다.

“나?”

“그래, 너. 멍청하긴.”

난 순간 화가 났다.

“멍청하긴 누가 멍청해! 멍청한 건 너야. 넌 이제 나한테 잡힌 거야. 알았어?”

하지만 제르카는 나의 위협에도 여전히 웃으며 말했다.

“그래? 어머어머, 무서워라. 그런데 이럴 땐 정의의 기사가 나타나야 하지 않나? 호호홋.”

난 더 이상 들을 필요 없이 제르카를 덮쳐 갔다. 쓸데없이 시간을 끌다 같은 패거리라도 오면 내가 위험하기 때문이다.

“어머나, 남자가 여자를 덮치려 하다니…….”

음… 제르카가 뭔가를 더 말한 것 같은데 모르겠다. 애고, 등허리야… 난 분명 제르카를 향해 달렸었는데 왜 하늘이 보일까? 내가 멀뚱히 하늘을 보고 있자니 내 눈앞에 제르카의 얼굴이 나타났다.

“뭐야, 벌써 끝이야? 암만 실력이 없어도 너무하잖아. 재미없어.”

난 그 말을 듣고 벌떡 일어났다.

“무, 무슨 말을 그렇게 해! 방금 전엔 실수한 거야. 자, 이번엔 진짜 내 실력을 보여…….”

“뭐야, 아까랑 똑같잖아.”

다시 제르카의 말이 들렸다. 하지만 똑같기는 뭐가 똑같다는 거야. 아까는 내가 달려들다 하늘 본 거고, 지금은 말하다 본 건데. 난 다시 급히 일어섰다. 그리고 제르카를 살펴보았다. 가느다란 몸에 역시 가느다란 팔과 다리. 아무리 봐도 약한 모습이었다. 그런데 내가 두 번이나 당한 거야? 분명 저 제르카란 하프 엘프가 마법을 부린 것이 확실했다.

"이봐, 정정당당하게 하자고. 마법을 쓰다니 부끄럽지 않아?"

난 제르카에게 따지듯 물었다. 비겁하게 마법을 쓰다니… 하지만 제르카는 비열하게도 태연한 얼굴로 말했다.

"비겁? 그럼 남자가 연약한 여자에게 덤비는 것은 당당한 일이야? 그리고 마법이라니? 내가 마법을 쓸 수 있으면 이러고 있겠어?"

"하, 하지만 넌 날 두 번이나 쓰러뜨렸잖아. 그게 연약한 거야?"

"그럼 내 몸집이 크기라도 해? 두 번이나 당한 건 네가 못나서잖아."

으윽, 할 말 없다. 그, 그리고 보니 방금 전 얼굴은 비열한 얼굴이 아니라 당당한 얼굴인가?

"왜 그러고 있어? 덤비려면 빨리 덤벼. 아니면 얼른 도망가든지."

제르카는 날 자극시켰다. 내가 저런 뻔히 보이는 도발에 넘어가면… 사람이닷!

"아야야야야!"

픽!

내 귀에 경쾌하게 들리는 소리.

"커허허헉!"

순간 난 숨도 제대로 쉬지 못하고 주저앉았다.

"뭐야? 이 정도에 주저앉으면 내가 미안하잖아."

제르카는 내 앞에 쪼그려 앉으며 말했다.

"뭐, 꺼헉. 뭘 어떻게 한 거야?"

"응? 그야 네가 덤비길래 가볍게 발로 배를 찼는데… 그렇게 아파?"

"아픈건 둘째 치고… 허헉. 숨이 막힌다."

"약골."

"선머슴."

“비실비실.”

“말괄량이.”

그, 그래, 이건 할 만하다. 아직 숨이 막히긴 하지만.

“그런데 넌 왜 날 잡으려는 거니?”

갑작스런 제르카의 질문에 난 품에서 현상수배 전단지를 꺼냈다. 사실 이건 여러 번 연습했던 것이었다. 내가 제르카를 잡았을 때 제르카가 울면서 왜 자길 잡느냐고 물으면 당당히 꺼내려던 것이었다. 하지만 상황이 내 생각과는 정반대일 거라고 누가 생각이나 했나? 연습한 게 억울했다.

“뭐, 뭐야!”

제르카는 내가 준 수배 전단지를 보고 놀라는 얼굴이었다. 하긴 자신이 현상범이 되었다는 것을 알았으니 얼마나 놀라겠어.

“고작 500루니안? 나 정도면 최소한 500만 루니안은 되어야 하지 않아? 야, 넌 어떻게 생각해?”

5, 500만 루니안? 이거 혹시 과대망상증 환자 아냐? 하지만 그 말은 할 수가 없었다. 왜냐고? 제르카가 나보다 센데 맞으려고 그런 말을 해?

“그, 글쎄… 그렇겠네…….”

“그지? 그지?”

“으응… 아참, 그렇지. 그런데 넌 왜 소매치기나 하고 있지? 옛날 같으면 종족 차별 때문에 할 게 없어서 그렇다 처도 지금은 아니잖아.”

“그, 그거야…….”

제르카는 고개를 숙였다.

“나 같은 고아가 할 일은 없어. 내가 성인이 되었다면 모르지만 난

어리거든. 누가 나 같은 미성년자에게 일거리를 주겠어? 그렇다고 내
가 그런 나이를 메울 특별한 기술이 있는 것도 아니니 이런 일이라도
해야지 뭐."

　난 제르카의 말을 듣고 이해가 갔다. 나만 해도 휠러 아저씨가 아니
었다면 제르카와 같은 직종에 종사(?)했을지도 모르는 일이었기 때문
이다. 어떻게 보면 내가 제르카보다 훨씬 좋은(?) 환경에서 살았는지도
모르겠다. 흠… 갑자기 불쌍해 보이는데 새 직업을 알선해 줄까?

　"그렇다면 차라리 나와 같은 일을 하면 되잖아."

　제르카는 눈이 동그래져서 날 바라보았다. 마치 뭐냐고 급히 묻는
듯한…

　"떠돌이."

　"풋."

　순간 제르카가 웃음을 터뜨렸다.

　"와하하하하!"

　"왜, 왜 웃어?"

　"아, 아냐."

　제르카는 오른손으로는 손사래를 치고 왼손으로는 입을 막으며 계
속 웃으며 말했다.

　"푸후후후, 너도 참 웃긴다, 얘. 하하하."

　"뭐가?"

　아니, 왜 이러지? 내가 무슨 말을 했다고…

　"아냐아냐. 후후훗. 그래, 좋은 직업이지. 최소한 나보다는 낫군. 그
런데 너도 그 직업을 계속할 수는 없잖아. 좀 더 크면 직업을 바꿔야
할 텐데 그땐 뭘 할 거야?"

"넌?"

"칫, 내가 먼저 물었는데… 난 아직 모르겠어. 어쩌면 여관이나 식당 종업원을 하고 있을지도 모르고… 아마 그렇게 될 확률이 크긴 하겠지. 다만 이건 확실해. 더 크면 지금의 일은 절대 안 할 거야. 그런데 넌?"

난 곰곰이 생각을 해보았다. 난 뭘 할까? 순간 난 치안대에서 본 벽보가 생각났다. 현상범들과 그 현상금. 적게는 100루니안에서 많게는 10만 루니안까지. 난 결심했다.

"난 현상범 사냥꾼이 될 거야. 지금도 그것을 위해 이렇게 열심이지."

순간 제르카는 폴짝 뒤로 한 걸음 뛰면서 외쳤다.

"아앗! 그러고 보니 넌 나를 잡기 위해?!"

난 제르카의 얼굴을 보았다. 장난기가 어린 얼굴. 난 한숨이 절로 나왔다.

"후우… 걱정 마. 넌 첫 개시 기념으로 안 잡을게."

"어머, 고마워."

고맙긴. 그런데 결심은 했지만 정말 내가 그런 현상범 사냥꾼이 될 수 있을까? 현상범 사냥꾼이 되려면 싸움을 잘해야 한다는데, 게다가 이렇게 현상범이랑 노닥거리기나 하고 있으니…….

"쉿!"

그때였다. 제르카의 귀가 까닥거리며 움직였다.

"왜……."

내가 왜 그런지 물어보려 하자 순간 제르카가 내 입을 막았다.

"움!"

"누군가 오고 있어."

제르카는 긴장한 어조로 말을 했다. 그런 제르카의 모습에 나도 긴장이 되었다.

"우선 일어나."

제르카는 날 일으켜 세워주고 주위를 살폈다. 나도 제르카를 따라 귀를 쫑긋거리며 주위를 살폈다. 정말 희미한 발걸음 소리가 들렸다. 난 귀가 상당히 밝은 편이었다. 내 앞에 있는 하프 엘프만큼은 아니겠지만 내가 접했던 사람들 중 나보다 귀가 밝은 사람은 없었다.

"누굴까?"

난 긴장한 채로 물어보았다. 제르카는 고개를 갸웃거리며 말했다.

"여러 사람이야. 한 열 명쯤? 이런 골목에 그런 숫자의 사람이 들어온다는 것은… 아!"

제르카는 작게 탄성을 지르더니 날 잡아끌었다.

"좋지 않아. 이런 골목에서 저렇게 떼거지로 몰려다니는 사람들은 한 부류밖에 없어."

"누구?"

"범죄자들이지. 이런 곳에서 그들에게 걸리면 모든 것을 빼앗겨. 돈도 옷도. 게다가 인신매매당해서 다른 나라로 노예로 팔려가."

"설마…….."

난 제르카의 말에 부정의 뜻을 나타냈지만 그건 내 스스로 안심하려는 것이었다. 바로 며칠 전만 해도 난 인신매매범을 만났었으니까.

"설마가 아냐. 여긴 아무도 보는 사람이 없어. 정상적인 사람들이라면 이런 곳에는 안 들어오지. 치안대에서도 이곳을 몇 번이나 덮쳤지만 소용이 없었어. 도시가 오래되다 보니 이런 뒷골목은 너무 복잡하거든. 오히려 여기에 들어온 치안대원이 위협을 느낄 정도였어. 한마디로 여긴 치안의 사각 지대야."

하아… 이런, 그런 무서운 곳에 내 스스로 들어왔단 말야? 아무래도 내가 잠깐 정신이 외출했었던 모양이군. 그런데 이런 무서운 곳에 제르카는 잘도 들어왔군.

"빨리 가자. 널 여기서 나가게 해줄게. 여긴 미로와 같아서 잠깐 들어왔다고 해도 길을 잃기 십상이야. 그리고 네게 여긴 안 맞아. 나… 같은 범죄자나 오는 곳이니까."

난 제르카의 말을 듣고 마음 한구석이 찡해졌다. 아! 원래는 이렇게 착한 아이구나…….

"대신 이건 길 안내비."

제르카는 그렇게 말하면서 주머니 하나를 들어 올렸다. 그런데 그런…

"어엇! 그건…….."

"뭘 그리 놀라? 널 위험에서 구해주는데 이 정도는 기본으로 줘야 하는 것 아냐?"

"그… 그…….."

난 말을 못하고 버벅거리기만 했다. 제르카가 들고 있는 것은 내 돈주머니였던 것이다. 내 총재산이 들어 있는 돈주머니.

"그래? 돈이 생겼으면 세금을 내야지."

그때였다. 누군가 우리에게 말을 걸어왔다. 순간 제르카의 눈이 커졌다.

"푸신?"

"그래, 제르카. 드디어 네게서 세금을 받겠구나. 넌 한 번도 세금을 안 바쳤지? 감히 이 거리에서 세금도 안 바치고 이리저리 용케 피해 다니더니 잘 걸렸군. 이제 세금 좀 내실까?"

푸신이라 불린 사람이 손을 내밀며 말했다.

"뭐, 뭐지?"

"저 사람은 푸신이라고 하는데 범죄 집단 두목이야. 루미안에는 저런 범죄 집단이 열 개가 넘어."

난 제르카의 말을 들으며 푸신을 자세히 봤다. 네모진 턱에 강렬한 눈빛을 가진 사람이었다. 옷 사이로 보이는 근육은 강철 같은 느낌까지 주었다. 게다가 얼굴도 미남이었다.

"정말? 저 사람 얼굴도 잘났고 능력이 꽤 되어 보이는데 고작 범죄 집단 두목이라고?"

제르카는 나의 말에 피식 웃었다.

"네가 아직 세상을 모르는구나. 겉만 멀쩡하다고 다 좋은 건 아냐. 저런 인간은 속이 썩어도 한참 썩었지."

"그래도… 저 사람 상당히 셀 것 같은데… 나 같으면 저런 몸 가지고 치안대에 들겠다."

"글쎄, 사람마다 다르다니까. 그리고 치안대장보다 범죄 집단 두목이 돈은 몇백 배 많이 벌어."

이건 불공정한 세상이다. 범죄자가 돈을 더 많이 버는 세상이라니. 그런 세상은 오래가지 못하는 법인데…….

"이봐, 뭘 그렇게 속닥거리지? 난 참을성이 없단 말야. 빨리 내 발 밑에 엎드리고 세금 못 바쳐?"

푸신이란 녀석이 고함을 쳤다.

"너, 하프 엘프. 네 실력이 뛰어나지 않다면 벌써 네 뼈들을 부러뜨렸을 거다. 잘 알았으면 알아서 행동해. 넌 여기 온 지 벌써 석 달이 지났지만 단 한 푼도 안 냈어. 이젠 내 인내심도 한계란 말야."

"흥, 세금? 웃기는 소리 마. 너희 같은 집단이 루미안에 몇 개나 있는 줄 알아? 그 집단마다 다 세금을 바치면 난 빚 더미에 올라앉을걸?"

"훗, 그것도 좋겠지."

푸신은 씨익 웃었다.

"그럼 넌 내 소유니까."

"그래? 그런데 어쩌나, 너 같은 말을 할 녀석이 열 명도 넘을 텐데. 그건 그렇고 어떻게 그렇게 조용히 다가왔지?"

"그건……."

푸신은 발을 내밀었다.

"네가 지금까지 요리조리 잘도 도망친 것은 네 빠른 발 덕도 있지만 귀가 무척 밝아서지? 그래서 우리도 이렇게 준비했지."

푸신과 그 일당들은 모두 발에 헝겊을 겹겹이 두르고 있었다.

"그랬군. 그런 방법이 있었어. 정말 좋은 방법이야, 한 가지만 빼면."

제르카는 그렇게 말을 하더니 날 돌아보았다.

"준비됐니?"

"응? 뭐가?"

순간 제르카는 내 손을 잡고 뛰기 시작했다.

"뛰어!"

난 나도 모르게 제르카의 뒤를 따라 뛰었다.

"가, 같이 가."

"거기 서랏! 잡아!"

뒤에서 푸신의 고함 소리가 들렸다. 난 더 빨리 뛰었다. 하지만 그들은 바로 뒤까지 쫓아왔다.

"빨리 뛰어!"

"이게 최고 속도란 말야!"

"그래? 그럼 방법이 없지."

제르카는 날 잡아끌고 어떤 골목 안으로 뛰어들어 갔다. 그리고 다시 골목으로, 다른 골목으로. 뒤에서는 푸신 일당이 우릴 따라오고 있었다. 제르카는 뒤를 슬쩍 보고는 말했다.

"자식들, 발을 그렇게 친친 감고도 잘도 따라오네. 야, 좀 더 힘내. 조금만 가면 돼."

난 죽어라 제르카의 뒤를 따라 뛰었다.

"저기야."

제르카는 그렇게 말하고 어떤 골목으로 뛰어들었다. 나도 곧바로 뛰어들었다. 그런데…

"제, 제르카, 이게……."

난 정신이 멍해질 정도였다. 거기엔…

"저 사람들이 아까 우리가 들은 발자국 소리의 주인공들이야."

그러면서 제르카는 날 옆으로 잡아끌었다. 그 직후 푸신과 그 일당들이 들이닥쳤다.

"흐흐, 이제 뛸 힘도 없겠지? 감히 어딜… 엇!"

푸신은 말하다 말고 놀란 얼굴을 하였다.

"너, 너희들은……!"

"앗! 푸신이다!"

갑자기 뛰어든 나와 제르카를 황당한 눈으로 바라보던 사람들이 푸신을 보고 놀라며 외쳤다.

"이천 루니안의 푸신?"

"맞아, 그 푸신이다!"

"이, 이런……!"

난 갑작스런 사태에 어리둥절했다. 그때 제르카가 날 조용히 잡아끌었다. 그리고 내 귀에 대고 속삭였다.

"지금이야. 빨리 빠져나가야 해."

난 제르카의 손에 이끌려 조용히 빠져나왔다. 다행히 푸신과 다른 사람들은 서로를 노려보느라 우릴 신경 쓰지 않았다. 어느 정도 빠져나오자 우린 막 달려 골목을 빠져나왔다.

"헉헉… 제르카, 이젠 어쩌지?"

"하아… 우선은 위기는 넘겼으니 어디 마실 거라도 사 먹자. 목말라."

제르카는 그렇게 말하고 걸어갔다. 난 열심히 제르카를 따라갔다. 제르카는 어디론가 들어갔다. 거기에는 여러 개의 작은 탁자가 놓여 있었는데 특이한 것이 탁자마다 의자가 두 개씩이란 것이었다. 제르카는 구석의 탁자에 가서 앉았다.

"여긴 고니의 숲이란 찻집이야. 연인들만을 위한 곳이지. 우리에겐 안 어울리지만. 저, 여기 사과 주스 두 개요. 여긴 사과 주스가 맛있다고 하더라고."

나도 제르카의 맞은편에 앉았다.

"그래? 루미안엔 별게 다 있군. 그런데 아까는 어떻게 된 거야?"

"그거?"

제르카는 살짝 미소를 지어 보이고는… 음… 지금 보니… 예, 예쁘다…….

"그 녀석들, 실수한 거야. 발을 그렇게 헝겊으로 친친 동여맸으니 달리는 속도가 늦어진 거지. 그리고 난 그 녀석들을 유인해서 두 집단 간에 싸움을 붙인 거고. 둘 다 나에게는 껄끄러운 녀석들이니까. 사실 이번 건 도박이었어. 자칫하면 오크 피하려다 오우거 무리로 뛰어드는 결과가 될 수도 있긴 했지만 별다른 방법이 없었거든. 그런데 생각 이상의 효과를 거두었어."

"그래? 두 범죄 집단 간에 싸움을 붙이다니… 너도 참 대단하다."

난 제르카가 대단하게 생각되었다. 나라면 그렇게는 못할 텐데… 그런데 제르카가 고개를 저었다.

"아니, 그건 아냐."

"응?"

"한쪽은 푸신이 이끄는 범죄 집단이지만 한쪽은 아냐."

"무슨 소리야?"

"음… 내가 루미안에 있는 범죄 집단 사람들을 다 아는 것은 아니지만 그 사람들이 범죄 집단에 속한 사람들이 아니라는 것은 확실히 알아."

"그럼 누구야?"

"너 같은 사람."

제르카는 날 가리켰다.

"나? 그럼… 떠돌이?"

내 말이 끝나자 제르카는 쿡 하고 웃었다.

"아참, 너 원래는 떠돌이였지."

"그, 그건… 뭐, 그게 어때서?"

“호홋, 아냐. 뭐, 떠돌이도 나쁜 건 없겠지. 내가 너와 같다고 한 건 그 사람들 현상범 사냥꾼이었어. 사실 나도 내가 현상수배되었다는 것은 네가 말해서 알았지만 그래도 혹시나 모르기 때문에 전부터 현상범 사냥꾼의 얼굴과 인상착의는 몇 명 알아두었거든. 그 사람들이 섞여 있더라고. 그 현상범 사냥꾼은 위험을 무릅쓰고 치안대원도 못 들어가는 곳에 가서 현상수배범을 잡지. 돈을 위해서 목숨을 내놓았다고 할까? 하지만 수입은 좋나 봐. 푸신만 해도 아까 들었지? 2천 루니안이라고 하던 거. 오늘 그 사람들 수입 잡은 거야, 내 덕분에.”

“그, 그랬니?”

난 정말 제르카가 대단하다는 생각이 들었다. 그 상황에 사람 얼굴을 살폈다는 거야? 열 명 정도라도 그런 긴박한 상황에선 눈에 안 들어올 텐데… 하아… 아무래도 제르카에 비하면 난 온실 속의 화초인가 봐.

“참, 그런데 너 조심해야겠다?”

“왜?”

“호호홋, 너도 어쩌면 현상수배되었을지도 모르니까.”

“무슨 소리야?”

“무슨 소리냐니? 내가 현상수배범이니까.”

“응.”

“그런 나와 같이 다녔잖아. 아까 그 현상범 사냥꾼이 네 얼굴이라도 기억하고 있다면 아마도……”

제르카는 말끝을 흐렸다. 하지만 난 그런 건 귀에 들어오지도 않았다.

“뭐, 뭐, 뭣!”

"안됐다. 어떡하니?"

난 힘이 쭉 빠졌다.

"그, 그런 일이……."

이건 말도 안 되는 일이야. 나같이 착한 사람이―뜨끔―티끌만한 잘못도 안 저지른 내가―다시 뜨끔―흠흠, 별로 나쁘지도 않고 큰 잘못도 안 저지른 내가―이젠 양심에 안 찔리는군―현상수배된다고?

"여기 사과 주스입니다."

그때 종업원이 주스를 가져왔다.

"자자, 음… 참, 네 이름 아직도 모르네? 이름이 뭐야?"

"제라르. 성은 없어."

"제라르… 좋은 이름이다. 자, 제라르. 이거 마시고 진정하고 기운도 내. 내가 살게."

"고마워."

난 제르카가 준 주스를 단숨에 마셨다. 차가운 주스를 마시니 좀 정신이 들었다.

"하아… 그럼 이젠 어쩌지?"

"어쩌긴. 빨리 여길 떠나야지. 그래도 넌 죄를 지은 것이 없잖아. 그러면 얼마 안 지나서 수배가 풀릴 거야. 문제는 그전에 잡히면 고생을 한다는 거지."

"그래? 하긴 이제 더 볼일도 없으니 떠나야 하긴 하지. 내가 잠시나마 겪은 건데 다른 곳도 그렇지만 특히나 루미안은 돈 없으면 살기 힘든 곳이더라고."

내 말에 제르카도 고개를 끄덕였다.

"도시가 오래된 데다가 너무 발달되어서 그래. 게다가 크기도 엄청

크잖아. 그러다 보니 범죄자들이 우글대는 사각 지대도 생긴 거고."

난 고개를 끄덕였다. 나야 잘 모르지만 나보다 더 많이 아는 제르카니 맞겠지 뭐. 나와 제르카는 찻집을 나섰다. 이제 여관에 돌아가 물건을 챙기고 다시 길을 떠나야지.

제르카와 헤어진 후 난 여관으로 돌아가는 도중에 제르카에 대해 생각했다. 참 고마운 아이였다. 난 제르카를 잡으려고 했지만 제르카는 오히려 날 도와주었다. 게다가 주스도 사주고… 음… 사준다, 사준다. 잠깐! 그러고 보니 내 돈은 제르카가 가지고 갔었잖아! 그럼 결국 내 돈으로 산 것… 크아아악! 제르카, 이 나쁜 계집애. 내 돈 내놔!

난 다시 길을 떠났다. 지금 내 수중엔 고작 3루니안. 5루니안을 선불로 줬다가 이틀 만에 방을 빼는 바람에 거슬러 받은 것이다. 헤에… 그나마 빈털터리는 아니군.

난 부지런히 걸어서 루미안을 벗어났다. 내가 가고 있는 길을 쭉 따라가면 탈란 왕국이 나온다고 했다. 기왕에 길을 떠났으니 해외 여행이나 해? 난 그것이 좋겠다는 생각을 했다. 난 여관을 나오기 전에 여관 주인에게 슬쩍 물어보았었다. 루미안에서 현상수배된 사람은 다른 도시에서 안전하냐고. 내 물음에 여관 주인은 전혀 아니라는 대답을 했다. 루미안은 교통의 요지이자 수많은 물건이 오가는 상업의 요충지이기 때문에 많은 정보가 오가는 곳이라고도 했다. 고로 루미 안에서 현상수배범이면 전국에서 현상수배범이라나? 으, 끔찍… 그래서 내린 결론이 국외 도피… 가 아니라 해외 여행이었다. 마음을 정했으면 더 볼 것 없었다. 빨리 가야지.

"제라르."

그때였다. 누군가 날 불렀다. 응? 많이 듣던 목소린데? 난 뒤를 돌아보았다.

"제르카?"

제르카는 빠른 속도로 달려오더니 헉헉거렸다.

"하아하아, 다행이야. 만났네."

"그런데 왜 날 쫓아온 거야?"

난 내심 돈주머니 이야기를 꺼내고 싶었지만 참았다. 왜 그랬는지는 모르지만.

"나도… 하아, 직업을 바꾸려고."

"직업을 바꿔?"

"응, 암만 생각해도 루미안에서 현상범 사냥꾼에게 쫓기며 숨어 지내는 것보다는 떠돌이가 나을 것 같아서."

"그, 그래?"

"응. 그런데 난 소매치기라면 자신있는데 떠돌이는 처음이라 모르거든. 그래서 경력자와 같이 다니고 싶은데 내가 아는 떠돌이 경력자가 너밖에 없더라고. 음… 그러니까 내가 소매치기 기술을 가르쳐 줄게. 넌 나한테 떠돌이에 대해 가르쳐 줘."

난 저절로 웃음이 나왔다. 그리고 왠지는 모르지만 마음이 따듯해졌다.

"됐네. 그냥 무료로 가르쳐 줄게. 넌 내 첫 번째 동업자니까."

"고마워."

그렇게 해서 난 제르카와 길을 떠나게 되었다. 그런데…

"그런데 제르카……."

"응?"

"혹시 나… 현… 음… 현……."

제르카는 떠듬거리는 날 보며 웃었다.

"걱정 마. 내가 알아보았는데 넌 현상수배되지 않았어. 오히려 그 반대야."

"반대?"

"응. '흉악한 하프 엘프에게 인질이 된 불쌍한 청년' 이라는데?"

"그, 그래? 하. 하. 하. 그런데 그 흉악한 하프 엘프는 누구야?"

내 물음에 제르카는 입을 뾰족이 내밀었다.

"내가 알아? 어떤 나아~쁜이 아닌 천사 같은 하프 엘프겠지."

난 제르카와 같이 깔깔대며 웃었다. 그리고… 음, 이건 확실히 해야겠군.

"그런데 제르카, 넌 몇 살이니? 넌 너무 어려 보여서."

"남 말하긴. 나? 14살."

"흠… 그래? 난 15살. 너, 이제 나보고 오빠라고 불러."

제르카는 내 말에 코웃음을 쳤다.

"흥. 겨우 한 살 가지고 오빠는 무슨… 네가 나보고 누나라고 불러야 해."

"왜?"

"왜라니? 여자는 남자보다 정신 연령이 높잖아. 한 네 살 높다고 하지? 그러니까 내가 너보다 3살이 위야. 잘 계산해 봐. 육체적인 나이로는 네가 1살 많고 정신적인 나이로는 내가 3살 위야. 서로 많은 나이대로 빼면 난 너보다 2살은 많지? 그러니까 내가 누나야."

"무, 무슨 궤변이야?"

"궤변이라니? 이건 철학이야, 철학."

"시끄러. 난 네 오빠야."

"어허. 동생, 나보고 누나라고 불러. 자아, 누나라고 해봐. 누우나
아."

"시, 시끄러! 누, 누나라니. 절대 못해!"

하아… 제르카와 같이 다니면 심심하지는 않겠다. 싫어, 싫다니까.
내가 왜 누나라 불러야 하냐고.

제2화 제르카

"아버지라고요? 왜 제가 당신을 아버지라고 불러야 하죠?"

"미안하구나."

카샤니안 제국의 황제 프라이언 3세는 눈앞의 소녀를 보며 말했다.

"제르카, 하지만 나에게도 사정이 있었단다."

카샤니안의 새로운 황제 프라이언 3세가 즉위하는 날 황궁에서는 그
를 축하하는 무도회가 열리고 있었다.

"폐하, 즉위하심을 경축드리옵나이다."

프라이언 3세는 율리안 공작의 인사를 받으며 웃고 있었다.

"하하하, 고맙소. 그대를 보니 내가 무척 든든하군."

"황공하옵니다, 폐하."

율리안 공작은 다시 고개를 숙이며 말했다.

"오히려 소신이 늦게 도착하와 이렇게 늦게 경축드리는 것이 죄송스
러울 따름이옵니다."

"상관없소. 누구나 다 사정이 있는 것이지. 일부러 그런 것이 아니니 괘념치 않겠소."

프라이언 3세의 말에 율리안 공작은 미소를 지으며 말했다.

"그런데 소신이 오다 보니 달과 별이 참 밝았사옵나이다. 그것이 마치 폐하와 카샤니안의 앞날을 대변해 주는 것 같아 좋았사옵나이다."

율리안 공작의 말에 프라이언 3세는 창을 바라보며 말했다.

"호오… 그렇단 말이오? 마침 좀 답답하던 참인데 잠시 달과 별을 구경이나 할까? 같이 가시겠소?"

"폐하와 하늘을 보는 것은 제 영광이옵니다. 폐하의 은혜 감사드리옵나이다."

프라이언 3세와 율리안 공작은 발코니로 갔다.

"그대들은 여기에 남거라. 조용히 하늘을 보고 싶구나."

발코니 앞에서 프라이언 3세는 뒤따라오던 호위병에게 말했다. 그 말에 호위병들은 당혹스런 표정을 지었다. 그들의 임무는 황제를 보호하는 것. 그런데 자신들에게 따라오지 말라니 그럴 수밖에 없었다. 하지만 황제의 말을 거역할 수도 없는 노릇이었다. 그것을 눈치 챘는지 프라이언 3세는 율리안 공작의 어깨를 치며 말했다.

"하하, 걱정들 말거라. 설마 소드 마스터인 율리안 공작이 있는데 무엇이 걱정있겠느냐?"

프라이언 3세의 말에 그제야 호위병들의 얼굴이 풀렸다. 하지만 그들은 자신들의 임무를 저버릴 생각이 없었다. 원래 목숨을 바쳐 황제를 보호하는 것이 그들이 임무인만큼 소드 마스터가 아니라 카샤니안의 수호 드래곤인 카샤가 황제를 직접 보호한다고 해도 그들 역시 황제의 곁을 지킬 것이기 때문이었다.

“허어… 참……”

호위병들의 태도에 프라이언 3세는 난처한 듯이 말했다.

“난 조용히 있고 싶었는데……”

그러자 율리안 공작이 나섰다.

“이보게들, 잘 듣게. 지금 가장 위험한 곳이 어딘지 아나? 바로 저 무도회장일세. 그러니 폐하와 내가 발코니에 있는 동안 자네들은 발코니 창을 지켜주기 바라네. 발코니에서는 내가 폐하를 지키겠네. 그러면 되지 않는가?”

호위병들은 서로 얼굴을 돌아보았다. 율리안 공작의 말도 맞는 것이었다. 황궁은 그 입구와 담장을 둘러싸듯 많은 병사들이 지키고 있었고 황궁 안에는 많은 마법 감지 장치가 있었다. 따라서 누군가 허락받지 않은 자가 나타날 경우 반드시 걸리게 되었다. 하지만 거기에도 사각 지대가 있으니, 율리안 공작의 말대로 무도회장 안의 사람들이었다. 그들에게 무기는 없지만 실력이 좋은 사람이라면 무른 은 접시로도 살상 무기로 이용할 수 있기 때문이었다.

“알겠습니다. 그럼 저희들은 발코니 창문을 지키겠습니다.”

호위병 중 가장 연장자로 보이는 사람이 대답했다.

“그래, 그럼 부탁한다.”

율리안 공작은 그렇게 말하고는 프라이언 3세를 데리고 발코니로 나갔다. 그 둘이 나가자 방금 대답했던 병사가 다른 병사들에게 지시했다.

“우린 창문을 등지고 무도회장을 살핀다. 단, 헨과 페인드는 만약의 경우를 대비해서 폐하를 보고 있도록.”

“옛!”

모두들 우렁차게 대답하고는 각자 위치를 지켰다.

"열심히군."

율리안 공작은 병사들을 힐끔 쳐다보고는 프라이언 3세를 향했다.

"어떤가, 황제가 된다는 것이?"

"하핫, 실감이 안 납니다."

"하긴, 오늘 즉위를 했으니. 그런데 언제 날 대공으로 임명할 텐가?"

프라이언 3세는 율리안 공작의 말에 좀 고심하는 듯했다.

"그게……."

율리안 공작은 프라이언 3세의 말을 막았다.

"됐네. 대공의 지위에 오르는 것이 쉽지 않다는 것은 나도 잘 알고 있어. 다만 최대한 빨리 진행시키도록."

"그러겠습니다."

"참, 그런데 진짜 프라이언 3세는 어떻게 되었나, 보르알? 요즘 바빠서 그 일에 대해서는 듣지 못했어. 가장 먼저 챙겼어야 하는 일이었는데도 말이지."

"훗, 걱정 마십시오. 프라이언은 산 언덕으로 굴렸다고 합니다. 원래 허약한 녀석이니 죽었겠죠. 공작님도 아실 겁니다, 슈리함 산이라고."

"호오… 그 거칠기로 이름난 산? 이거 곤란하군. 거긴 너무 거칠어서 확인할 방법도 없는데."

프라이언 3세, 아니, 보르알은 웃으며 말했다.

"맞습니다. 그런 산이니 오히려 걱정이 없는 것입니다. 아마 언덕을 굴러가다 돌부리에 몇 번 걸리기만 해도… 후후, 게다가 벌써 열흘이나 지났습니다. 그러니 어쩌다 살았어도 먹을 게 없어서 벌써 굶어 죽었을 겁니다."

율리안 공작도 보르알의 말에 공감했다.

"그렇겠군. 참, 그래서 말인데 보르알, 넌 언제나 허약한 척해야 한다. 그리고 절대로, 절대로 황제의 검에는 손을 대지 말거라. 그 검은 에고 소드야. 개혁군주인 프라이언 1세 때 수호 드래곤인 카샤가 준 검이지. 만일 그 검을 건드리기라도 하면 네 정체는 탄로난다. 알겠나?"

"예."

보르알도 황제의 검을 생각하면 등에서 땀이 흘렀다. 다행히 프라이언 3세가 워낙 허약해서 그 핑계로 검을 들지 않아 다행이었지 역대의 황제처럼 강건한 몸이었으면 자신의 정체는 벌써 탄로가 났을 것이기 때문이다.

"아, 그리고 계획은 잘 기억하고 있겠지? 난 단지 공작일 뿐이다. 따라서 난 너와 자주 못 만난다. 그러니 앞으로 나와 자주 못 만나더라도 계획에 따라 일을 진행시켜야 한다."

"예, 물론입니다. 먼저 현재 약혼녀인 레이핀 백작의 딸과 결혼을 한 후 그 사이에서 딸을 낳고 그 딸과 공작님의 손자 분과 결혼을 시키는 거죠."

"맞다. 하지만 그전에 황후 주위의 시녀들을 우리의 사람으로 채워야 한다. 그건 온전히 네 몫이다. 그리고 네 딸은 없다. 내 손자와 결혼할 아이는 네시안 후작의 딸이다. 넌 아예 황후의 옷깃 하나도 건드리지 말도록. 왜 그러는지는 알고 있지?"

"예, 제게 아이가 생기면 그 아이 때문에 딴 욕심이 생길 것을 염려해서가 아닙니까?"

"염려해서가 아니다. 당연히 그렇게 된다. 그리고 레이핀 백작의 딸은 일이 끝나면 내 첩으로 들일 생각인데 그녀와 네가 정이라도 생기면 그것도 일이 아니냐?"

"예, 알겠습니다."

보르알은 속으로 율리안 공작을 욕하며 대답했다. 레이핀 백작의 딸은 미모도 미모지만 그 성품과 지혜가 뛰어난 여인이었다. 그런 것을 익히 아는 율리안 공작은 전부터 그녀에게 욕심을 품고 있었던 것이다. 어쩌면 이번에 율리안 공작이 일으킨 거사는 사실 그녀를 차지하기 위한 것일지도 모른다고 생각하는 보르알이었다. 하지만 그는 그것을 내색할 수가 없었다.

"그건 알겠는데… 레이핀 백작의 딸은 어떻게 속입니까? 그리고 네시안 후작님은 정말 딸을 가질까요?"

보르알의 말에 율리안 공작을 훗 하며 웃었다.

"걱정 마라. 네시안 후작의 딸은 이미 태어난 지 10년이 지났다."

"예에? 하지만……."

"후훗, 그 아이는 태어났을 때 마법으로 모든 생체 활동을 멈추게 했다. 말하자면 그 아이의 시간을 멈춘 것이지. 이제 일의 진도에 따라 그 마법을 풀어 그 아이가 움직이게 하면 된다. 난 이 일을 이미 20년도 전부터 계획했었다. 그리고 레이핀 백작 딸의 일은 네게 달렸다. 네가 얼마나 능력있게 빨리 시녀들을 바꾸느냐에 따라 일의 진도가 달라진다. 난 시녀들 사이로 내 마법사인 오렐라를 들여보낼 것이다. 그녀는 네시안 후작의 딸에게 마법을 건 마법사야. 상당한 수준의 고위 마법사지. 이번엔 그녀가 황후에게 손을 써서 환상을 느끼게 하고 임신한 것처럼 몸을 만들 것이다."

"아… 그렇게 되는군요. 그럼 그 후에 전 공작님의 명령만 받으면 되는 겁니까?"

"맞다. 그때 난 네게 약을 하나 줄 것이다. 그 약을 마시면 열흘간 죽은 것처럼 된다. 마치 네시안 후작의 딸처럼. 황제의 장례가 끝나고 황제의 외동딸과 결혼한 내 손자가 새 황제로 등극하면 넌 지금의 프라이언과 똑같은 얼굴을 다른 얼굴로 바꾸면 된다. 그때 내가 중용하마. 모든 계획은 네게 다 일러준 대로다. 앞으로의 일은 네 능력에 달린 것이다."

율리안 공작은 그렇게 말하고 입을 다물었다. 하지만 보르알은 아직도 문제점이 있는 것을 알았다.

"마지막으로 하나만 더 묻겠습니다. 아니, 두 가지. 황제에게 아들이 없어도 딸이 있으면 그 딸이 여제로 등극할 수가 있지 않습니까? 남편이 있더라도 말입니다. 그들 사이에 태어난 아이는 황가의 성을 쓰는 것으로 대를 잇는 것으로 압니다. 그리고 삼대대공 가문은 어쩌시렵니까? 그들은 충신 중의 충신인데다 가문의 역사가 길고 강한 힘을 가진 가문입니다."

율리안 공작은 보르알의 말에 코웃음을 쳤다.

"흥. 삼대대공가? 한때 그들보다 더 강한 힘을 가진 가문이 있었지. 알고 있나?"

"라마비스 공작가를 말하시는 겁니까? 15년 전에 몰락한?"

"그래, 그 라마비스 가를 파멸시킨 것이 바로 나다. 200여 년의 긴 시간 동안 성세를 누려온 라마비스 가를 난 단 5년 만에 파멸시켰지. 내 계획의 첫걸음이 바로 그것이었다. 지금은 그때보다 더 강한 힘을 가진 나이다. 삼대대공가는 무섭지 않아. 아니, 오히려 그들이 무너지면 카샤니안도 흔들리지. 난 흔들리는 나라를 손자에게 주고 싶지는 않아. 그러니 삼대대공가는 망하면 안 돼. 오히려 내 계획에 필요하지. 그리고 황제위 문제인데, 그건 네가 빨리 날 대공으로 만들어야 해결이 된다. 오직 남자만이 황제에 오를 수 있도록 법을 바꿔야 하니까 말야. 마침 황족은 오직 프라이언 황제만 남았다. 이건 신께서 주신 기회야. 5대째 오직 황자 한 명씩만 낳았다는 것이 뭘 뜻하겠나?”

“그럼 이제 걸리는 것은 없는 것입니까?”

“그래, 이젠 실수만 없으면 된다. 잘 명심하도록.”

“알겠습니다.”

보르알은 율리안 공작의 어깨를 두드리며 말했다. 그들은 창 안의 사람들을 의식해서 행동만은 황제와 신하처럼 하고 있었던 것이다. 그 렇게 그들의 연극은 실수없이 끝났다. 그리고 그들의 계획 자체도 실 수가 없었다. 세 가지만 빼놓으면. 첫 번째 실수. 그들은 창밖에서 경 악에 찬 눈으로 그들을 바라보는 사람을 의식하지 못했다.

페인드는 자신의 눈으로 본 것을 믿을 수가 없었다. 페인드는 작은 잡화점을 하는 부모에게서 태어났다. 그는 어려서부터 귀가 안 들렸었 는데 부모가 잡화점을 하는 관계로 가끔 가게 일을 도와야 했다. 하지 만 귀가 안 들리는 그로서는 그것이 무척 어려운 일이 아닐 수 없었다. 그런 그에게 다행이랄까? 마침 그의 부모가 경영하는 잡화점에 들른 곡마단 사람이 페인드를 보고 그에게 독순술을 가르쳐 주었던 것이다.

페인드가 20살이 될 무렵 그는 귀가 들리게 되었다. 페인드가 귀가 안 들린 것은 페인드에게 고막이 없어서였는데 귀가 안 들리면서도 부모의 일을 돕는 페인드를 귀여워하던 마법사가 페인드가 다 성장하 고 성인이 되었을 때 고막을 만들어준 것이었다. 덕분에 그는 그토록 되고 싶어하던 병사가 될 수 있었다. 게다가 마법사에게 1서클의 간단한 치유 마법을 배웠기 때문에 만약의 상황에 대비해 황제의 호위병이 될 수 있었던 것이다. 만약 황제가 자객의 칼에 맞기라도 하면 그의 치유 마법으로 마법사가 오기까지 약간이나마 버틸 수 있기 때문이었다.

페인드는 그렇게 귀가 들리게 되었지만 10년을 넘게 써온 독순술인지라 아직도 잊지 않았다. 오히려 그 능력은 병사가 되고부터 더 유용해졌던 것이다. 그런 페인드 앞에서 말을 한 것이 율리안 공작과 보르알의 두 번째 실수였다. 처음부터 그들은 그들이 비밀 대화를 하기 위한 핑계였던 하늘을 보며 말했어야 했다. 하지만 그들은 발코니 창의 두께를 맹신했던 것이다. 어쩌면 페인드의 능력을 몰랐던 것이 두 번째 실수였는지도 모를 일이다. 그리고 세 번째 실수……

프라이언은 힘겹게 눈을 떴다.

"어? 벌써 살았네? 난 워낙 허약해 보여서 좀 더 있다가 깨어날 줄 알았는데……."

프라이언은 소리나는 곳으로 목을 돌렸다. 거기엔 한 여자가 자신을 보고 있었다.

"이봐요, 정신 들어요?"

"으음… 여긴……."

"여기요? 여긴 우리 집이요. 자아, 그렇게 있지 말고 이거라도 먹어요."

프라이언은 그녀가 내미는 것을 받았다. 하지만 누워서 먹는 게 쉬운 일은 아니었다. 프라이언은 그릇을 받아 든 채 난감해하고 있었다.

"아차, 먹기 힘들겠군."

그녀는 프라이언을 일으켜 세웠다. 프라이언은 잔뜩 긴장했다. 자신이 언덕을 구른 것까지는 기억을 했다. 그렇다면 몸이 많이 상했을 테고 이렇게 일으켜 세우면 얼마나… 아프지 않다?

"어?"

프라이언은 몸을 둘러보았다. 몸에 힘은 없었지만 아픈 곳은 없었다. 오히려 가뿐한 기분까지 들었다.

"이게… 제가 왜 여기 있나요? 어떻게 된 겁니까?"

"아아, 제가 차근차근 말해 주지요. 전 에리카라고 해요. 보다시피."

그녀는 자신의 머리카락을 젖혔다.

"엘프죠."

"그건 알고 있었습니다."

"어? 어떻게 알았나요?"

에리카는 눈을 동그랗게 뜨고 물었다.

"그야… 머리카락을 젖히지 않아도 솟아오른 귀는 보이거든요."

"그, 그랬나요?"

에리카는 멋쩍은지 머리를 긁적였다. 그러자 에리카의 검은 머리가 가볍게 출렁거렸다. 흰 피부와 그믐밤처럼 검은 머리카락은 매우 아름답게 조화를 이루었다. 프라이언은 에리카를 멍하니 쳐다보았다. 그런 프라이언의 눈을 의식한 에리카는 헛기침을 하며 밖으로 나갔다.

"참, 시장하시죠? 음… 먹을 걸 가지고 올게요."

프라이언은 에리카가 나간 후 손에 들고 있는 그릇을 보았다. 그릇 안에는 맛있어 보이는 죽이 담겨 있었다.

"후훗, 하하하, 하하하핫."

프라이언은 에리카를 생각하며 웃었다. 이상하게 유쾌한 기분이 들게 하는 매력있는 엘프 아가씨였다.

"아니, 그럴 수 있나요? 전 인간은 아니지만 알 건 알아요. 사람들이 만들어놓은 충성 같은 것은 생각하지 않더라도 자신의 욕심을 위해 자신이 따르던 사람 배신을 하다니 그럴 수가 있나요? 그 사람은 머리 속에 탐욕 외에는 그 어떤 사상이나 가치관도 없나요?"

프라이언은 난처한 얼굴로 에리카를 보고 있었다. 에리카에게 왜 자신이 여기까지 오게 됐는지 설명을 해주니 저렇게 방방 뛰는 것이었다. 오히려 일을 당한 자신보다 더 화를 낸다고 생각하는 프라이언이었다.

"자자, 이제 당신 이야기를 해봐요. 왜 다른 엘프들과 같이 살지 않고 따로 살죠?"

프라이언은 에리카가 잠시 숨을 몰아쉬는 틈에 재빨리 화제를 다른 곳으로 돌렸다.

"아! 예? 아… 저요? 전… 하이 엘프예요."

"하, 하이 엘프?"

프라이언은 놀랐다. 하이 엘프면 드래곤과 맞먹는 생명체라고 들었다. 고귀하디고귀한 존재로 드래곤을 여러 번 본 사람도 하이 엘프는 일생 동안 본 적이 없다고 했다. 사람의 사악한 기운이 그들의 고귀함을 더럽힐까 봐 사람 눈에 띄지 않는 산속에 산다고 했다. 그런 하이 엘프가 지금 자신의 눈앞에 있는 것이었다.

"왜 그러세요?"

"아니, 아닙니다."

에리카는 가볍게 웃고는 말을 이어나갔다.

"전 하이 엘프지만 하이 엘프가 아니에요."

"그건 무슨 소리죠?"

"훗. 하이 엘프로서 모든 능력을 잃었답니다. 모두 제 탓이었어요. 제가 그만 악마의 힘에 물든 적이 있어서죠."

순간 프라이언은 흠칫했다.

"그렇게 놀랄 건 없어요. 전 그저 악마의 힘에 물들기만 했을 뿐이었으니까요. 그때 전 갓 성인이 되었었는데 호기심이 일더군요. 정말 악마의 힘에 물들면 자신을 잃어버릴까 하고요. 그래서 한번 악마의 힘을 몸에 받아봤어요. 하지만 아무 일 없더군요. 그래서 다시 그 힘을 소멸시켰는데 그만 장로님께 걸리고 말았거든요. 당장 난리가 났고 전 모든 능력이 소멸된 채 쫓겨났어요. 사상이 위험하다나?"

프라이언은 에리카의 말을 듣고 그녀를 동정했다.

"그런 일이 있었군요. 그래도 밝은 얼굴인 것을 보니 다행이네요."

"뭐, 벌써 2백 년 전 일이니까요. 그리고 날 쫓아냈어도 그들은 날 끝까지 생각해 줬어요. 봐요, 이 반지. 이 반지는 제가 하이 엘프 사회에서 쫓겨날 때 받은 거예요. 제 몸을 지킬 단 하나의 도구죠. 이 반지로 프라이언도 살린 것이고요."

순간 프라이언은 말문이 막혔다. 그리고 종족 간의 차이를 한순간에 느끼는 순간이었다.

"아… 예… 그렇게 되었군요……. 마법 반지… 그리고… 하하, 2백 년이라……."

"아, 너무 그렇게 나이 가지고 생각 마세요. 인간의 기준으로 전 이제 스무 살 초반이니까요. 음… 20살 정도? 그 정도로 보면 돼요."

"그, 그런가요? 하… 하… 하……."

프라이언은 18살이었다.

"그래서요?"
제르카는 눈앞의 사람을 노려보며 물었다.
"그래서 어떻다는 건가요?"
"제르카, 앞으로는 내가 널……."
제국의 황제 프라이언 3세. 그는 자신의 앞에 있는 작은 12살 어린
소녀인 제르카를 보며 말했다. 하지만 제르카는 그가 자신의 아버지라
는 것을 인정할 수 없었다.
"시끄러워요! 전 고아라고요. 어려서부터 고아원에서 자랐다고요!
부모님 계신 다른 아이들을 부러워하면서요. 그런데 제 아버지가 다른
사람도 아닌 황제라고요? 말 한마디면 드래곤도 잡아올 사람이 밑에
수두룩하다는 황제?"
프라이언은 제르카의 말에 고개를 저었다. 제르카와 같은 환경에서
자라지 않았기에 제르카를 이해한다고 말할 수는 없어도 얼마나 힘들
었을지는 그도 약간이나마 짐작할 수 있었다.
"미안하구나. 하지만 난 정말 몰랐었다. 네가 있었다는 사실은. 네
엄마가 너를 가졌었다는 사실을 알았다면 난 결코 그녀를 떠나보내지
않았을 것이다."
"떠나요? 그랬겠죠. 그런데 정말 제 어머니가 당신을 떠난 건가요?
당신이 당신의 지위를 이용해 내쫓은 것이 아니라요?"
제르카는 프라이언을 쏘아보며 말했다.

"떠나야 해요."

에리카는 프라이언에게 말했다.

"여긴 곧 붕괴될 거예요."

"에리카……."

프라이언은 에리카에게 고개를 들 수가 없었다. 여기서 조용히 살던 그녀였다. 하지만 자신 때문에 떠나야 하는 상황이 된 것이다.

"괜찮아요. 저도 여기가 지겨웠으니까요. 먹을 것도 없지, 경관도 엉망이지. 여긴 제 취향이 아니라고요. 전부터 떠나고 싶었는데 혼자 떠날 용기가 없었거든요."

하지만 프라이언은 에리카의 말이 거짓임을 알 수 있었다. 에리카의 말대로 이곳은 사람이 살기 어려운 곳이지만 그녀의 노력 덕분으로 풀이 우거지고 나무가 자라는 등 점점 환경이 좋아지고 있었던 것이다. 그때 프라이언이 살 수 있었던 것도 그렇게 자란 나무와 풀에 걸려서 충격이 줄어들었기 때문이다.

"미안해요."

프라이언은 고개를 푹 수그렸다. 그런 프라이언을 향해 에리카는 조용히 미소를 지으며 말했다.

"괜찮다니까요. 그보다 빨리 빠져나가야겠어요. 저 언덕이 무너지면 우린 여기서 묻히거든요."

에리카는 먼저 일어섰다. 그리고 프라이언의 손을 잡아 이끌었다. 에리카의 손에 이끌려 나가면서 프라이언은 자신이 머물던 곳을 바라보았다. 비록 허름한 오두막이지만, 예전 자신이 살던 호화로운 궁전은 아니지만 따스했던 곳이고 행복한 곳이었다.

"잘 있어."

프라이언은 조그맣게 지금까지 살던 집을 향해 말했다. 그리고 에리카의 손에 이끌려 계곡을 빠져나갔다.

율리안 공작은 미칠 지경이었다. 이미 자신들의 음모는 모두 공개되었다. 너무 방심했었다고 그는 생각했다. 하지만 오렐라의 생각은 달랐다. 율리안 공작은 자신보다 낮은 사람들을 너무 경시했다. 가문이 능력은 아니었다. 지체가 높다고 그의 손이 닿으면 풀이 잘 자라는 것은 아니었다. 오직 땅을 사랑하는 농부만이 풀을 잘 자라게 할 수가 있는 것이었다. 하지만 율리안 공작은 그런 생각 자체가 없는 사람이었다.

율리안 공작은 신분만 하더라도 세 번째로 높은 지위였고 그 자신이 소드 마스터였다. 그래서였을까? 그는 일반 병사들을 무시했다. 율리안 공작에게 그들은 낮은 지위, 가난한 집안, 평범한 검술을 가진 하찮은 존재들이었다. 하지만 그런 하찮은 존재 하나 때문에 율리안 공작은 파멸에 이른 것이다. 이미 보르알을 비롯한 율리안 공작의 사람들은 모두 잡혀 있었다. 다만 율리안 공작만이 오렐라 자신의 힘으로 탈출한 것이다. 그런데 그렇게 혼자만 탈출을 했으면 어디 조용한 곳에서 숨어 살지 지금의 이 짓은…

오렐라는 고개를 저었다. 쫓기는 마당에 지금 슈리함 산에, 프라이언 3세가 떨어진 곳을 파이어 볼로 공격하라니… 한심했다. 저런 어리석은 자가 무슨 큰일을 한다고… 그리고 더 한심한 건 오렐라 자신이었다. 이런 상황에서도 그의 명령을 들어야 하다니…….

"그만 가는 것이 좋지 않을까?"

오렐라는 율리안 공작에게 물었다. 하지만 율리아 공작은 핏발이 선 눈으로 소리쳤다.

"안 돼! 안 돼! 처음부터 프라이언 그놈을 죽였으면 이렇게 되지는 않았어! 아무리 내 계획이 탄로났어도 날 어쩔 수 없었을 거란 말야! 그러니 프라이언, 그놈은 죽여야 해. 빨리 불덩이를 저 밑으로 떨어뜨리란 말야!"

오렐라는 한숨을 쉬었다. 지금 네시안 후작은 그들을 잡기 위해 혈안이 돼 있을 것이다. 마흔이 다 되어 얻은 천금 같은 딸을 납치하고 그 딸을 인질로 그가 충성을 바치던 나라와 황제까지 배반하도록 한 율리안 공작에게 원한이 없을 수 없었다. 아마 뼛속까지 원한이 사무쳤겠지. 율리안 공작의 음모가 드러나고 그의 딸이 구출된 마당에 더 이상 그가 율리안 공작의 편을 들 이유가 없었다. 아니, 오히려 비록 협박을 당해 하던 일이지만 그래도 역모에 가담을 했었으니 그 실수를 만회하기 위해서라도 더욱 율리안 공작을 잡으려 할 것이 뻔했다. 그래야만 나중에라도 죄가 줄어들 테니까. 그런데도 저 공작이란 인간은 자신의 파멸을 엉뚱한 사람에게 뒤집어씌우고 있었다.

"뭐 하는 거야?"

오렐라가 마법을 멈추자 율리안 공작이 소리쳤다. 오렐라는 율리안 공작을 보며 말했다.

"넌 내가 무한한 힘을 지녔다고 생각해? 난 널 구하기 위해 이미 많은 마법을 썼고, 또 그만큼의 마법을 저 아래에 퍼부었어. 넌 여기서 도망칠 생각이 있는 것이냐? 여기서 도망칠 방법은 두 가지야. 공간 이동과 지금 파괴해 버린 저 언덕 아래."

"그래?"

율리안 공작은 잔인한 미소를 지었다. 오렐라는 율리안 공작의 미소에 불안감을 느끼면서 말을 이었다.

"게다가 프라이언은 예전에 저곳으로 굴러갔어. 이미 죽은 지 꽤 됐을 거야. 그런데도 저곳에 이런 마법 공격을 해야 해? 차라리 그런 마법이라면 우릴 잡으러 오는 군인들에게 쓰는 것이 효과적이지 않을까?"

"후후, 만약을 위해서다. 프라이언이 죽으면 황제가 없는데 누가 날 처벌하겠는가? 대귀족끼리 서로 권좌를 차지하기 위해 싸우겠지. 그러면 내가 황제가 될 가능성이 커지지 않겠나?"

오렐라는 절망을 느꼈다. 율리안 공작은 자신이 만든 망상에 사로잡힌 것이다.

"그럴 생각이면 탈출을 해야 하지 않아?"

오렐라는 마지막 희망을 가지고 물었다. 그 말에 율리안 공작도 고개를 끄덕였다.

"그건 맞아. 그래서 말인데, 공간 이동을 시킬 때 한 사람을 이동시키는 것과 두 사람을 이동시키는 경우 마법력에 차이가 나나?"

"물론. 공간을 여는 마법이 괜히 있는 것이 아니지. 단순한 마법에 의한 공간 이동은 사람 수에 따라 그만큼 힘이 드니까."

"그렇다면 결정했다. 나 하나만 공간 이동시킬 마법력을 놔두고 너의 모든 마법을 저 언덕 밑으로 쏟아 부어라."

그 말을 듣는 순간 오렐라는 순간적으로 머리가 멍해졌다. 그리고 분노가 치밀어 올랐다.

"그래? 날 희생시키겠다는 거야? 그런데 말야, 너 혼자 뭘 할 거지? 넌 지금 남은 것이 없어. 돈도, 권력도, 부하도. 오직 나만이 널 돕고 있단 말야."

오렐라는 분노를 삼키며 말을 했다. 하지만 율리안 공작은 태평한 얼굴이었다.

"이봐, 난 공작이야. 고귀한 신분이라고. 그런 내가 뭘 못하겠나? 게다가 난 소드 마스터야. 알아? 소드 마스터. 너도 바보는 아니니 소드 마스터가 뭔지 알지? 누가 날 이기겠나?"

율리안 공작의 말에 오렐라는 웃음이 터져 나올 것 같았다. 소드 마스터라니. 자신의 신분만 강조하는, 신분만 믿고 의지하는 율리안이 제대로 된 검술을 연마했을 리가 없었다. 그의 소드 마스터 실력은 오렐라의 마법에 의한 것이었다. 그녀가 마법으로 그가 검기를 쓸 수 있게 하고 마나를 공급한 것이었다. 따라서 그녀가 죽으면 율리안 공작은 당장 보통 사람이 되는 것이었다. 아니, 오렐라가 죽는 경우가 아니라 지금처럼 그녀의 힘이 떨어진 경우에도 율리안 공작은 보통 사람이었다. 율리안 공작에게 마나를 공급할 체력이 떨어졌기 때문이다.

"그리고 날 속일 생각 마라. 난 바보가 아니다. 마법은 몸 주위의 마나를 이용하는 것이라는 것쯤은 알고 있어. 그런데 마법이 떨어진다느니 어쩌느니 하는 말은 하지 마."

바보는 너야. 오렐라는 속으로 그렇게 말했다. 마법을 끄는 데도 체력이 필요한데 그는 그걸 모르는 것이었다. 오렐라는 결심했다.

"그래, 원하는 대로 해주지. 우리 마족은 약속을 철저히 지키니까. 난 널 돕고 지켜야 하지. 그런데 말야, 너와 난 계약을 맺었어. 그런데 계약을 맺은 한쪽이 죽으면 어떻게 될까?"

어떻게 되긴 뭐가 어떻게 돼. 자동적으로 계약 종료지. 그녀는 그렇게 생각했지만 입 밖에 내지는 않았다. 하지만 율리안 공작은 얼굴색이 달라지더니 뭔가 생각을 하는 듯했다.

"뭘 그렇게 생각해? 맞다. 어디로 공간 이동할 것인지 생각해야겠지? 빨리 생각해. 이제 조금만 있으면 네시안 후작이 군사를 이끌고 여기로 올 거야."

그때 율리안 공작은 고개를 들었다.

"좋아. 넌 방금 내가 명령한 것만 들으면 계약 파기다."

"뭐, 뭐?"

오렐라는 율리안 공작의 말에 놀랐다. 그녀의 생각으로는 율리안 공작이 같이 공간 이동을 하자고 할 줄 알았었다. 하지만 율리안 공작의 말은 영 엉뚱한 것이었다. 하지만 그녀는 곧 속으로 웃었다. 생각보다 더 만족할 만한 최상의 결과가 나온 것이다.

훗, 난 그냥 물어봤을 뿐이야. 어떻게 될까? 하고. 그저 수수께끼를 낸 것이지. 엉뚱한 말을 한 건 저 녀석이니까.

오렐라는 속으로 기뻐하며 율리안 공작에게 말했다.

"그럼 좋아. 어디로 갈 건지 생각이나 해."

그리고는 커다란 파이어 볼을 언덕 밑으로 날렸다.

"자, 이제 난 한계야. 널 공간 이동시킬 만한 힘밖에는 없어. 어디로 갈 거야?"

율리안 공작은 잠시 생각을 하더니 입을 열었다.

"누이스로 간다."

"누이스로?"

오렐라는 고개를 갸웃했다. 누이스라는 나라는 사람이 살 곳이 아니었다. 철저한 신분 제도를 지닌 나라로 최상급의 왕으로부터 최하급의 노예까지 모두 여섯 단계의 신분 계급을 가지고 있는데 그곳의 노예는 귀족이 기르는 애완 동물보다 못한 존재였다. 게다가 타국의 사람이라도 자신의 나라에 들어오면 자국의 법대로 처리를 했다. 그래서 다른 나라에서 누이스로 갔던 평민이 이유없이 귀족에게 죽는 일도 있어서 다른 나라와 마찰도 자주 일으켰었다. 또 타국의 귀족 자제가 여행을 하느라 옷이 더러워진 채로 누이스에 들어갔다가 노예로 팔리는 일도 있어서 전쟁의 위기까지 간 적도 있었다. 하지만 그런 일을 겪고도 변하지 않는 나라가 누이스였다. 그래서 주변 나라들은 누이스를 아예 상대도 안 하고 자국 사람들이 누이스에 가는 것도 막았다. 말하자면 더러워서 피하는 경우였다.

하지만 그런 누이스가 유지되는 것은 천혜의 조건 때문이었다. 사방에 과일나무가 있고 곡식을 25모작할 정도로 기후와 토양이 좋고 큰 강은 물 반 고기 반이었다. 게다가 산으로 둘러싸여 군대가 침범하기가 쉽지 않았다. 하지만 그런 혜택을 누리는 건 귀족들뿐이었다. 일반 평민은 언제나 배고픔에 시달렸다. 산과 들에서 난 과일과 곡식은 귀족의 애완 동물 먹이로 사용되었고 물고기는 화단의 거름이 되었다. 그런 나라에 율리안 공작이 간다니 이상한 것은 당연했다.

"그래, 누이스. 외국이니 숨어 살기에도 좋고 체제 자체가 내 입맛에 딱 맞지."

"아!"

오렐라는 율리안 공작이 뭘 생각하는지 알았다. 누이스에 평민이나 노예가 가면 고역을 치르지만 귀족이 가면 귀족 대접을 받기 때문이다. 그래서 썩어 빠진 귀족이 이상향으로 생각하기도 하는 나라가 누이스였다. 또 아닌 게 아니라 누이스로 여행을 갔다 오는 경우도 있었다. 물론 그때는 화려한 옷을 입고 가야 한다. 자칫 평민이나 노예로 보이면 일생을 망칠 수도 있으니까.

“난 누이스에 세 번이나 갔다 왔다. 좋은 나라였지. 난 이 카샤니안을 누이스와 같이 만들려고 했는데…….”

오렐라는 욕지기가 나오려고 했다. 소수의 귀족을 위해 많은 사람을 희생시키려는 율리안 공작 때문이었다.

“좋아, 보내주지. 가서 잘 지내라고. 그리고 계약 파기는 확실하지?”

“물론이다.”

율리안 공작은 당당히 대답했다. 오렐라는 율리안 공작을 공간 이동시키기 전에 그의 행색을 살폈다. 도망치느라 다 해어진 옷, 더러워진 얼굴. 세 번이 아니라 삼백 번을 갔다 와도 겉만 보고 판단하는 누이스 사람들에게 거지 꼴에 돈이라고는 한 푼도 없는 그가 공작이라고 증명할 것은 없었다. 아마도 노예로 팔릴 것이다. 게다가 율리안의 경우 겉모습만은 30대 중반의 모습이었다. 이것도 오렐라의 마법으로 가능한 것이었는데 아무리 마족이라도 겉만 바꿀 뿐 지나간 세월 자체는 어쩔 수 없었다. 하지만 율리안 공작은 그것만으로도 만족했었다. 그런데 그 만족이 불행을 몰고 올 것이다. 누이스 사람들은 겉만 보니까.

“그래, 가서 잘해봐.”

오렐라는 율리안 공작을 공간 이동시켰다. 그러자 속이 다 홀가분해졌다.

“그럼 이제 편안히 죽어볼까?”

그녀는 그 자리에 편안히 앉아서 네시안 후작이 오기만 기다렸다.

“그걸 믿으라는 건가요? 제 어머니가 떠나요? 이제 황후라는 편안한 삶을 누리기만 하면 되는데, 아니, 제 어머니가 그런 자리에 욕심이 없더라도 사랑하는 사람과 평생을 살 일만 남았는데 떠나요?"

"하지만 제르카, 그건 사실이란다."

프라이언은 그 말밖에 할 말이 없었다. 사실 그 자신도 왜 에리카가 떠났는지를 몰랐다. 그녀의 편지를 보면 프라이언 자신을 위해서라고 했다. 하지만 아직까지 그 의미를 알 수가 없는 프라이언이었다. 그러니 딸이긴 하지만 제3자인 제르카가 알 수 없는 노릇이었다.

"나도 왜 그녀가 떠났는지 알고 싶단다."

네시안 후작은 오렐라를 향해 칼을 들어 올렸지만 내려칠 수는 없었다.

"비켜라. 넌 이 마법사의 제자라는 이유만으로 죽어 마땅하지만 아직 어려서 살려주는 것이다. 하지만 계속 그렇게 버틴다면 나도 어쩔 수 없다."

오렐라의 앞에는 열 살 남짓한 소녀가 가로막고 있었다.

"그래요? 그럼 제 스승님을 죽여서는 안 되는 이유를 세 가지 말하죠. 첫째, 당신의 딸은 아직 마법으로 만든 가사 상태죠. 그걸 깨우기 위해서는 마법을 건 제 스승님의 힘이 필요해요. 둘째, 당신도 율리안 공작을 도왔지요? 하지만 하고 싶어서 한 것이 아니라는 것을 잘 알아요. 제 스승님도 당신과 마찬가지라고요. 제 스승님과 당신은 죄명이 같다고요. 나쁜 선례를 남기면 안 되잖아요?"

소녀의 당돌함에 순간 네시안 후작은 미소를 지을 뻔했다. 하지만 곧 정신을 차리고 굳은 얼굴로 말했다.

"그럴까? 우선 우리 카샤니안에는 많은 마법사들이 있다. 그 마법사들이면 내 딸을 깨울 수 있을 거야. 둘째로 난 내 죄의 대가를 회피할 생각이 없다. 이번 일이 끝나면 난 정식 재판을 받고 죄의 대가를 치를 것이다.”

“그, 그런…….”

소녀는 눈만 동그랗게 뜨고 말을 하지 못했다.

“꼬마, 네 이름은 뭐냐?”

“피리아요.”

순간 네시안 후작의 눈썹이 꿈틀했다. 그것을 본 피리아는 몸을 떨었다. 네시안 후작은 숨을 한 번 크게 쉬더니 말했다.

“그래, 그럼 마지막 남은 이유를 들어볼까? 마지막 이유는 뭐지?”

“그, 그건…….”

세 가지 이유는 피리아가 급히 생각해 낸 것이다. 처음 생각할 때는 충분히 이유를 만들 거라 생각했지만 나머지 한 가지 이유는 도저히 생각이 나지 않았다.

“그러니까… 우리 스승님은 여자고…….”

“그만!”

그때 오렐라가 피리아의 말을 멈추게 했다.

“이봐, 네시안 후작. 내가 말 좀 할까?”

네시안 후작은 눈살을 찌푸렸지만 가만히 있었다. 그것을 본 오렐라는 몸을 바로 세우고 말했다.

“마법사들이 뭐? 이봐, 눈이 있으면 좀 제대로 봐라. 내가 사람인가? 난 미족이야. 카샤니안에 뛰어난 마법사가 많다지만 미족의 마법을 뛰어넘는 마법사가 몇 명이나 될까? 내 마법을 인간 마법사들이 푼다고?”

순간 네시안 후작의 눈썹이 꿈틀했다.

"그렇기 때문에 네 대답은 틀렸어. 그리고 두 번째, 네 죄의 값을 피할 생각이 없다고? 그건 나도 마찬가지야. 나도 율리안 같은 녀석을 도운 것이 정말 수치스럽다. 높은 신분에 조금 힘이 생겼다고 날뛰는 꼴이라니……."

"율리안을 뒤에서 조종한 것이 너 아니었나?"

오렐라는 네시안 후작의 말에 고개를 저었다.

"이봐, 난 엉뚱하게 율리안에게 얽혀 들어가긴 했지만 그런 짓은 안 했어. 이 모든 계획을 짠 것은 로히스라는 녀석이야. 무서운 녀석이지. 그렇게 대단하던 가문인 라마비스 가를 파멸시킨 것도 다 그의 머리에서 나온 것이야."

"로히스? 로히스 안타로? 그럴 리가… 너희들이 여기에 있다고 알려 준 사람이 그인데… 그렇군. 율리안이 파멸하자 배반한 거로군. 훗, 형편없는 녀석 같으니……."

"어? 너, 내 말 믿는 거야?"

"그건 믿을 수 있을 것 같군. 네 눈빛은 거짓말하는 눈빛이 아니니까. 그런데 이제 말은 끝났나?"

네시안 후작은 칼을 쳐들며 물었다.

"아니, 중요한 말은 지금부터 시작이야. 내 말 잘 들어라. 네가 구해 낸 네 딸은 가짜다."

"뭣?"

네시안 후작은 눈을 크게 떴다.

"뭘 그리 놀라고 그래? 그럼 내가 그런 잔인한 짓을 할 줄 알았어? 솔직히 로히스와 율리안 두 녀석이 짠 계획이 너무 구역질나서 내가 손 좀 썼다."

“그럴 리가… 마족이라면 나도 들은 적이 있다. 네 말을 들으니 넌 율리안을 돕기로 맹약을 한 것 같은데 그의 말을 맘대로 무시해?”

오렐라는 손을 저었다.

“넌 마족에 대해 잘 모르는군. 그는 분명 네 딸을 가사 상태로 만들라고 했어. 하지만 말야, 분명 가짜는 안 되다는 말은 안 했거든.”

“그럼 내 딸은 어디 있느냐?”

네시안 후작이 외쳤다.

“흠… 네 딸 이름이 뭐더라?”

“피리아다. 피리아 네시안.”

“피리아라… 이름도 맞네. 피리아, 네 나이가 몇 살이지? 아, 그리고 네시안 후작, 당신 딸이 제대로 컸으면 몇 살일까?”

순간 네시안 후작의 눈빛이 떨렸다.

“그렇다면…….”

“맞아. 네 앞에 있는 피리아가 네 딸이야. 너한테는 돌려보낼 수도 없고 별다른 방법이 없어서 내 제자로 키웠지. 이봐, 후작. 이젠 말조심하라고. 난 나이도 당신보다 많고 또 당신 딸의 스승이야. 그러니까… 이봐, 듣는 거야? 나중에 실컷 안고 우선 내 말 좀 들으라고. 이봐, 이봐.”

“내가 너의 존재를 안 것은 삼 년 전이었다. 그때부터 널 찾았어. 하지만 흣, 나라가 큰 것이 이럴 때는 나쁘더구나. 황제인 나의 칙명으로 백 명이나 되는 사람이 찾아다녔지만 이제야 널 찾은 것이다.”

제르카는 프라이언의 간곡한 어조에 마음이 약간씩 끌리기 시작했다. 하지만 그걸 겉으로 보일 수는 없었다.

"삼 년 전에 알 거면 처음부터 왜 몰랐지요?"

"그건 네 어머니가 말을 안 하고 달랑 편지 한 장만 놓고 가서였지. 나중에 에리카의 친구였다는 한 하이 엘프가 와서 네가 있다는 말을 전해주었다."

"여기예요, 프라이언."

무슨 일인지 모르겠지만 위에서의 마법 공격이 끝나 있었다. 하지만 언제 또 마법 공격을 퍼부을지 모르기 때문에 빨리 빠져나가야 했다.

"이 좁은 길로 가면 산 아래로 갈 수 있어요."

하지만 그렇게 말하는 에리카의 표정은 밝지 못했다. 지금 가려는 곳이 어떤 곳인지 잘 알기 때문이었다.

"괜찮아요, 에리카?"

에리카는 프라이언의 말에 정신을 차렸다.

"예, 괜찮아요. 어서 가요."

프라이언과 에리카는 길을 따라갔다. 그리고 도착한 곳은…

"여, 여긴……."

프라이언은 주위를 살폈다.

"보다시피 좋은 곳은 아녜요. 하지만 우선 위험한 일은 피할 수 있어요. 그 다음에 좀 잠잠해지면 그때 다른 곳으로 떠나도록 해요."

에리카의 말에 프라이언은 근처 바위에 가서 앉았다.

"그렇다면 빨리 떠나야겠어요. 여긴 너무 안 좋군요. 먹을 것은 고사하고 마실 물이나 있을까요?"

"음… 먹을 건 어떻게든 찾으면 나올 거고… 마실 물은 많아요."

프라이언은 주위를 두리번거렸다. 하지만 어디를 봐도 메마른 땅뿐이었다.

"물이 어디 있어요?"

"당신이 물 나오는 곳을 깔고 앉아 있어요."

프라이언은 그 말에 급히 일어났다.

"앗, 차가! 어쩐지 뭔가 축축하더라……."

"그때가 그녀와 마지막 시간이라는 것을 난 알지 못했었다."

프라이언은 한숨을 쉬었다.

에리카는 한숨을 쉬었다. 이곳에서 먹을 거라고는 음지에서 자라는 소량의 이끼밖에 없었다. 그 이끼는 하이 엘프인 자신은 먹을 수 있었다. 하지만 사람이 먹을 수는 없었다. 이끼에 들어 있는 성분이 간지럼 증을 유발시키기 때문이다. 아무리 둘러봐도 잡초 하나 없는 땅. 그나마 물이라도 충분하니 다행이지만 어떤 생물이 물만 먹고 살 수 있을까? 그때 에레카의 눈에 띄는 것이 있었다.

"이건……."

에리카가 본 것은 한쪽 면을 가로막고 있는 벽이었다. 그런데 그 벽은 오랜 세월의 침식으로 흙이 무너지고 돌이 드러나 있었다. 충충이 쪼개지는 것을 보니 사암의 일종 같았다. 에리카는 결심을 했다.

"그래, 그 방법 외에는 없어."

에리카는 당장 돌 두 개를 떼어내 하나는 숫돌로 삼고 다른 돌을 갈기 시작했다. 그리고 그날 저녁…

"아악!"

프라이언은 에리카의 비명 소리에 놀라서 달려왔다. 그리고 경악했다. 에리카의 오른쪽 다리가 없었던 것이다.

"이, 이게 어떻게 된 겁니까?"

프라이언은 에리카에게 달려갔다. 하지만 에리카의 잘린 부분에서 나오는 피를 보며 어찌할 바를 몰랐다.

"아아… 잠깐만요… 바, 반지의 힘이여, 치료하라."

에리카가 마법을 쓰자 피는 곧 멎고 살이 아물기 시작했다. 하지만 상처가 나은 부분은 끔찍스러웠다.

"후후… 마법 반지가 있어서 다행이에요."

"어떻게 된 거죠?"

프라이언은 아직도 놀란 얼굴이었다. 에리카는 그런 프라이언의 얼굴을 쓰다듬으며 말했다.

"전에 말했었죠? 어둠의 힘을 받아들인 적이 있다고요. 아마 그 부작용일 거예요. 난 아무 일 없이 지나간다고 생각했는데 이런 부작용이 있을 줄 몰랐어요."

프라이언은 에리카를 꼭 껴안았다. 무슨 일이 있어도 그녀를 지키겠다는 생각을 하면서.

다음날 저녁때 프라이언은 말린 고기를 받았다. 고기는 얇고 잘게 썰려 있었다.

"이건……."

프라이언은 의아해서 물었다. 여긴 풀조차 없는 곳인데 어떻게 고기가 생겼는지 모를 일이었다.

"미안해요, 프라이언. 그 고기는 쥐 고기예요. 여긴 불조차 피울 수 없어서 쥐 모양도 없앨 겸 그렇게 잘랐어요. 그래도 굶어 죽는 것보다는 나을 거예요."

“그래요? 하긴 지금도 이걸 보니 군침이 도는군요. 쥐가 아니라 더한 것이라도 먹을 수 있겠어요. 그런데 어째서 이런 곳에 쥐가 있죠? 여긴 벌레조차 없는 곳인데…….”

에리카는 자신의 앞에 놓인 이끼를 가리켰다.

“이것 때문이죠. 이 이끼가 쥐의 먹이였어요. 결국 전 제 밥을 뺏어먹는 경쟁자를 프라이언에게 준 거라고요. 후후.”

프라이언은 에리카의 말에 미소를 지었다. 그리고 쥐 고기를 먹어보았다.

“음, 맛있어요, 정말. 쥐가 이렇게 맛있을 줄은 몰랐어요.”

고기를 맛있게 먹는 프라이언을 보며 에리카의 눈이 빛나고 있었다.

“그렇군요. 훗. 바보 같은 엄마. 좋아요. 당신이 제 아버지고 일부러절 버린 것이 아니라는 것은 인정할게요. 하지만 그렇다고 절 어떻게하려는 생각은 말라고요.”

제르카의 말에 프라이이언은 눈물을 흘렸다. 그리고 제르카를 꽉 껴안았다.

“제르카, 내 딸.”

“헉! 저… 저… 수, 숨 막혀요…….”

훗날 제르카가 돌이켜 생각할 때 감동은 있었지만 낭만은 없었던 부녀 상봉이었다.

“정말이야?”

에리카는 눈앞에 있는 자신의 친구를 바라보았다. 케르리안. 10년마다 한 번씩 찾아오는 친구였다.

"그래, 네 말을 들으니 그간의 정황이 제대로 이해가 가는군. 그래, 이미 위험은 사라졌는데 도망을 가? 반지의 기운이 아니었으면 난 널 못 찾았을 거야."

"후훗, 꼭 네가 날 쫓는 악당같이 말한다?"

"뭐얏!"

"아아, 그만. 어쩔 수 없었어. 당장 머리 위로 불덩이가 떨어졌으니까."

에리카의 말에 케르리안은 안됐다는 듯이 고개를 저었다.

"그래도 안 도망치고 버텼으면 됐을 텐데……."

하지만 에리카는 미소를 지었다.

"아냐, 오히려 잘됐어. 아무튼 알려줘서 고마워."

에리카의 말에 케르리안은 눈살을 찌푸렸다.

"잘돼? 뭐가? 네 꼴을 봐. 넌 그 인간을 먹이기 위해 다리 하나를 잘라냈어. 그게 잘된 거야?"

"후훗, 자세한 건 나중에."

에리카의 웃는 모습을 보며 케르리안은 할 말을 잃었다. 그리고 멀찍이서 곤히 잠들어 있는 프라이언을 바라보았다.

"그래라. 나중에… 그나저나 저 인간 참 운도 좋군. 하이 엘프의 고기를 먹다니. 아마 사람 중에 최초일 거야."

제르카는 이제 황궁에서 지내고 있었다. 그녀가 살던 고아원이 망한 후 3년 만에 가지는 집이었다. 집이었다. 집이었… 집이… 집…….

"하아, 좋다. 이렇게 좋은걸."

제르카는 시원하다는 듯이 두 팔을 죽 폈다. 그녀의 옷차림은 황제의 딸과는 거리가 멀었다. 허름한 남자 옷에 낡은 가죽신. 제르카는 콧노래를 부르며 길을 갔다.

하지만 제르카가 콧노래를 부를 때 식은땀 흘리는 사람들이 있었다.

"이보게들."

프라이언은 앞에 있는 사람들을 조용히 불렀다. 제르카의 친구들. 아니, 언니, 오빠라고 해야 하나? 제르카가 공주로서 황궁으로 들어올 때 같이 데리고 들어온 사람들이었다. 그들은 그때 속으로 운이 찾아왔다고 생각했다. 아닌 게 아니라 하고 싶던 공부도 하고 남부러울 것 없는 삶을 살고 있었다. 단 한 가지만 빼면.

"진정 모르나? 메이나, 그대는 제르카와 친자매처럼 친한 것을 아는데 짐작이 가는 곳이 없는가?"

메이나는 고개를 저었다.

"모릅니다. 다만……."

"다만."

"카샤니안 안에 있을 거란 것밖에는……."

메이나의 말에 프라이언은 머리를 짚었다. 그만이 아니라 다른 다섯 명의 사람들도 머리가 아팠다. 제르카와 같이 온 그들 다섯 명도 적응을 잘하는데 유독 제르카만이 황실의 온갖 예법과 형식 등을 못 견디고 이렇게 궁을 빠져나가는 것이었다. 그럴 때마다 그들 다섯은 죽을 맛이었다. 프라이언이나 다른 사람들이 뭐라고 하는 것은 아니지만 그들 스스로가 미안했던 것이다. 제르카와 같이 살았다는 이유만으로.

"후우… 벌써 다섯 번째인가?"

제르카가 들어온 지 이게 겨우 1년, 거의 두 달에 한 번 꼴로 가출을

한 것이다. 본인 말로는 답답한 궁을 벗어나 자유를 만끽한다는 것인
데 일국의 공주 가출은 그런 간단한 이유로 용인될 수 있는 것이 아니
었다. 하지만 처음과는 달리 지금 궁 안은 조용했다. 처음 제르카가 가
출을 했을 때는 정말 황궁이 뒤집어졌었다. 그러니 다섯 번째 가출인
지금은 다른 때와 같이 사나흘 지나면 돌아올 것이라 믿고 있었다. 그
동안 황궁은 긴장의 연속이겠지만.

프라이언은 믿을 수가 없었다. 달랑 편지 한 장. 옷자락에 피로 쓴
듯한 편지를 들고 그는 부들부들 떨고 있었다. 이제 에리카와 행복하
게 살 일만 남았다고 기뻐하던 프라이언이었다. 하지만 현실은 그를
절망의 나락으로 밀어 넣었다.
"왜지? 왜냐고!"
프라이언은 오열을 했다.
"폐하, 이만 가셔야 합니다."
프라이언을 모시러 온 밀라크 공작은 프라이언에게 돌아갈 것을 권
했다. 하지만 프라이언은 움직일 생각을 안 했다. 밀라크 공작은 한숨
을 쉬더니 말했다.
"폐하, 여기서는 아무것도 못합니다. 떠나간 분께서 폐하께서 이러
신다고 돌아오겠습니까? 하지만 황궁으로 들어가 정식으로 황위를 계
승하면 말이 달라집니다. 우선 황권으로 전국에 포고령을 내서 그분을
찾을 수 있습니다."
그 말에 프라이언은 귀가 솔깃했다. 밀라크 공작의 말이 일리가 있
었던 것이다.
"알았네. 그럼 가지."

프라이언은 일어났다. 그리고 그의 신하들과 같이 황궁으로 돌아갔다. 그들이 가고 나서 얼마 후 공간이 열렸다.

"꼭 이래야만 했니?"

케르리안은 에리카를 보며 물었다.

"방법이 없었어. 그를 위해."

그 말에 케르리안은 코웃음을 쳤다.

"웃겨. 그를 위한다면 오히려 네가 그의 옆에 있어야 하는 것 아냐? 넌 하이 엘프야. 고귀한 존재라고. 그런 존재가 옆에 있으면 득이 되면 됐지 피해가 갈 게 뭐야?"

"그렇지… 하이 엘프. 하지만 어둠에 물들었던 하이 엘프가 얼마나 도움이 될까?"

그 말에 케르리안은 할 말이 없었다. 다만.

"바보."

그 말밖에 할 말이 없었다.

"폐하, 차라리……."

궁정 마법사 오렐라는 프라이언에게 조심스럽게 말했다.

"공주마마께 증명패를 주시는 것이 어떻겠습니까?"

"그, 그게 무슨 말이욧!"

정작 화를 낸 사람은 네시안 후작이었다.

"그러잖아도 궁을 자주 빠져나가시는데 그런 것을 주자니!"

오렐라는 가볍게 손을 저으며 말했다.

"호호호, 그러니까 당신은 단세포라고요. 어차피 그런 증명패가 없어도 공주마마는 또 탈출을 감행할 거라고요. 예법과 형식, 신분 따위를 우습게 아는 공주마마시니 이런 황궁은 감옥과 같을 테니까요."

오렐라의 말에 네시안 후작은 부들부들 떨었다.

"이, 이런 무례한……."

"그러니 만일 궁 밖에 나갔다 일을 당하면 큰일이잖아요. 그러니 증명패를 주자 이거죠. 아무리 간이 큰 인간이라도 감히 공주마마께 해될 짓은 못하겠죠."

그때 네시안 후작이 소리를 질렀다.

"이 멍청이! 그거야 증명패를 보여줄 때 보여줬어도 상대방이 알아볼 때, 알아봐도 믿을 때의 일이잖아! 사실상 쓸모가 없는 거라고!"

오렐라도 소리를 질렀다.

"누가 멍청이라는 거야? 왜 증명패가 쓸모없어? 증명패에 추적 마법을 걸고 치료 마법을 걸고 위험할 때 보호 마법을 걸면 되잖아! 대체 마법사의 남편씩이나 된 사람이 그냥 달랑 증명패를 준다고 생각했단 말야? 흥. 당신, 집에 가서 두고 봐요!"

오렐라의 말에 네시안 후작은 움찔했다.

"그, 그런… 저… 폐하, 진지하게 회의를 해본 결과 공주마마께 증명패를 주는 것이 좋을 것 같습니다."

그런 네시안 후작을 프라이언은 한심한 눈빛으로 쳐다보았다. 서로 앙숙이던 네시안 후작과 오렐라가 어떻게 결혼까지 갔는지는 모르겠다. 중요한 것은 다른 일에는 그렇게 철저하고 굽힘없고 강한 추진력을 지닌 네시안 후작이 유독 오렐라에게는 꼼짝을 못한다는 것이다. 간단히 말해 공처가인 것이다. 프라이언은 한숨을 푹 쉬었다.

"그렇게 하시오. 그나저나 생일 되기 전에는 들어오겠지? 후우……."

에리카는 케르리안을 보고 있었다.

"왜 그러고 있지? 쿨럭, 쿨럭."

"에리카……."

케르리안은 어떻게 말을 할 수가 없었다. 웬일인지 불안했었다. 그래서 급히 찾아온 친구였다. 그런데 지금 그 친구는 죽어가고 있었다.

"쿨럭. 후우… 난 전에 프라이언에게 거짓말을 한 적이 있었어. 내가 어둠의 힘에 물들었던 부작용이 있다고. 그런데 그게 거짓말이 아니었네. 정말 부작용이 있었던 거야. 내 수명이 줄어든 거지. 거의 다."

"그럼 넌……."

에리카는 케르리안을 향해 미소를 지었다.

"난 이제 수명이 다했어. 네가 와서 정말 잘됐어."

에리카는 옆을 돌아보았다.

"이 아이, 프라이언과 나의 아이야. 이 아이를 보살펴 주겠니?"

케르리안은 아이를 보았다. 세 살 남짓한 귀여운 여자 아이였다. 아이는 에리카가 자신을 바라보자 맑게 웃으며 에리카에게 안겼다. 에리카는 아이를 안으며 말했다.

"이름은 제르카야. 예전에 우리 부모님이 내게 지어주시려던 이름이지. 할아버지 때문에 못 지었지만."

케르리안은 제르카를 보며 무겁게 입을 열었다.

"불가능해. 넌 이미 쫓겨난 몸이야. 쫓겨난 하이 엘프의 아이를 우리가 키우는 것은 불가능해."

"그건 나도 알아. 난 네게 아이를 길러달라는 것이 아냐. 이 아이는 이미 갈 곳이 있어. 내가 일하던 고아원인데 그곳의 원장님께서 무척 좋으신 분이라 마음이 놓여. 하지만 세상은 험해. 인간들의 세상은 언제 무슨 일이 벌어질지 몰라. 그 위험에서 제르카를 지켜달라는 거야. 아이가 나쁜 길로 빠지지 않게 가끔가다 가서 살펴주기 바래."

에리카의 말에 케르리안은 고개를 끄덕였다. 그건 그녀에게 충분히 가능한 일이었다.

"알았어. 내가 지켜줄게. 그런데 왜 이 아이 아버지에게는 안 보내는 거니?"

그 말에 에리카는 힘없이 웃었다.

"그것도 다 그 사람을 위해서지."

"그럼 그 아이는, 제르카는 생각 안 해?"

"그거야 네가 있잖아."

에리카는 케르리안을 보며 웃었다. 그런 에리카를 보며 케르리안은 눈물이 났다.

"너, 넌 나쁜 애야."

"후훗, 난 이미 아이 엄마인데 애라니 너무하잖아. 케르리안, 사람들은 복잡해. 별 쓸데없는 것에까지 다 신경을 쓰지. 만일 제르카를 프라이언의 딸이라고 해봤자 믿을 사람은 없어. 프라이언은 믿겠지. 하지만 그도 그 이상은 못할 거야. 다른 사람들 때문에. 그것이 인간 사회야. 케르리안, 나 좀 일으켜 줄래?"

케르리안은 에리카를 일으켜 세웠다. 에리카는 일어나 앉자 제르카를 살짝 떼어놓았다. 그리고 품에서 뭔가를 꺼내 제르카의 목에 걸어주었다.

"제르카, 이건 치료 마법이 가능한 반지란다. 넌 어려서 엄마를 곧 잊어버릴 거야. 하지만 이 반지는 잊어버리지 마라. 이건 언젠가 너를 도와줄 거니까.”

　에리카와 제르카를 보며 케르리안은 울고 있었다.

　프라이언은 지금 자신 눈앞에 있는 서류를 보고 있었다.

“이게 정말인가?”

“예, 전하.”

　프라이언은 의자에 몸을 깊숙이 묻었다.

“하아… 밀라크 경, 이를 어쩌지? 이걸 어쩌면 좋겠소?”

“음… 이건 혹시 사춘기 소녀의 반항이 아닐까 생각됩니다. 그러잖아도 공주마마께서 가장 오래 배우고 가장 자신있어하는 기술이 그것인 데다 꽉 막힌 황궁의 예법에 대한 반항이 이렇게 나타났다고 봅니다.”

　그 말에 프라이언은 곤혹스런 표정이었다.

“그, 그렇다고 소매치기요? 이거 정말 미치겠군.”

　밀라크는 그런 프라이언을 보며 말했다.

“걱정 마십시오. 공주마마께서는 일부러 우리가 볼 때 공주마마가 하신 것이라 짐작할 수 있는 흔적을 남기셨습니다. 그건 황실에서 그 돈을 갚으라는 소리입니다. 이럴 때는 그냥 황실의 돈으로 피해 보상을 하는 것이 좋습니다. 물론 내놓고 알릴 일은 아니니 은밀히 해야 할 것입니다. 각 도시의 치안대나 경비대에서 피해자의 딱한 사정을 생각해 미리 보상해 주는 방식으로 말입니다.”

　프라이언은 밀라크 공작의 말이 그럴듯했다.

“그래? 좋은 방법이군. 그렇게 합시다. 아, 그런데 만일 피해자가 딱한 사정이 없을 땐 어쩌면 좋소?”

"음… 그건 한번 생각해 봐야겠습니다."
프라이언은 갑자기 골치가 아파졌다.

케르리안은 언제나 제르카를 보고 있었다. 고아로 자라면서도 밝게 크는 아이를.
"에러카, 너도 저 아이의 모습을 봐야 하는데……."
케르리안은 언제나 죽은 에러카에게 그렇게 말을 하곤 했다. 하지만 케르리안은 항상 제르카만 지켜볼 수는 없었다.
"아무 일 없을 거야. 지금까지 그래 왔으니까. 단지 5일이야. 5일만 비우는 거니까 아무 일 없을 거야."
케르리안은 그렇게 스스로 두 번 세 번 안심을 시키고 하이 엘프의 사회로 갔다. 그녀 친구의 결혼식에 가봐야 했기 때문이다. 그리고 4일 후 예정보다 하루 일찍 도착한 케르리안은 경악했다. 고아원이 없어졌던 것이다. 알아보니 고아원이 망하고 거기 있던 아이들은 뿔뿔이 흩어졌다고 했다. 케르리안은 어이가 없었다. 단 4일 만에 어떻게 일이 그렇게 빨리 진행이 될 수 있었는지 이해가 가지 않았다. 하지만 그 이유는 곧 알게 되었다.
"네가 도로스 켄트냐?"
도로스 켄트는 눈앞의 아름다운 엘프에게 공포를 느끼고 있었다. 그리고 왜 이 엘프가 자신에게 이러는지 알 수가 없었다. 아무리 생각을 해도 자신은 엘프에게 죄를 지은 적이 없었던 것이다. 그리고 자신이 왜 이 엘프에게 공포감을 느끼는지 몰랐다. 그가 아는 엘프는 순한 종족이었다. 하지만 그는 몰랐다. 눈앞의 엘프가 보통 엘프가 아닌 하이 엘프라는 것을.

"왜, 왜 이러십니까?"

"왜 이래? 넌 네 탐욕을 위해 고아원을 집어삼키고 거기 있는 아이들을 내쫓았다. 단지 천 루니안을 빚진 것 가지고 2십만 루니안짜리 땅을 뺏어? 너 같은 녀석은 세상에 살 가치가 없어."

케르리안의 말이 끝나자 도로스는 사색이 되었다.

"아이고, 살려주십시오. 제가 욕심에 눈이 멀었습니다! 제발 살려주십시오."

도로스는 케르리안에게 매달리며 사정했지만 케르리안은 어떤 면에서 착한 성격이 아니었다.

"좋아, 살려주지. 하지만 그래도 벌은 받아야지? 우선 네 재산을 모두 금으로 바꿔."

도로스는 케르리안의 말대로 모든 재산을 금으로 바꾸었다. 보통의 경우라면 도로스는 폭력배를 동원했겠지만 그렇게 할 수는 없었다. 케르리안에게는 도저히 거역할 수 없는 힘이 배어 나오고 있어서였다.

"좋아, 이건 내가 사회에 기부하마. 그리고 지금까지는 네가 저지른 일에 대한 벌이고 이번 것은 고아원을 망쳐 버린 벌이다. 널 누이스로 보내주마."

케르리안은 도로스를 누이스로 이동시켰다.

"하아… 화가 난 김에 일을 저지르긴 했는데… 이 일을 하느라 사흘이나 지났잖아? 대체 제르카를 어디서 찾지? 제르카가 치유의 반지를 단 한 번이라도 사용하면 금방 알 텐데……."

고민하던 케르리안은 한 가지가 생각났다.

"그래, 그거야. 제르카의 아버지가 황제잖아. 그 녀석의 권력에 맡겨야겠어. 에리카, 미안하다. 아무래도 제르카는 그 아이 아버지에게 맡겨야겠다."

케르리안은 그렇게 말하고는 황궁을 향해 떠나갔다.

제르카는 한 소년을 주의 깊게 살피고 있었다. 자신이 도시에는 처음 온 촌놈임을 팍팍 광고하는 그런 소년을. 그 소년은 어이없게도 돈을 주머니째 꺼내고 있었다.

"바보 아냐?"

제르카는 한심해서 소년을 바라보았다. 그런데 그 소년은 주머니를 꺼낸 채 돈을 뒤지고 있었다.

"좋아, 그렇게 잃고 싶다면 소원을 들어주지. 너, 행운인 줄 알아라. 나한테 잃으면 그나마 보상은 받으니까."

제르카는 그렇게 중얼거리고 소년에게 다가가 슬쩍 부딪쳤다.

"얘, 너. 길 잘 보고 다녀야지."

"그래그래. 참나… 알았다. 미안하게 됐네, 꼬마."

소년의 말에 제르카는 화가 났다. 꼬마라니. 제르카는 빨리 도망을 쳐야 함에도 소년을 쏘아보았다.

"어? 너, 왜 그래?"

제르카는 한번 숨을 크게 쉬어 화를 삭인 후에 말했다.

"꼬마라니, 누가 꼬마라는 거야? 너야말로 어린데 그런 말을 하면 어쩌니?"

제르카가 조용히 충고하자 소년도 자신의 잘못을 알았는지 사과를 했다.

"아, 그래. 미안미안. 난 하프 엘프인 줄 몰랐어."

제르카는 마음 좋게 소년의 사과를 받기로 했다.

“좋아. 하지만 다음부터는 모든 일에 조심해야 해.”

제르카는 그렇게 말을 하고는 그대로 뛰어갔다.

프라이언은 종이 한 장을 들고 망연자실했다. 아무리 읽어보고 또 읽어도 같은 내용.

〈아바마마, 제 나이 벌써 14살입니다. 이젠 저도 좁은 황궁을 벗어나 세상을 배우고 싶습니다. 그래서 지금 여행을 떠나려고 합니다. 제 여행 경비는 도처에 널려 있으니 언제든지 메워주실 거죠? 감사합니다, 여행 경비를 대줘서. 전 세상을 여행하며 많은 경험을 쌓고 많은 사람들을 사귀겠습니다.

그럼 여행 끝나고 만나요. 안녕.〉

“이, 이거… 설마 내가 꿈을 꾸나?”

하지만 확실히 꿈은 아니었다.

“이게 말이나 되오? 지금까지 밖에서 지내다 황궁에 온 지 고작 2년이오. 그런데 뭐가 어째? 이걸 어찌하면 좋겠소? 밀라크 경, 네시안 경, 궁정 마법사, 뭐라고 말 좀 해보시오.”

“저… 폐하, 제가 한마디만 하겠습니다.”

프라이언이 돌아보니 메이나였다.

“그래, 무엇인가?”

“예, 폐하. 이렇게 편지를 쓰고 나가신 것으로 볼 때 전처럼 며칠 만에 들어오지 않을 것은 확실합니다.”

“그렇겠지. 그러니 문제가 아닌가?”

“제게 한 가지 방법이 있습니다.”

모두들 메이나에게 눈길이 쏠렸다.

"뭔가, 그 방법이?"

"좀 기분이 안 좋은 방법이지만 효과는 확실합니다. 공주마마를 현상수배하는 것입니다."

메이나의 말에 모두들 경악했다. 한마디로 제르카를 흉악한 범죄자로 만들자는 소리였기 때문이다. 하지만 메이나는 그런 사람들의 반응에 아랑곳하지 않고 말을 이어갔다.

"이 방법을 쓰면 전국의 현상범 사냥꾼들의 표적이 되기 때문에 금방 소재를 알 수가 있을 겁니다. 단, 여기서 조심할 것은 너무 큰 현상금을 걸면 주위의 이목을 끌게 될 뿐더러 그 경우 죽여도 현상금의 반 정도 받는 것이 관례라 현상금을 크게 걸면 안 됩니다. 또 그게 아니더라도 액수에 관계없이 현상수배범을 죽이는 경우도 있으므로 반드시 생포하는 것을 조건으로 해야 합니다. 또 공주마마는 여성이기 때문에 다른 나쁜 일을 겪을 수도 있습니다. 그러니 절대 생포 이외의 행동을 하면 안 된다는 조건도 있어야 합니다. 뭐, 그 정도만 쓰면 알아서 안 건드립니다. 보통 여자 현상수배범에게 그런 단서를 붙이는 경우는 고위 관직자의 애첩이거나 숨겨둔 애인일 경우가 많으니 일부러 화를 부를 필요는 없지요. 마지막으로 보았다는 신고만 해도 소정의 현상금을 주는 조건을 달아야 합니다. 그래야만 위치 확인이 쉽습니다. 참, 한 가지 더. 각 도시의 경비 책임자에게는 은밀히 밀명을 내려야 합니다. 그래야만 일도 쉽고 불상사도 없을 겁니다."

메이나는 말을 끝내고 주위를 돌아보았다. 모두들 분노한 눈으로 그녀를 쳐다보았다. 하지만 메이나는 가볍게 웃으며 부채를 탁 폈다. 궁중 생활 2년 만에 황족에 버금가는, 아니, 그 이상의 위엄을 갖춘 그녀였다.

"자, 제 방법 말고 또 다른 방법을 아시는 분?"

"음… 그대로… 시행하시오."

프라이언도 달리 방법이 있을 턱이 없었다.

제르카는 낄낄대며 한 사람을 생각하고 있었다. 자신에게 돈 뜯기고 얻어맞고 이리저리 당하던 제라르란 소년을.

"불쌍한 녀석, 그래 가지고 세상을 어떻게 살아가려고. 나 같은 친구가 옆에 있어야 제대로 밥이나 먹겠어."

제르카는 제라르의 돈주머니를 만지며 그렇게 중얼거리다 뭔가 생각이 난 듯 멈칫했다.

"가만. 나 같은… 이라……."

제르카는 제라르를 생각했다. 작은 키. 뭐, 한창 먹을 나이에 못 먹어서 그런 것이고. 어쩌면 나이가 어려서 키가 작을지도 몰랐다. 하는 짓도 어렸으니까. 하지만 얼굴은 잘생겼었다. 못 먹고 고생해 마르고 거친 얼굴이었지만 약간만 살이 붙고 얼굴이 매끈해진다면 상당한 미남이 될 것 같았다. 그녀가 판단한 제라르는 흙 묻은 진주였다.

"가만. 그리고 보니 그 녀석 내 이상형이잖아? 이런, 혹시 그 녀석 나보다 어리면… 에잇! 내가 지금 무슨 생각을… 이 돈으로 오늘은 고기나 실컷……."

순간 제르카의 머리 속에 돈이 없어 고생하는 제라르의 모습이 떠올랐다. 제르카가 급히 머리를 흔들어 그 생각을 떨쳐 보려 했지만 그런 상상은 더욱 적나라해져 갔다. 제르카는 벌떡 일어섰다.

"좋아, 좋다고! 나도 세상 구경이나 하면 되잖아!"

제르카는 급히 짐을 쌌다. 짐이라고는 옷 몇 벌 정도였지만.

"난 그 녀석을 따라가는 것이 아냐. 어차피 내가 궁을 나온 것은 세상을 여행하는 것이 목적이었어. 난 그 목표를 이루려고 하는 것일 뿐이야. 제라르, 그 녀석은 그 와중에 만난 녀석이야. 그냥 내가 동료로 삼는 거라고. 아니, 내가 그 불쌍하고 어리숙한 녀석을 보살펴 주는 거야. 역시 난 착해. 너무 착해서 탈이라니까."

제르카는 짐을 싸가지고 나가려다 주머니를 뒤졌다.

"아차! 어머니의 유품. 이건 목에다 걸어야지. 안 잃어버리게. 에이, 아바마마께 맡기고 올 걸 잘못했나? 그랬으면 섭섭하긴 해도 이런 걱정은 없었을 텐데. 뭐, 이미 지난 일이니 어쩔 수 없지. 안 잃어버리게 잘 보관해야지."

어렴풋이 기억나는 어머니의 모습, 반지를 줄에 꿰어 목에 걸어주던 모습이 제르카가 기억하는 어머니의 유일한 모습이었다. 그렇기 때문에 이 반지는 그녀에게 매우 중요했다.

"그럼 가볼까?"

제르카는 길을 나섰다. 그리고 곧 제라르를 찾아냈다.

"쯧쯧, 아직 저기야? 그리고 가는 방향도 너무 정직하군. 큰길이라니."

제르카는 그렇게 중얼거리고는 제라르를 향해 뛰어갔다.

"제라르!"

제3화 제라스 2

　나와 제르카가 같이 여행한 지 어느덧 한 달이란 시간이 흘렀다. 그 동안 내가 느끼고 배운 것은 여자는 알 수가 없다는 것이었다. 내가 여자와 만날 일이 거의 없어서 잘 몰랐는데 제르카와 같이 다니며 뼈저리게 느낀 것이었다. 어떨 때는 거친 환경에서 자란 맹수 같고, 어떨 때는 위엄있는 높은 신분 같았고, 또 고귀해 보일 때도 말릴 수 없는 말괄량이 같았다. 난 어떻게 그럴 수 있는지 물어보았지만 제르카의 대답은 한결같이 이거였다.

　"여자라 그래. 왜? 너희 남자는 불가능해? 불쌍하긴. 아! 여자라서 행복해요."

　뭐 이러니 믿어줄 수밖에. 내가 언제 여자가 돼본 적이 있어야 아니라고 반박을 하지.

　"참, 제라르, 어디로 가는 거야?"

　"어… 이 길로 가면 실리마라는 휴양지가 나온다고 해. 뭐, 자연 경관도 좋고 온천도 있고 아무튼 좋은가 봐."

　"실리마?"

　제르카가 눈살을 찌푸렸다.

　"거긴 비쌀 텐데……."

　물론 다 알아왔지. 하하핫.

　"거기에 가면 야외 계곡이 있는데 공짜래. 대신 음식은 사 먹어야 하는데 원래 서민들을 위해 개방한 곳이라 다른 곳보다 오히려 음식값이 싸다나 봐."

　"그, 그래? 어, 언제 그런 것이 생겼지?"

　제르카는 별로 마음이 내키지 않는 모양이었다. 그렇다면 좀 더 구미가 당길 말을 해줘야지.

"제르카, 놀라지 마. 그 계곡이 온천이래. 거기서 온천욕하면 좋잖아."

"엉? 계곡이 온천?"

제르카가 날 이상한 눈으로 쳐다보았다.

"응. 그런데 왜?"

순간 내 눈에서 별이 반짝였다.

"크엑! 뭐야?!"

난 그렇게 따졌지만 돌아오는 것은 고통이었다. 이번엔 제르카가 내 정강이를 걷어찬 것이다.

"야! 계곡이라면 바깥이잖아! 나보고 다른 사람들 다 보고 있는 노상에서 옷 벗고 물에 들어가라고? 에라, 이 변태야! 잔말 말고 따라와."

제르카는 내 귀를 잡고 걸어갔다.

"아… 대, 대체 어딜 가는 거야?"

"내가 알아? 아무튼 실리마와는 반대 방향이야."

가도가도 끝없는 숲이었다.

"이상하다… 숲에 들어올 때는 이렇게 커 보이지 않았는데……."

난 이상해서 중얼거렸다. 무슨 숲이 이렇게 큰지 벌써 반나절을 헤맸는데도 아직 끝이 나지 않았다.

"뭐가 이상해?"

옆에서 제르카가 핀잔하듯 말했다.

"이건 이상한 것이 아니라 간단한 거야. 우린 길을 잃었어. 계속 숲 안을 빙빙 헤매고 있는 거라고."

"뭐야?!"

난 순간 기운이 쫙 빠졌다. 그래서 옆에 있던 나무 둥치에 앉았다.

"이, 이런, 길을 잃다니… 말도 안 돼. 대체 여행한 지 얼마나 되었다고 이런 숲에 갇혀서 죽어야 해? 아직 장가도 못 갔는데……."

"시끄러. 길 찾을 생각 안 하고 뭐라는 거야?"

난 제르카를 올려다보았다.

"내 말대로 그때 실리마에 갔으면 좋았잖아. 쓸데없이 엉뚱한 곳으로 와서 이게 뭔 꼴이야."

내 말에 제르카가 화를 냈다.

"뭐야? 그럼 내가 사람 많은 계곡에서 목욕을 했어야 옳아?"

"꼭 그렇다고는 할 수 없잖아. 남자 가는 계곡과 여자 가는 계곡이 따로 있을지 누가 알아? 가보지도 않고 무조건 화부터 내냐? 그래서 이게 뭐야. 사람 한 명 없는 숲 속에서 길을 잃기밖에 더 했어?"

"아니지, 아니지."

내 말이 끝나기 무섭게 대여섯 명 정도의 사람들이 숲에서 뛰어나왔다.

"이보게, 어린 친구들. 여긴 사람이 있다네. 바로 우리들이지. 그리고 길을 잃다니. 이런, 여기를 따라 쭉 가면 마을이 나온다네. 이제 알겠지?"

난 그 사람들을 보았다. 험상궂은 얼굴에 텁수룩한 수염이 났고 등에는 녹슨 칼과 도끼를 차고 있었다. 전에 들었던 산적의 인상과 어쩜 그렇게 똑같은지…….

"저… 감사합니다."

난 제르카와 감사의 인사를 하고 그 사람들이 가르쳐 준 길로 가려고 했다. 하지만 그 사람들은 우리를 가로막았다.

"허허, 젊은 사람들이 너무 성질이 급하군. 말은 끝까지 들어야지. 마지막 한마디가 남았네."

"그게 뭐죠?"

"응, 우린 산적이라네. 가진 것 있으면 우선 다 내놓고… 허어, 거기 엘프인가? 아니면 하프 엘프? 제법 예쁘군. 넌 우리가 네 환산 가치를 알게 해주겠어. 그리고 거기 남자 아이, 넌 몸도 약한 것 같으니 우리가 특별히 죽이지 않고 묻어주지. 하하하."

"아… 가, 감… 응?"

잠깐! 가만 생각해 보니 날 생매장한다는 뜻이잖아. 그리고 제르카는 팔아먹는다는 뜻이고.

"당신들, 뭡니까?"

난 등에 찬 바스타드 소드의 손잡이를 잡고 물었다.

"허허, 방금 말했잖나. 우린 산적이라고."

제, 젠장… 큰일 났다. 옆을 보니 제르카도 얼굴이 하얗게 질려 있었다.

"어허, 그 칼 쓸 만하군. 내 칼보다 좋은 것 같아. 그건 특별히 내가 가져 주지."

두목으로 보이는 사람이 내 앞으로 나오며 말했다.

"자, 그럼 빨리 돈부터 줘야 하지 않겠나? 행동이 느리면 이 산적님 화나시는데."

"아니지. 너희는 산적이 아냐."

그때 누군가 숲에서 걸어나오며 말했다. 난 그 사람을 보았다. 그저 중키 정도? 갈색 로브를 입고 약간 괜찮다 싶을 정도의 평범한 얼굴이었다. 일견 보기에도 약해 보이는 사람이었다. 하지만 그 사람은 덩치가 우락부락한 산적 앞에서도 미소를 지으며 태연자약했다.

"여긴 산이 아니야. 숲이라고. 산적은 산에 있는 도적을 말하는 것이야. 그러니 너희는 산적이 절대 아니지. 내 말이 맞지?"

"뭐냐? 네놈이 겁을 잃어버렸구나! 감히 우리에게 시비를 걸다니!"

"우리?"

그 남자는 고개를 갸웃했다.

"우리라… 야, 덩치. 왜 그 좋은 덩치를 이런 일에 쓰지? 차라리 막노동을 해라."

하지만 산적 두목은 바닥에 침을 뱉더니 칼을 빼 들었다. 그리고는 칼을 붕붕 휘두르며 말했다.

"오냐, 넌 팔아도 돈도 안 될 놈이니 죽여주지."

"안 되지. 그런 녹슨 칼에 맞으면 파상풍에 걸린단 말야. 소독을 해야겠어. 워터 볼."

그 남자의 외침에 공중에서 물의 공이 생기더니 산적의 칼에 부딪쳤다. 산적은 작은 신음 소리와 함께 뒤로 물러났다.

"그럼 이번엔 뜨겁게. 파이어 볼."

이번엔 불의 공이 산적의 칼을 향해 날아갔다. 불덩이가 칼에 맞은 순간 칼이 쩍 하면서 깨졌다.

"이런, 생각보다 약하군."

로브를 입은 남자는 생글 웃으면서 말했다. 그 모습을 본 산적은 얼굴색이 변했다.

"마, 마법사?"

"호오, 마법사 처음 봐? 왜 이리 놀라지?"

흐음… 저 산적은 마법사를 본 모양이지만 난 마법사란 사람을 처음 봤다. 마법이란 대단한 거구나. 배우고 싶어……．

"무, 무슨 소리! 난 잠시 방심한 것뿐이야. 난 마법에 대해 잘 알아. 마법의 약점도 알지. 주문을 외우기 전에 정신없이 공격하면 돼!"

산적이 고래고래 소리쳤다. 그러자 로브를 입은 남자는 가볍게 웃으며 말했다.

"호오… 잘 아네? 그럼 어디 해봐."

산적\은 그 말에 손가락을 까닥거리며 말했다.

"애들아, 저놈을 쳐라! 우리의 힘을 보여주자!"

하지만 주위는 조용했다. 산적은 당황하는 얼굴을 했다.

"이봐, 아까 전부터 궁금했는데 왜 우리란 말을 하지? 네 부하들은 저기서 잠을 자고 있는데?"

산적의 목이 천천히 돌아갔다. 내 시선도 같이 갔다. 그런데 거기에는 다섯 명의 산적이 기절해 있었고 그 산적을 밟고 있는 두 사람이 있었다. 남자와 여자였는데 둘 다 갈색 피부에 갈색 머리를 하고 있었다. 그중에 남자가 말했다.

"어이, 란셀. 뭐 하는 거야? 빨리 잠재워 버려."

"그럴까?"

란셀이라 불린 로브를 입은 남자는 산적을 보며 가볍게 뭐라고 중얼거렸다. 그러자 산적은 그대로 쓰러져 버렸다.

"푹 자라고. 내일 네 부하가 먼저 깰지 네 녀석이 먼저 깰지 궁금해지는데?"

란셀이라 불리운 사람이 내 앞으로 왔다. 그리고는 나와 제르카를 찬찬히 살폈다.

"뭐, 뭐 하는 겁니까?"

난 순간 겁이 났다. 이 사람들은 산적보다 더 강한 사람들이다. 그런 사람들이 해치려 든다면 우린 당해낼 수가 없을 것이다. 하지만 그는 내 물음에 대답을 안 하고 뒤에 있는 자신들의 동료를 바라보았다.

"이봐. 아르티닌, 이브린, 어서 와봐. 이거 생각도 못한 행운이야."

뒤의 남녀는 그 소리에 걸어왔다.

"대체 무슨 일이야?"

"글쎄 와보면 알아."

그 두 사람이 오자 란셀이라 불리운 사람은 우릴 보며 말했다.

"느껴져?"

"그렇군. 정말 그래."

남자도 란셀의 말에 고개를 끄덕이며 공감의 뜻을 나타냈다. 하지만 여자는 고개를 갸웃거리며 물었다.

"나도 느껴져. 하지만 확실해?"

란셀은 품에서 잘 접은 종이를 꺼내 들고 고개를 끄덕이며 말했다.

"물론. 에레시스의 능력이니 믿을 만하지."

그러더니 란셀은 나와 제르카를 쳐다보며 말했다.

"하하하, 재미있는 일이야. 죠세프 녀석, 드디어 환생을 했군. 아마 자기 자손의 몸에 환생을 했겠지. 예나도 역시 하프 엘프로 환생했나? 그런데 이번엔 하이 엘프의 하프 엘프군."

대체 무슨 소린지 모르겠다. 난 제르카를 보았는데 제르카도 모르겠다는 듯이 고개를 저었다. 하지만 저 사람들은 나쁜 사람 같지는 않았다. 난 슬금슬금 제르카의 손을 잡고 움직였다.

"가, 감사합니다, 저희를 구해주서서. 그럼……."

난 제르카와 빨리 여길 빠져나가려고 했다. 하지만 란셀이란 사람이 우릴 불렀다.

"잠깐."

난 간이 콩알만해지는 것 같았다.

"왜, 왜 그러시죠?"

란셀은 웃으며 말했다.

"너희는 지금 세상을 여행 중이지?"

우린 고개를 끄덕였다. 뭐 사실이니까.

"그래? 너희 이름과 나이는 어떻게 되니? 매우 어려 보이는데?"

"전 제라르라고 해요. 얘는 제르카고요. 그리고 나이는 우리가 어려 보여서 그렇지 전 15살이고 제르카는 14살이에요."

"어리군."

란셀은 그렇게 말하고 우릴 바라보았다.

"그런데 대체 너희는 무슨 배짱이지? 내가 볼 때 너희는 제라르, 네가 찬 칼 이외에는 무기가 없는 듯싶구나. 그리고 너희도 매우 약해. 그러니 좀 전처럼 별 볼일 없는 허풍쟁이 산적에게 당할 뻔했지."

난 할 말이 없었다. 란셀의 말은 사실이었기 때문이다.

"그래, 말이 없구나. 내 말이 맞다는 뜻이겠지? 그럼 이러면 어떻겠니? 너희 둘과 우리가 같이 여행을 하는 거야. 우리도 세상을 여행하는 중이거든."

난 란셀이란 사람을 쳐다보았다. 대체 무슨 뜻으로 하는 말인지 몰랐기 때문이다. 그러자 란셀은 웃으면서 말했다.

"난 란셀 카나마시드 헤르타로드 슈만델리오 네르반이라고 한다. 저기 있는 사람은 아르티닌 쿼르센과 이브린 쿼르센 부부지."

"이, 이봐, 란셀."

아르티닌이라 소개된 남자가 란셀에게 뭔가 항의하려는 듯했지만 이브린이란 여자가 말리고 란셀은 무시했다.

"이젠 우리의 소개가 끝났지? 어떤가, 우린 나쁜 사람이 아니란다. 솔직히 너희와 같이 가려는 건 너희를 생각해서이기도 하지만 날 위해서이기도 해. 사실 나 같은 사람이 저 닭살 부부와 같이 가려니 보통 힘든 일이 아니라서."

"자, 잠깐만요."

나와 제르카는 란셀들과 좀 떨어져서 의논을 해봤다. 과연 저 사람들과 같이 가는 것이 옳은가 하고. 그리고 결론은 났다. 같이 여행을 하는 쪽으로. 사실 저 사람들의 능력은 대단했다. 그런 사람들이 우리를 납치하거나 해칠 거면 손가락도 필요없었을 것이다. 우린 란셀들에게 갔다.

"좋아요. 우리도 동료가 필요하던 참이었어요."

"좋아. 그럼 간다. 아니, 그전에 잊을 뻔했군. 페디."

란셀이 공중에 대고 누군가를 불렀다. 그러자 뭔가가 날아왔다.

"저게 뭐야?"

난 놀랐다. 대낮에 웬 박쥐?

"우아앙~ 주인님, 정말 오랜만이에요."

그 박쥐는 제르카에게 뛰어들었다.

"어맛!"

제르카는 놀라서 비명을 질렀다. 하지만 박쥐는 제르카의 품에서 떨어지지 않았다.

"이, 이게 뭐예요?"

제르카가 소리 질렀다.

"놀라지 마라. 그건 페어리 드래곤이다."

"엥?"

나와 제르카는 그 박쥐를 보았다. 정말 크기만 작을 뿐 모양은 그림에서 본 드래곤 모양 그대로였다. 다만 눈이 크고 동글동글한 게 훨씬 귀엽게 생겼다.

"정말 드래곤?"

제르카가 페어리 드래곤을 들어 올렸다.

"잉잉, 주인님……."

그 드래곤은 제르카를 보며 징징 짰다.

"그런데 이 드래곤이 왜 저를 보고 주인님이라며 울죠?"

제르카는 이상하다는 듯이 란셀에게 물었다. 란셀은 머리를 긁적이며 말했다.

"원래는 저렇지 않은데 너무 반가워서 그런가 봐. 저 녀석은 영혼을 느끼거든."

"그런데 그게 저와 무슨 상관이죠?"

제르카가 다시 물었다.

"후훗, 그건 비밀. 나중에 여행하다 보면 다 알게 될 테니 지금은 페디가 하는 대로 그냥 내버려 둬."

나도 그렇지만 제르카도 란셀의 말은 이해가 안 간다는 표정이었다. 하지만 페디는 마음에 든 모양이다. 자꾸 쓰다듬는 것을 보면.

"란셀, 이상하게 페디를 안고 있으니까 마음이 따뜻해져요. 이 이유도 나중에 알게 되나요?"

"물론. 그걸 알기 위해서는 빨리 여행을 해야겠지?"

란셀은 앞서서 걸어가기 시작했다.

"그런데 어디로 가는 건가요?"

난 란셀에게 물어보았다.

"내 아내한테."

"아내요?"

"응."

란셀은 고개를 끄덕였다.

"설마 내가 두 쌍의 연인들 틈에서 혼자 외로이 있을 것이라고 생각했나?"

"그, 그건 아니지만……."

"하하하, 그럼 됐잖아. 가자고. 자아, 갑시다. 제라르 공작 각하, 제르카 공주마마."

란셀은 농담도 참 잘한다. 그런데 제르카의 얼굴이 왜 저렇지?

"제르카."

난 제르카를 불렀다.

"으, 으응?"

"왜 그래?"

"아, 아냐."

제르카는 그렇게만 말하고는 란셀에게 달려갔다.

"란셀 아저씨, 우리의 최종 목표가 뭐죠?"

제르카의 물음에 란셀은 웃으면서 대답했다.

"우리 같은 여행자에게 최종 목표는 없단다. 하지만 중간 목표는 있지. 알고 싶니?"

제르카가 고개를 끄덕였다. 나도 귀가 쏠렸다.

"우리의 중간 목표는 바로 너희 둘에게 주어졌던 것을 너희 둘에게 건네주는 것이지."

음… 대체 무슨 소릴까. 란셀은 좋은 사람 같지만 약간 정신적인 문제가 있는 모양이었다. 저렇게 알 수 없는 말만 하니. 아니면 마법사란 사람들이 원래 저런 건지도…….

"어, 어, 같이 가요!"

내가 잠시 딴생각을 하는 동안 일행은 저만큼 앞서 가고 있었다. 난 급히 그들을 따라갔다. 그 내딛는 발이 새로운 세상으로 가는 발걸음 같이 느껴졌다. 꿈을 찾아가는 발걸음처럼.

〈끝〉